えんぎ屋おりょうの裏稼業

永山涼太

ポプラ文庫

目次

第一話
剣術小町の大一番

膝を抱えたままの姿で、いったいどれほどの時が経ったのだろう。

りょうは顔を上げて、大川（隅田川）の流れにじっと視線を向けた。

じきに夜になる。川の両岸に灯りが灯され始めても、大人たちは高瀬舟に揺られ、屋形船に揺られ、そして猪牙舟《ちょきぶね》に揺られている。

せめてこのドロドロになった気持ちだけでも、ゆったりと流れる水面に揺られたら、どれほど気分が楽になるのだろう。あの屋形船の上で、家族そろって食べ物をお腹いっぱい食べることができたら、いったいどれほど幸せに感じられるのだろう。

胸の奥底から次から次へと込み上げてくる思いは、どうしたって抑えることができなかった。

暗くなり始めた東の空に、頼りない三日月が浮かんでいる。

りょうは無意識に、その月へ向かってかじかむ両手を合わせた。

大人になったら泣くことは無くなるのだろうか。

大人になったら悲しいと感じることは無くなるのだろうか。

そして大人になったら、きっとこの願いは叶うのだろうか。

自分は誰に祈るのだろう。自分は何を願うのだろう。頭の中でいろいろなものが渦巻き、ぷかりと浮かび上がったかと思うと、すぐにぱっと消えて、大川の水面にさらわれていく。

自分が子供だからいけないのか。ならば、早く大人になればいい。それだけだ。

時はかかるが、それすらも仕方のないことだ。

「何をお祈りしているの？」

ふわりとした声、りょうは思わず振り向いた。そして、言葉を失った。

気がつかぬうちに、すぐそばにひとり、女の人が立っていた。それも童《わらわ》である自分でさえもわかるような、はっとするような美しい顔立ちをしている。

筆売りのお姉さんが着ているような流行りの縞木綿ではなく、萌黄の無地の着物。重ね着をしているのか襟の辺りからは、襦袢《じゅばん》の上に薄紅色が覗いている。川岸の灯りを背に受けて、長い睫毛が目元にうっすらと影を作っていた。

まるで天女様のようだと、りょうには思えた。

「お月さま、好き？」

こちらが黙っていても、女は微笑みながら言葉を投げかけた。

とっさに言葉が出ず、りょうは大きく首を縦に動かした。女はそう、とだけ言ってたおやかな笑みを浮かべ続けている。

土臭い川の匂いを消し去るように、女の身体からは上品な甘い香りが立ち上っていた。それが白粉《おしろい》の香りだと気づくのに、しばらく時が必要だった。

りょうの母は、化粧などしたことがない。

「お嬢ちゃん、ほっぺたが汚れているよ」

女はそう言うと、ほっそりとした指先をこちらへ伸ばし、素手で無造作にりょうの頬を拭った。触れられた自分の頬が、かっと熱くなる。

「いい？　女の子は、きれいにしていないといけないものさ。そうだ。いいものあげよう」

女は次の言葉を探そうとして、やがて袂《たもと》から一枚の紙片を出した。

「これ、なあに？」

頼りない月明かりの下でも、紙片の文様はみて取れる。大きな栗のような絵が描かれていて、その周りには、小さな鳥が鏤《ちりば》められている。墨一色刷りのものだが、眺めているだけでも、しばらくは退屈しそうにない。

「願い事をね、その裏に書くの。何でもいいのだけど、願い事を叶えるには、ちゃあんとごんげんさまに、何かお供えをしなくちゃいけない」

「ごんげんさまって？」

「権現様さ。つまり、カミサマみたいな」

唇の先を濡らすように話す女の口振りは、妖艶でいて、どこか包まれるような優しさがあり、りょうはずっと見惚れていた。

大人になったらこんな人になりたい、そんな願いではいけないのだろうか。

「神様にお願いするんだよ。お嬢ちゃんの願いを叶えるために、それなりのものを捧げないといけないんだ」

「あたしは何も持ってないよ。それに、この着物とか帯とかが無くなったら、またおっとさんにも、おっかさんにもぶたれちゃうから……」

そう言った刹那、女の表情が固まった。びいどろの飾り玉のように美しく輝く瞳の上で、長い睫毛が瞬いた。ちょっと考えるような仕草をして、

「おっとさんとおっかさんにぶたれているの？」

「あたしがいい子じゃないからいけないんだ。いつも、帰ったらぶたれて、おっとさんはお酒を飲んだら叩いてきて、あたしのことを蹴ったりするんだ。それに、おっかさんも同じように……」

自分がいけないから悪いのだとはわかっている。いつもいい子でいなければならないということも。それでも、常日頃から、父も母も言うことが変わって、気分次第で手を上げる。

もっといい子でいられますように。もっとうまくやれますように。

この紙には、そんなことを書こうと思った。

「あなた、字は書ける？」

「寺子屋で、少し……」

いちおう寺子屋では、同い年のおサキちゃんやおコウちゃんよりも、上手い字を書くとお師匠様から褒められたことがある。

「でも、これに書いたらどうすればいいの？」

「本当はね、持っているだけでいいんだよ。でも……」

女はそこで言葉を切ると、そっとりょうの耳元に口を近づけて、囁くようにして教えてくれた。

「本当にどうしようもなくなったとき、我慢できなくなったときは、この鳥の柄を三羽、墨で塗り潰すかバツ印をつけて、どこかてきとうなお社の裏に貼り付けておいておくれ」

そうか、この鳥のような模様は、鳥だったのか。

妙に感心してしまった刹那、女の声音が急に変わったように思えた。

――そしたら、あたしが代わりに祈ってあげる。その代わり……

――あたしの代わりに、いつかあなたにも代参してもらうよ。

はっとなって目が覚めた。

（——夢？）

りょうは布団から汗ばんだ体を持ち上げ、わずかに裾と胸元を直して立ち上がった。外からは、納豆売りの声も聞こえてくる。部屋に差し込む明かりでわずかに寝坊をしてしまったことを悟った。

いましがた見ていた夢の内容が、少しだけ頭の片隅に引っ掛かっているが、忙しなく朝の支度を始めるとすぐにそれも霧散していった。

鏡台に向かって、ちょっぴり唇に紅を差して眉を引く。鏡に映る自分は、幼かったあの頃に比べれば随分と大人になった。

あのときの願いが叶ったのかどうか、夢の名残が頭に残っていたが、ともかく大人にはなったのだ。眉のすぐ下の、引きつったような傷は、負ったあの日からあまり変わっていない。りょうは無意識にその傷を指でなぞった。

「御寮人、お目覚めですかい？　朝飯、できてますんで」

階下から、番頭役の加賀美の野太い声が聞こえてくる。店の者たちは、普段通り、すでに店に出ているのだろう。

「ああ、ありがとう。いま行きますからね」

布団を上げ軽く身なりを整えて、急な階段をトントンと小気味よく降りて帳場に立った。

帳場に面した土間では、店の女たちがすでに洗い物をしており、残すは自分の朝餉だけだったのかと申し訳なく思った。

りょうは帳場の壁に祀ってある神棚に向かうと、勢いよく柏手を打った。

「また、昨夜も遅かったのですか？」

振り向くと、店で働く女のひとり、雲珠女《うずめ》が膳を運んで来てくれた。

「いいえ、今日はちょっぴり寝坊をしただけです」

「あら、珍しいこともあるのですね。御寮人が寝坊なんて」

雲珠女はわずかに眉を動かしただけで、特別な嫌味を言おうとしているわけではないようだった。洗い物は終えたらしく、りょうの前に膳を置くとたすきを解いた。

りょうは箸でつまみ上げた青菜の漬物を嚙みしめながら、片笑んでみせた。

こちらが指示を出さずとも、すでに店の者たちは自発的に動き始めている。

長年、この『えんぎ屋』に勤めている、番頭役の加賀美が皆を不足なく取りまとめているおかげでもあるのだが、それを抜きにしてもここで働いている者たちは十分すぎるほどによく働いてくれる。

りょうは味噌汁に口をつけながら、神棚のほうへ視線をやった。

北は陸奥国から、南は九州に至るまで、津々浦々のお札やお守りがかけてある。その奥まったところに、汚れてボロボロになった一枚の紙片があった。

それが見えるわけでもないし、見ようとも思わない。

味噌汁の味は抜けていて、飯の味も朧げだった。そんな朝餉を済ませ、ひと息つく余裕もなく、帳場の机の前に座った。

「今日あたり、五平が戻るかと」

「そうですか、確か越後のほうでしたね？」

「へい。新発田《しばた》あたりまでは足を延ばすとか」

帳場では帳面を広げた加賀美の報告を受けた。

五平もこのえんぎ屋で働く男衆のひとりである。留守を預かり事務全般を受け持つ加賀美とは異なり、五平やもうひとりの男衆である主税《ちから》などは、他国を回ってその土地土地にある熊野《くまの》権現のお札を買い付けてくるのである。店の者たちが諸国を巡る際に、りょうは事細かく指示を出すことはないため、お札に限らず縁起物の買い付けは任せてしまっていた。ただ最低限買うべきものは、出立の前にしつこいぐらいに加賀美が言い含めている。

店先では、女衆の雲珠女と榊が、商売ものである縁起物の埃を払っていた。宝船の絵や凧もあれば、季節外れの熊手に、会津の張り子の赤べこ、飛驒のさるぼぼまで揃えている。

こんな節操のない店でも、長く江戸で勤めている諸藩の侍や、他国から出てきた商人などが故郷に馴染みを覚えて購《あがな》うのである。お抱えの商人たちが江戸に店を構えている藩も多いのだが、概してそれらは大藩に限られ、だいたい五万石未満の小藩の藩士たちが店に通ってくれるのである。

「御寮人、いるかい」

昼を過ぎた頃、野太い声で暖簾を撥ね上げ、店に入ってきた男がいた。

深川の岡場所のひとつ、浜田楼の男衆である仁兵衛である。えんぎ屋では月に何度か顔を見る常連客のひとりであった。

「あら、仁兵衛さん。今日はいったい？」

「なんでえ、そうつれねえ聞き方をしてくれなさんな。最近店に入った妓《むすめ》が上州生まれだってんでな。そっちのを三十枚ほどもらえねえか」

「三十枚とは、また豪気なものですねえ」

りょうは片袖で口元を押さえ、わざとらしく、くっくと笑いを噛み殺して見せた。

「近頃は上州からの出稼ぎも多いみてえでな。差し詰め、天明の頃の噴火から、まだまだあのあたりは立ち直れてねえってところじゃねえか？」

「いやですねえ。いったいいつの頃のお話をされてるんですか。天明といえば、いまから四、五十年も昔の話ではありませんか」

「いつの時代だって、いまを精一杯生きてるもんたちには、いい時代なんかねえってことさ。そんなことより……」

吐き捨てるように言うと、仁兵衛は急に口元に下卑た笑みを浮かべ、りょうの身にすり寄るようにして身を寄せてきた。

「いつの時代だって、男と女の楽しみはひとつっきりさ。どうだい、そろそろ前に話したことの答えをもらえねえかえ」

へへ、と仁兵衛の歪んだ口元から、黄色い歯が覗いた。襟元から覗く襦袢は垢じみており、この男にしては張り込んだのだと思われるせっかくの唐桟《とうざん》が、貧乏臭く見えた。鼻が曲がりそうになる口臭も相まって、りょうは胸の内から込み上げてくるものを抑え、にんまりと作り笑いを浮かべた。

「仁兵衛さんのそれは、願い？　それとも祈りですか？」

「そんなんどっちだっていい」

「いいえ、願いも祈りもどちらも大切な……」

りょうがそこから先を言いかけたところで、仁兵衛は素早い手付きで腕を伸ばしてきた。二の腕を摑まれようとした瞬間、りょうはひらりとかわし、帯に差していた扇子を引き抜いて、ぴしりとその手首を打った。

「駄目。あたくしなんざ口説かなくたって、深川にはもっと綺麗な妓はいるでしょうに」

「へん」

仁兵衛は打たれた片手をさすりながらも、いまにも舌舐めずりでも始めそうな、いやらしい視線を向けてくる。そちらに構うことなく、りょうは雲珠女を呼んでお札を運ばせた。上州沼田にある熊野権現の牛王宝印《ごおうほういん》の護符が、きっちり三十枚。紙のこよりで束になっている。

「烏だか宝印だか知らねえけど、こんな紙ぺら握らせて、いい商売してやがるぜ」

「あらまあ。お言葉ですが、こんな紙ぺらを若い女に握らせて、お客を騙くらかしてるのは、いったいどこのどなたでしょうねえ」

雲珠女は大きな体を揺らして、仁兵衛に凄んで見せた。

五十路になるかならぬかという年齢だが、えんぎ屋の商売に難癖をつけてくるような客でも、この大きな体で凄まれてしまうと、よほど度胸の据わった者でなければ尻込みしてしまう。

ちぇっと舌打ちをすると、仁兵衛は代金を叩きつけるようにして式台に置き、店を後にした。

「なんですか、あの態度は」

口ぶりではそんなことを言いつつも、鼻で軽く一笑すると、雲珠女は一枚一枚、古銭を大事そうにつまみ上げた。どんな者の手で運ばれたものであったとしても、金銭のそれ自体に貴賤はない。それがえんぎ屋で働く者たちの、共通の心情なのである。

「あのお札で、いったい何人の男たちの祈りが吸い取られるやら」

「雲珠女、それ以上はよしなさい」

呆れたような口調の雲珠女を、りょうは軽くたしなめた。金銭のそれ自体に貴賤がないのと同じくして、人々の祈りや願いに貴賤はないのだ。たとえ岡場所の遊女に入れ込む、虚しい男たちの祈りであろうとも、きっとそれ自体は無垢で純粋で、そして単純なものに違いない。

えんぎ屋が扱う商品の中で、一番の売れ行きを誇っているのは、件《くだん》の『牛王宝印』という護符に他ならない。お札の表には千鳥のような八咫烏《やたがらす》と、栗の形をした宝珠が描かれているのが特徴で、半紙ほどの大きさである。

この紙片の裏に願い事を書き入れて、権現様との約束事として成就を祈るのであるが、特に吉原や岡場所の傾城《けいせい》たちは、自分の想われ人たちとこのお札を交換し、男たちの心を蕩《とろか》して、来世での契りを約束するのである。

契りを交わされた男たちは、以前に増して吉原や岡場所へ通う。

そのような理由から、このえんぎ屋で扱うお札は御府内でも人気を博している。何より、りょうの部下たちが他所の国から仕入れてくる、その土地土地のお札は、他国者の多いこの江戸では重宝された。

その土地出身の者たちによって、お札を使い分けることができるばかりか、逆に男たちのほうが、こぞってその遊女たちの気を引こうと、彼女らの故郷のお札を買い求めてくるのである。

「うふふ、どちらにせよ、間抜けな殿方たちでしょうに」

「雲珠女っ」

りょうは眉をひそめた。

牛王宝印を男と交わした遊女たちが、どれも本心で来世を祈っているとは限らない。現世に絶望を見たもののうち、皆が皆、来世に期待を寄せるということはないからだ。ましてや、己の肉体を金で貪るような男たちには。

その実情をわかっていたとしても、人々の祈りを冒瀆してはならぬと、えんぎ屋の者たちは先代からきつく言われている。雲珠女はりょうの心情を知ってか、年甲斐もなくぺろりと舌を出して奥へと下がっていった。

日もだいぶ西へ傾いた頃、部下の五平が埃まみれの姿で、店へ帰ってきた。加賀美や雲珠女に比べ、まだ二十歳そこそこの五平は、旅の疲れを感じさせぬような溌剌とした表情で、買い付けてきた背負子《しょいこ》いっぱいの縁起物を広げて見せた。

雲珠女が運んできた水桶を使って足を拭いつつ、

「越後のものはひと揃え購ってまいりました。彌彦《やひこ》神社へもお参りを欠かさず……」

日に焼けて、鼻の上が擦りむいたようになっている五平は、自慢げに話をすすめている。件の彌彦神社のお守りやお札のほか、越後国中のそれぞれの熊野権現の牛王宝印もしっかり買い付けており、加賀美もひと品ずつ手にとって満足げに検分している。

ひと通り買い付けたものの説明を終えると、五平はもったいぶったような口ぶりで、

「そうそう、それからこっちは、帰りがけに下谷《したや》のほうのお社を見たときに、見つけちまったんですが……」

白い歯を見せて、皆に見えるよう一枚の紙片を差し出した。

はっとなってその紙片を受け取ると、りょうは自分の胸が弾むような気がしていた。手渡されたそれを見れば、牛王宝印の護符の八咫烏、それも三羽にバツ印が付いている。

「おう、久々の『宝印の翻し』ではないか」

「へえ、加賀美の兄者。まあ、祈り自体は大したもんじゃなさそうですがね」

りょうは、バツで潰された八咫烏を見つめ、躊躇なく裏返した。そこには、

相州鎌倉鶴岡八幡宮　武運長久の代参頼申候
大一番の勝負断じて敗れたくなく候

と、たおやかな字体で書かれていたのである。

「ほほ、私らの裏稼業の、久しぶりの依頼は、源家棟梁頼朝公ゆかりの鎌倉鶴岡八幡宮ですか。勝負、とは大きく出ましたねえ。それも筆の運びを見れば……」

雲珠女が興味津々に、こちらの手元を覗き込んでくる。

「女人でしょうね」

りょうは雲珠女の言葉を引き取った。

ただ何の勝負事なのか、このお札の文字だけでは読み取れない。

牛王宝印のお札にある八咫烏と宝珠の図のうち、八咫烏を三羽、墨で塗りつぶすかバツ印をつけ、その裏面に、代参の行き先と願いを書く……。

(宝印を翻すこと。それが、あたしたち代参屋への依頼になるの……)

ふと、りょうの脳裏に、先代の声が蘇った。

宝印を翻す、とはりょうたちえんぎ屋の者たちが使ういわば符丁のようなものであり、つまりは代参の依頼が来たことをさすのである。

この国中にある熊野権現の霊験を使ってなお、願いを叶えることができず、己の進退に窮した者たちが、熊野権現以外の神様、仏様にすがる最後の祈りを、代わりに届けてやる。それが表向き、店先で縁起物を扱い、市中で振り売りをするこのえんぎ屋の者たちの裏の稼業、『代参屋』なのであった。

「下谷、と言いましたね」

「はい、御寮人。店へ帰る途中だったので、時刻は八つでしょうか」

五平がはにかんだような笑みを浮かべた。

「下谷のお社なら、私も今日の昼四つに見ましたが、その頃にはまだ何もなかったと思います」

そばから雲珠女が言うと、続けて思慮深い加賀美も口を開いた。

「ならば、その間に貼られたものでしょう。あの辺りであれば、依頼人は下谷から上野、広小路、御徒町、湯島の者かもしれませんな。御先手組、御書院番士のお屋敷も連なるあたりです。町人ではなく武家のお方という場合も考えられますが、御寮人、返事はどうなさいます？」

うん、と小さく頷いて、りょうはしばらく考え込んだ。

勝負事に、負けたくないという祈りである。単純にそれだけならば、その祈りの裏などないのだろうが、細筆で書かれた流麗な文字を見つめているうちに、依頼者の切迫した気持ちが浮かび上がってくるように思えた。

鎌倉の鶴岡八幡宮も、この江戸からの距離を考えればさほど遠いものではない。それでもりょうは、何かしらの引っ掛かりを覚えたまま、

「請けましょう、この祈り」

一同にそう告げると、雲珠女が年甲斐もなく弾んだ声を上げた。


その数日後。

えんぎ屋の店の前に、年若の女がひとりたたずんでいた。

まず雲珠女が暖簾を撥ね上げるようにしてその女を迎え入れ、手にしていたこち

らからの返書を見て、宝印を翻した依頼人であることを認めた。

件の牛王宝印を見つけたその翌日、りょうは店の者に命じ、下谷のお社に返書となる護符を貼り付けたのである。

正確にいえば、その護符は牛王宝印のそれではなく、一尺ほどの紙切れであった。

代参承り候　神田旅籠町

返書にはそれだけ書いた。だが、旅籠町で代参を請けられるような者も、店も、このえんぎ屋をおいて他にない。依頼人の女人は来るべくして、この店の前に立ったはずだ。

りょうは店の帳場で、通された女と向かい合った。

少女のような面影を残しているが、年の頃は十八、九といったところか。山吹色の単衣《ひとえ》には、流行りの辻が花の褄《つま》模様が散らばっていて、暮らし向きに困っているような様子はまるでない。中規模の商家の娘のようにも思えるものの、帯から覗く懐剣の袋が、この女人が武家の者であると証明していた。

「代参屋を営んでおります。この店の主人の、りょうと申します」

りょうと向かい合い、初めは戸惑っていた様子の依頼人も、すぐに思い返したように小さく頭を下げた。

「湯島天神下同朋町、葛城左馬之助の娘、こうと申します」

「おこう様、ですね。お武家さまに大変失礼ですが、字はどのような」

「親孝行の、『孝』です」

指先で虚空に字を書いた孝に、りょうは小さく頷き、笑みを浮かべて応えた。相手の様子からは、未だぎこちなさが抜けきれていない。表情だけで見ても、こちらが信用されているとりょうは思わなかった。

ふたりの会話を邪魔することなく、大柄な雲珠女が身を屈めるようにして茶を出した。菓子は近頃評判の、旅籠町亀屋の柏餅である。

「天神下の葛城様といえば、確か剣術の……」

「恥ずかしながら、神道一心流という道場を任されております」

孝はその言葉とは裏腹に、すました顔でそう言った。新陰流、一刀流など剣術流派は多々あるが、神道一心流は御府内で門人三百を超すと言われる流派のひとつである。りょうも葛城という剣術道場の主の名を、市中に出回る番付か何かで目にしたことがあった。

孝は気分を紛らわせるような手つきで、雲珠女が出した湯呑みに手を伸ばした。

りょうは唐突に、

「お孝様も、竹刀を握られるのですか？」

「ええ。……ですが、なぜそれを？」

いくら剣術道場の娘といっても、女だてらに剣を握る者は少ないだろう。武家の婦女子の間では、薙刀《なぎなた》をたしなむ者が多いと聞くが、湯呑みに伸ばした指の付け根の竹刀だこを見れば、この女人はきっと激しい稽古を積んだのだろうと察しがつく。

「なんとなく、です」

誰でもわかりそうなものを、と思いながらりょうは湯呑みを置いてわざととぼけて見せた。

「そうそう、肝心な依頼を、具体的には伺ってはおりませんでした。確か、鎌倉の鶴岡八幡宮でしたか……」

「はい」

「宝印には大一番の勝負、と書いてありましたね。その勝負というのは、いったいどのような？」

「代参をお願いするのに、その理由まで言わなくてはならぬのですか」

「私たちがお届けするのは、依頼をされた方々の大切な祈りです。子どもの使いや、犬のおかげ参りとは違いますから」

口元の笑みを消し、りょうは孝の鋭い視線を押し返すように、じっと相手の双眸を見つめた。

色白の細面に、糸を引いたような切れ長の目元。その上に載っていた吊り上がった眉が、急にしおらしくなったように思えた。

「五日後に、剣術の奉納試合があります。場所は、湯島天神様の境内です。これは、道場の将来が左右されるような大事な試合なのです。その勝ち負けによって、私は道場の門人と、夫婦にならなければなりません」

「あら、それはおめでたいお話ではなくて？」

「めでたいものですか。父は、道場の名声を上げるような後継が欲しいと、ただそれを願い、私の婿を迎えようとしているだけなのです。こちらの気持ちなど、一向に構うことなく……」

語気を荒らげた孝は、それからこれまでの経緯をぽつぽつと語り始めた。

隠居を控えている父、葛城左馬之助には、ひとり娘の自分しか子がないこと。

父は男子が欲しかったものの、その願いは叶えられず、鬱憤を晴らすように孝は幼い頃から剣術を仕込まれたこと。

母を数年前に亡くし、そして婚期を迎えた孝に対し、父は道場を継げるような猛者を婿に迎えたいということ。

「そして、その婿に迎えたいという者が、道場では席次が一番の、師範代の磯田勘《か》解由《げゆ》という者です」

孝は先ほどとは少し口調を変えてそう言うと、手元の湯呑みを持ち上げて一息ついた。言葉にはせずとも、その声音から嫌な思いがじわりと滲み出ている。

「そのお方が、道場のどなたかと勝負をされるのですか？」

「……私が、立ち合います」

「お孝様、ご自身が？」

何のために、という言葉をとっさに飲み込んだ。他のてきとうな言葉を探しても見つからず、りょうは誤魔化すようにして再び湯呑みに手を伸ばした。茶はすでに、冷めきってしまっている。

孝はこちらの考えていることなどお見通しだとでも言うように、

「女だてらに、なぜ男と立ち合うのか、とお思いでしょうね。けれど、道場では磯田に太刀打ちできる者などおりません。先日も、我こそはと思う門人が、磯田に試合を申し込んだのですが……」

孝は悔しそうに、着物の膝のあたりを握り締めた。棲模様の辻が花が、節くれだった細い指先の中で潰れて歪んだように見えた。

「差し支えなければ聞かせていただきたいのですが。お孝様は、そのお相手との婚儀はお嫌なのですか？」

りょうが小首を傾げながら尋ねると、孝は眉のあたりを寄せて無言で頷いた。何か、迷いのようなものが一瞬ちらついたような気がした。

「私は、まだまだ誰かの妻になどなりたくありません。男ばっかりが幅を利かせている世の中で、自分のほうが上だと、女に向かってふんぞり返る口達者な者ばかり。そんな思いをずっと抱いてきました。特に我が道場の磯田勘解由は、鼻持ちのならない男です。道場で自分にかなう者がいないことを良いことに、弱い者をいたぶるように打ち据え、もっと強くなろうと志す者たちの心を潰そうとする。そんな男の妻にならなくてはならない自分が情けない」

　吐き捨てるようにそう言うと、孝は唇を噛んだ。りょうは静かにその様子を見つめていたが、胸の中に湧き上がる思いは同じだった。

　男が幅を利かせる世の中で、女の立場は決して同じ位にあるとは言えない。

「もちろん、そんな殿方だけでないことはわかっています。門人にも、まわりに気配りのできる腰の低いお方もおりますが……」

「だからこそ、代参の祈り先は鶴岡八幡宮なのですね」

「敗けられない。ただそれだけの祈りです」

　その孝の言葉に、りょうはようやく合点がいった。

　相州鎌倉の鶴岡八幡宮は、時の源家棟梁の権大納言頼朝の庇護の下で、武士たちの信仰の対象となっていったが、その祭神として神功皇后が祀られている。かの人は、女の身でありながらはるばる朝鮮の戦にまで足を運び指揮をとり、皇太子が即位するまで、摂政をとったといわれている。単なる武運を祈るばかりではなく、孝は女として男に負けぬ気概を、代参に託そうとしているように思われた。

　大一番の勝負、と牛王宝印には書かれていたが、確かに女子にとっての生涯の伴侶選びは大一番に違いない。

ただ、その願いを叶えるためには、並大抵の金額では請けることができぬ。

「承知しました。ですが、代参のお代は、少々高くつきますがよろしいですか?」

「構いません。試合までもういくばくも日数がありませんし。それで、いかほどでしょうか」

「そうですね。相州鎌倉であれば、この御府内から日数もさほどかかりませんから、ざっと十両いただければと」

りょうがさらりと言ってのけると、孝の口から言葉にならぬ声で、十両、とかすれた音が漏れた。しかし、すぐに我に返り、帯に差していた錦袋の短刀を抜き取って、りょうの前に置いた。一文字に引き締まった口元には、微塵も揺るがぬ決意が見て取れる。

「どうぞ、抜いてご覧になって構いません。正真正銘の肥前忠吉です」

「では」

りょうは心持ちためらいながらも、己の刀を差し出す武家の子女の思いはいかほどのものかを思った。その誇りを傷つけぬよう、矜持を汚さぬよう、決意を乱さぬよう、慎重に袋の紐を解く。

一尺ほどの合口拵えの短刀。鞘は漆黒で、銀流しの蔓草の目貫《めぬき》が鈍く輝いていた。そろりと抜くと、肥前忠吉特有の直刃《すぐは》が真っ直ぐ伸び、沸《にえ》もよくついていて、いくら刀剣の目利きに疎いりょうでも、手にしているそれが息を呑むような名刀であるとわかる。

思わず声が出かかったが、抜き身の前で言葉を交わす作法もなかろうと、静かに刀を鞘に収めた。

「父が、守り刀にと持たせてくれたものです。こんな名刀を婦女子にとお思いかも知れませんが、質に入れれば十両は下らないでしょう」

「本当に」

このような業物を、という言葉を飲み込んだ。そんなこと、百も承知で孝は代参を依頼したいというのである。これ以上、決意を乱してはならぬと、りょうは自制した。

孝自身も、複雑そうな表情で、軽く頷き返す。

「わかりました。では、お孝様の祈り、代わってお引き受けいたします」

こちらがそう告げると、孝は唇を引き結び、背を伸ばしてゆっくりと体を前に傾けた。澱みない所作で立ち上がると、りょうだけではなく店の者にも軽く頭を下げて店を後にした。

孝が手をつけなかった柏餅は、葉から飛び出たところがすでに乾いて、硬くなっているように思えた。

「急げば三、四日の旅になりましょうが」

「そうね。片道でそれぞれ一日、それから沐浴し、体を清めることをくれぐれも忘れずに。何よりも依頼人の祈りを汚さぬよう。それが……」

「へい、忘れもしません。それが、えんぎ屋の心得ってんでしょう」

道中合羽に脚絆を締めた旅姿の五平は、草鞋《わらじ》の紐を結びながら軽く頭を下げた。この若者特有の、人懐っこい笑顔から、白い歯が覗いた。

えんぎ屋では、代参で店の者を旅立たせるときは、必ず夜が白み始める前に店前を掃き清め、そろいの半纏《はんてん》で見送るのが通例となっている。

几帳面な加賀美などは、きちんと糊の利かせた着物に昨日結い直した髷で、普段以上に清潔さを漂わせているが、りょうは半纏を肩にかけるようにして羽織っていた。

「頼みましたよ。五平」

数日前に帰ってきた五平を、再び旅に行かせるのは忍びなかったが、もうひとりの若者である主税が西国を廻っているため、仕方なく頼むことにした。

夜も明けぬ頃から神田明神下を出て、日本橋から南へ下っていくのである。

りょうは自ら燧石《ひうちいし》を叩き、五平の背に火花を散らせた。

では、とだけ言って、溌剌とした足取りで五平は店を出る。昌平橋のほうへ消えていく若者の背を、りょうはしばらく見つめ続けていた。

「さて」

背が見えなくなったところで、ひと呼吸置いて一同をかえりみると、皆表情を引き締めて一段と険しい顔を作っていた。

「これからが、忙しくなりますよ。なんてったって、たったの四日しかないのですから」

両手をパンと打ち鳴らし、帳場に戻って、皆で膝を突き合わせた。

加賀美が広げた絵地図には、朱色で印がつけてある。

「同朋町の、ここが葛城道場ですな。護符が貼り付けられていたお社はここで」

太い指で指し示しながら、加賀美が説明を始めた。絵地図を囲むのは、りょうと加賀美のほか、雲珠女ともうひとりの女衆である榊がいた。

「昨日、榊が尾けたときも、お孝さんに特別変わった様子はなかったのですね」

「ええ、御寮人。おそらく普段通りなのでしょうけど、葛城様の道場に戻られてからは、その日はお屋敷から出ることはありませんでした。しばらくして道場から、女性の気合も聞こえてきたので、きっとそれがお孝様のものだと思いました」

榊はりょうよりも三つほど年下の女衆のひとりで、変装を得意としている。普段はえんぎ屋の店先に出ることは少なく、市中で物を売り歩いていることのほうが多い。

大柄でふっくらとした雲珠女とは異なり、榊のほうは小柄で、顔立ちもほっそりとしている。市中を売り歩く時も平素から笠をかぶり、手甲をつけているため肌は日に焼けず、透き通ったように白い。

物を売るときは、滅多に顔を上げずに笠の縁から唇だけが覗くようにして相手と言葉を交わすので、色香を嗅ぎつけて榊に声をかける男は多いらしい。

声をかけた相手の、五人に一人はものを買っていく。美人はそれだけで商売がうまいのだ。

「相手の、磯田勘解由というお方は？」

「確認できませんでした。通いの者だということは予想できますが、昨日道場を出入りした門人だけでも、ざっと五十人程度はおりましたので」

「では、とりあえずはその磯田が、どのようなお方かを探りましょうか？」

こちらの顔色を窺うように、加賀美が口を挟んだ。

「それは引き続き、榊に頼みましょう。今日一日は、私と加賀美で道場の噂を聞き集め、夜にでもまた皆から意見を聞きます」

「へい」

加賀美と榊が頷いた。雲珠女はやりとりを聞きながら、しきりに頷いている。代参屋の探索が始まると、たいがい自身は店を守るものだと自任していた。

ひとしきり意見が整うと、各々市中へ出るために半纏を脱いだ。

りょうも髪を変え、荷を背負って市中を売り歩く姿に装束を変えた。いや、正確に言うのであれば、さほど変装という自覚もなく、市中での売り歩きもこのえんぎ屋のれっきとした商売に違いなかった。

「私は、広小路のあたりから西へ向かいます」

「わかりました。手前は本郷のあたりから、ちょっとずつ東へ向かいましょう」

加賀美は鼠色の単衣《ひとえ》の裾を尻までからげ、逞しい四肢をむき出しにして、天秤棒を担いだ。

りょうも間を空けてえんぎ屋を出た。

こちらは先日仕入れた膏薬を荷にしている。

往来は初夏の日差しをいっぱいに受けていて、まるで光で溢れているようだった。

ゆったりとした足取りで、道の真ん中からやや外れたところを歩くと、りょうはすうっと息を吸い込み、

――いらんかへ。

――いらんかへ。

抑揚をつけて、声を張り上げた。

先代から代参屋で働くことを許され、初めて仕込まれたのが、売り歩く際の声の調子であった。

低すぎず高すぎず、喧騒の中でもよく響き渡るよう、それでいて市中を騒がせぬ

よう。唄うように、そして心を弾ませながら。

間延びしていたものが、空気の中へと消え入るように、りょうの声は市中の喧騒を飛び越えてゆく。


――いらんかへ、いらんかへ。

――竜涎《りゆうぜん》の膏薬いらんかへ。


声が耳に届いたのか、振り向いた三十過ぎくらいの職人が、鼻の下を伸ばしてこちらへ近づいて来た。はだけた着物に店の名を染め抜いた半纏を着ているが、襟じみでなんと書いてあるのか判別もつかない。ただ見栄っ張りの江戸者らしく、雪駄だけは鼻緒が黒羅紗の高価な物を履いている。

「いよ、別嬪さん。あんたに膏薬を貼ってもらえるってんなら、ちょうど内股の付け根のあたりがむず痒く思ってたんだ。膏薬を買って、なんなら按摩なんかもやって貰えんのかい」

「あいすみませぬが、私ができるのはこの膏薬を売ることだけです。兄さん、見たところ足が不自由とは思えませんが」

「なんでえ、しらけてやがる。まあ、そんな素っ気なさも嫌いじゃねえが」

男は黄色い歯をむき出しにして、りょうの腰に手をやろうとした。

その手をすり抜けるようにして、りょうは往来を飛び跳ねた。トントンと調子を踏むと、すでに男は後方にいた。

——いらんかへ、打ち身に火傷に、竜涎の膏薬。

——いらんかへ、あかぎれ骨接《ほねつぎ》に、竜涎の膏薬、いらんかへ。

思い切って声を張り上げると、往来の者たちの視線が、一気にこちらへ集まった。市中の者たちが見ている手前か、男は舌打ちを残してそれ以上無体なことをすることなく、その場から去っていく。

男なんて、単純な生き物だ。

見目さえ良い若い女を前にすれば、多少は愛想が悪くとも、見境なく尻尾を振るようにして擦り寄ってくる。武士も、商人も、職人とて変わりはない。日頃から胸を反らせて威張っているお殿様とて、りょうが道を行けば視線だけでもこちらへ向けてくる。

それがわずかに心地よいと感じたことも若い頃には少なからずあったが、いまはそんな視線も煩わしいと思うばかりであった。

男に媚を売って生きる道とて女にはある。そんな生き様を否定するつもりはさらさらないが、女たちが常に胸の内に鬱屈したものを溜め込んでいることもりょうは知っている。

代参の依頼をした孝とて、そんな空気を十分に感じているのだろう。

ただ鬱屈のない人生などない。女と男の区別なく、葛藤のない営みなどありえない。悩み、もがき苦しむ一生のほか、人は生き方を選べぬのだとわかってはいて、そして己を演じて生きている。

ただ、鬱屈した気分が晴れぬとき、人は何かに祈る。

初夏の青空に向かって、りょうは声を張り上げた。

陽光がいっぱいに降り注ぐ往来は、人々で溢れかえり、そして悲しみに満ちている。だからこそ人々は願い、そして祈るのだ。

(敗けられない)

それが孝の願いであった。祈りともとれぬそれの正体を見極め、そして孝に本来の祈りを届けるのである。

言葉の中に、本当の心はない。言葉にならぬ、胸のうちから湧き出る祈りの中にこそ、本当の自分がいる。

心をさらけ出し、むき出しの中で、依頼人は本当の自分に気づく。

(それが、あたしたち代参屋の仕事だから)

不意に先代の声が脳裏に蘇った。自身ですら気づかぬ本当の思いを、人々はそれぞれに屈託や葛藤と共に抱いているのだ。

代参屋は、その思いを掘り返し、掬い上げ、妥協の中で生きる人々にひとすじの光明を分け与えるのである。

先代の声を真似るようにして、りょうは再び声を上げた。

売り歩いていれば、しばしば声をかけられ呼び止められる。それがまともな客であることもあれば、ただの冷やかしだってある。それでも五、六人にひとりは買ってくれるものだから、商売なんてものはわからない。

小笠原左京大夫、井上筑後守の屋敷を過ぎて、広小路に突き当たると、上野新黒門町を左に折れてゆっくりと歩み始めた。


——いらんかへ。


同じ口上を続けて、三つ、四つと声を張り上げたとき、

「もうし、薬売り」

と、野太い声で呼び止められた。

りょうが振り向くと、そこには濃紺の袷《あわせ》に小倉袴の、猪首《いくび》の侍が立っていた。同朋町は目と鼻の先、もしや葛城道場の門人ではないかと、りょうは表情を顔に出さず、荷を下ろした。

「ありがとうございます。竜涎の膏薬ですね」

「うむ。数日前から古傷が痛むのだ。その膏薬で、少しは疼きが治まれば良いのだが」

男は朗らかな笑みを口元に浮かべながら、袂から財布を取り出した。

見たところ、年齢は三十を幾ばくか過ぎたくらいで、袖から覗く腕まわりは丸太のように太い。よほど鍛えているのだろうが、擦り切れた季節外れの袷、そのなりからは石取りの侍とも思えず、仕官を望む浪人のように見える。

月代《さかやき》の剃られていない総髪は、最近の流行りというわけでもなく、蓬髪《ほうはつ》をただ束ねているといった感じである。

代金を受け取ると、りょうは蛤《はまぐり》の貝殻に詰めた膏薬を男に渡し、笠で目元だけを隠しながらそれとなく、

「もしやお侍様は、この辺りの道場で剣術を?」

「ほう。まるで人相見のようじゃな。どうして、それがしが剣術をやっているとわかる」

「さて……」

と、りょうは自分の小鬢《こびん》のほつれ毛を指でかきあげると、小銭を袂にしまった。

最近剣術道場で流行りの竹刀稽古というやつで、わた布団の入った被り物に竹の胴をつけて、竹刀で猛烈に叩き合うのだという。自然、激しい稽古を重ねた者たちの小鬢は、そのせいで縮れてしまうのだ。

が、どうやらこの侍は、己の縮れた髪の毛にも気がつかぬようだった。

「天神様のお近くには、葛城様というお方の道場があるとか」

「おお、よく存じておるな。実は、わしもそこの末席におるわ」

それまでの会話を引きずるでもなく、男は感心したように通りの先を顎でしゃくった。よほど我慢ができぬのか、往来を気にすることなく、毛脛《けずね》をむき出しにして右膝のあたりに膏薬を擦りこんでいる。

打ち身の怪我も多かろうと、薬売りにしたのは正解だったようだ。案外早く手がかりに繋がるのではないかと、りょうは内心期待しながら、人の良さそうなこの門人と話を続けた。

「確か、磯田様というお方が、道場で抜きん出ていると耳にしたことがございます」

「む……。磯田か」

その名を口にした途端、侍の口調がわずかに沈んだものに変わった。どうやら道場での評判も、孝が言っていたとおりの人物なのかもしれない。りょうを見て、上向きだった男の口角は、次第に萎んだふうに地へと垂れ下がった。

「何か、よからぬことでもおありなのですか」

「いや、なんでもないよ。磯田勘解由は、我が道場が誇る、腕の立つ師範代ゆえ」

そこまで言ったのならば、何か教えてくれても良いものを、と口に出かかって、りょうは笑顔だけを作り、小さく頭を下げた。

（道場で自分にかなう者がいないことを良いことに、弱い者をいたぶるように打ち据え、もっと強くなろうと志す者たちの心を潰そうとする）

不意に孝の言葉が思い返された。あの言葉が本当ならば、どうやらこの侍も、磯田にやられたくちなのだろう。

「世話になった」

そう言って、男は足早に往来の向こうへと立ち去った。わずかに右足を引きずるような歩き方である。そして男は、すぐに通りの途中にある、冠木門《かぶきもん》へと入っていった。

（剣術指南神道一心流　葛城左馬之助）

りょうは間を空けてそこまで行くと、その冠木門の前に掲げてある墨書を見た。

湯島天神下同朋町は、将軍家や大名らの身の回りの世話をする御坊主衆の屋敷が連なっている地域である。坊主や法体と言えど、万一の際にはおっとり刀や薙刀を手にし、将軍家をお護りせねばならぬのだろう。決して無骨な役回りではないだろうが、非常時に備えようとする者たちにも、この道場は人気があるのかもしれない。

りょうは冠木門の前で、ちらりと屋敷のほうを窺ったが、長居をして怪しまれてはならぬと、すぐにその場を立ち去った。

――いらんかへ。擦り傷、打ち身に竜涎の膏薬。

再び声を張り上げる。
三、四歩踏み出したところで、道場のほうから、竹刀を打ち合う乾いた音と、空気を切り裂くような気合が続けて聞こえてきた。男たちの裂帛の気合に交じって、女のものらしい甲高い気合が響いている。
孝だろう。りょうは手のひらの竹刀だこを思い出した。

（敗けられない）

孝は、勝ちたいとは言わなかったのだ。精力をみなぎらせて光るような、あの力強い双眸が脳裏に蘇った。

「磯田勘解由という者の歳は二十八。生粋の江戸者というわけではなく、以前はどこぞの藩で剣術の師範代をしていたそうです。五年ほど前にあの道場に流れてきて、見る見るうちに頭角を現し、三年前からは師範代に納まっているとか」

りょうはその夜、榊からの報告を聞いた。

雲珠女が茶を淹れ、加賀美はそばで腕を組んで聞いている。

「脱藩者かしら？」

さほど考えることもなくりょうがつぶやくと、加賀美の眉のあたりがぴくりと動いた。

「そこまではわかりませんでした、御寮人。住まいは下谷の裏店に独り住まいだそうです。明日は思い切って、道場へ物を売りに行こうと思うのですが」

「いまはまだ無理はしなくても良いのです。それより、お孝さんの町の評判はいかがでした?」

「なんと言いましょうか。良くも悪くも、剣術にのめり込んでいるというふうな評判でした。器量は悪くはないのに、勝気な性格で損をしているような。いえ、決して町の者たちが非難しているというのではなく、残念がっているような口ぶりでしたね」

榊は口をとんがらせてそう言った。

顔の輪郭は、ふたりともちょっぴり似ている。それが榊には面白くないのかもしれない。自分よりも、器量の良し悪しを気にするようなところが榊にはある。

「それで、お孝さんは剣術の試合には勝てそうですか?」

「それはなんとも。ですが、最近になって猛稽古を続けられているのは間違い無いようです。よほどの稽古をしておられるのでしょう。ひどい時には、道場から出て、井戸端でえずいていることもあるとか」

いくら敗けられないとはいえ、日々の稽古を吐きそうになるまでやるとは、とりょうは眉をひそめた。もとより男と女である。想いはどうあれ、膂力の差はどうしたって埋められるものではない。

孝自身も、それがわかっていながら、どだい叶わぬ願いを叶えようと、このえんぎ屋に代参を依頼したはずだ。

「そうですか。では、加賀美のほうはどうでしたか？」

「はあ。こちらもかんばしい情報は得られなかったのですが」

加賀美は少し言い淀むと、雲珠女が淹れた茶に手を伸ばした。

加賀美もりょうと同じく、今日一日、市中で振り売りをして情報を集めている。

「少し気になるようなことを、出入りの乾物屋から耳にしました。以前、道場で免状審査があったようですが、その際に不可解なことがあったとか」

「不可解、とは？」

「なんでも、免状審査を受けるはずであったもうひとりの門人が、その日は手もなく磯田に敗れてしまったというのです」

「それが、不自然なのですか？」

「は。そのもうひとりの門人というのは、葛城道場生え抜きの者で、なんでも磯田はその者と師範代の座を、しのぎを削るようにして奪い合っていたと聞きます」

「それが、その免状審査で敗れてしまったと？」

りょうは小首を傾げた。

加賀美は言葉を続けた。

「勝負は時の運。技量に差があろうとなかろうと、ちょっとした油断で敗れてしまうことは往々にしてあります。しかし、ただふたりの剣士の勝ち負けがそれで決まったというのであれば、不思議なものではないのでしょうが、その後も磯田は着実に道場でその地位を不動のものとし、敗れた相手はいまも不遇の道を歩んでいるとのことです」

まさか、とりょうは昼間に出会ったうらぶれた侍のことを思い出した。

蓬髪を元結でひっつめたように束ねた総髪に、衣替えも満足にできぬ様子の擦り切れた着物をまとい、刀の鞘の塗りはところどころ剝げていた。

――しかし。

と、りょうは思い直す。あの男自身、道場の末席と言っていたように、過去に道場の師範代の座を争うような、凄腕の剣士という様子ではなかったのだ。

それに磯田の話に触れたときも、男はその人となりについて考えるような口ぶりを見せたが、過去に因縁があったというような印象はなかった。

ただひとつ、右足を引きずっていた姿には引っ掛かりを覚える。

(何か、知っているのかもしれない……)

りょうは考え事をする癖で、つい右手の人差し指を口のあたりにやった。

その日はそれで終えた。五平が代参から戻るまで、あと三日である。

翌日、りょうと加賀美は四つ頃にえんぎ屋を出た。

磯田勘解由の特徴は、昨夜、榊から聞いてある。

背丈は五尺八寸（一七六《チセン》）という大柄で、四角い顔に三白眼、何より目尻から頬にかけて、昔、剣術の試合で負った青痣があるのだという。

「来ましょうか？」

そばにいる加賀美がしゃがみ込んだまま、顔だけをこちらに向けた。

加賀美も、昨日のりょうと同じく、膏薬売りに化けている。

磯田は常に他の門人たちよりも遅くに道場へ来るというので、ふたりは朝の時間を外して、再び葛城道場のあたりを探ろうとしていた。

「さて、それはどうでしょう。顔の青痣を見ればわかると思うのだけれど」

加賀美は背丈が六尺（一八二《チセン》）もある。磯田という侍をさらに超える偉丈夫であり、往来に突っ立っていては目立ってしまう。ゆえに道場が見える板倉摂津守屋敷の築地塀のあたりに腰を下ろし、通行人がいれば声を張り上げて膏薬を呼びかけた。

昨日のようにぶらぶらと売り歩くということはできぬが、はたから見れば薬売りの夫婦に見えるはずだ。

――いらんかへ、竜涎の膏薬。

あい変わらず、りょうは往来に向かって声を張り上げた。

膏薬の売れ行きはあまり変わらず、往来をゆく人々の顔も、昨日と代わり映えはしない。笠に隠れたりょうの素顔を、昨日は覗き込もうとしていた男たちも、今日は隣の加賀美の姿を認め、がっかりしたような表情で通り過ぎていく。

見世を出し、陽が中天から西へわずかに傾きかけた頃、加賀美が往来から見えぬ仕草で、りょうの袖をそっと引いた。

東の広小路から、往来の真ん中をゆったりとこちらへ歩んでくる武士がひとり。白絽の小袖に夏羽織を涼しげにまとい、袴は仙台平と、見ただけで豪奢な装いである。

「あの男」

つぶやくような小声で言うと、加賀美は足元にかがみ込んで笠の紐を結び直した。

りょうは呼び込みの声音を変えることなく、笠の下から視線だけを男にやった。目尻から頰にかけて、確かに火傷のような黒味を帯びた青痣が、初夏の日差しに炙られるようにして広がっている。

男がふたりの目の前を通り過ぎようとしたとき、

「もしや、磯田勘解由様ではございませぬか」

りょうが声をかけると、磯田はうろんな眼差しをこちらに向けた。

「何か用か、薬屋?」

剣術使いらしく油断ない物腰で、張りのある声が若さを示していた。

懐手にした右の片袖を風に揺られるままにして、両刀の朱塗りの鞘が、陽光に照らされて艶やかに光っていた。

「突然のご無礼をお許し下さい。ご高名はかねがね伺っております。そちらの神道一心流、葛城道場で師範代をお務めになっているとか」

りょうが顎を軽く上げて見つめると、磯田は虚を突かれたように視線を泳がせた。よほどの女好きなのか、一度睨《ね》め回すようにこちらの体を上から下まで見て、ちらりと加賀美のほうに顔をやり、すぐに失望したような視線をこちらに向けた。

「それがどうした」

「ご不快でなければ、私どもの膏薬を、ぜひお使いいただけぬかと」

「薬など、間に合っておるわ」

「お代は結構でございます。ただ、葛城様の道場でも、こちらの竜涎の膏薬をお使いいただいて、お気に召しましたら、またお呼びだていただければ」

りょうは蛤の貝殻ごと、膏薬を差し出した。

「秘伝の牛黄《ごおう》を練り込んだ、打ち身に骨接、金創《きんそう》、火傷にも効く万能の薬にございます。お気に召さなければ、そのまま打ち捨てていただいて構いません」

ふうん、と鼻を鳴らし、磯田は薬を手に取った。

ほくそ笑むような表情から察するに、自分の名もそこまで世間に知れ渡っているのかと、内心得意になっているに違いない。

女と見て油断しているのかもしれないが、それにしても剣術使いにしては、用心深さが足らぬように思えた。

「まあ、そこまで言うのであれば、貰ってやろう」

「ありがとうございます。二日後に、またここで見世を出しますゆえ」

「うむ。気にいったら、また声をかける」

袂に薬をしまうと、磯田は加賀美のほうへ再び視線をやった。

「亭主か?」

「はい。信濃の片田舎で生まれ、ようやっと、こうして御府内の商売も軌道に乗り始めました」

受け答えは、りょうがやった。加賀美は、そっと頭を下げただけである。

「ふん。もったいないことじゃ」

何が、とは磯田は言わず、そのまま興味を失ったように天神下の道場のほうへと歩いていった。

寡黙な亭主に対し、明るい妻とでも思っているのだろうか。

加賀美は眉間に皺をつくったまま立ち上がった。仁王様のような分厚い背中越しに、武家屋敷の甍《いらか》が初夏の陽光を照り返している。

見世仕舞いをして、えんぎ屋に帰っても良かったのだが、その後客が続けて薬を買い求めてくれた。

「あの男……」

ぼそぼそと小声で言ってから、加賀美は客から受け取った小銭をしまった。

その夜、りょうはえんぎ屋に戻ってから、再び店の者たちを集めた。

話し合いの中で、りょうは加賀美と榊からひとつずつ情報を聞いた。

ただ加賀美のほうは確かなものに思えたが、榊の情報には、ひとつの懸念も孕んでいた。

「そうですか」

りょうは頷くと、ふたりに細やかな指示を出した。

深更、話し合いを終えてひとりになると、灯火のもと、帳場の壁に台を寄せ、祀ってある神棚に手を伸ばした。孝から預かっている肥前忠吉の懐剣を、代参を終えるまではここに祀っているのだ。

黒漆の鞘を払うと、冷たい刃が鈍く光っている。

りょうは灯火にかざして、じっと刀身を見つめ続けた。敗けられない。肥前忠吉が、そう叫び続けている気がした。

五平は今ごろ、すでに鎌倉に着いて、明日の代参のために身を清めている頃だろう。その五平が戻るまであと二日である。

翌日、朝早くにえんぎ屋の暖簾を潜る女人の姿があった。

店の者たちは、皆驚いた様子で女を帳場まで通した。

「どうしました、お孝様」

孝のやつれた頬を見て、りょうはわずかに胸が詰まった。

全身がひと回り小さくなったような印象だが、その分、双眸の光は以前と比べものにならぬほどの激しさをたたえていた。

この二、三日だけで、よほどの稽古を重ねたのだろうか。髪を結う余裕などなく、艶のある下ろした髪を、後ろで束ねている。異様な気配を全身から放っており、流行りの着物を着ていなければ、その姿はまるで獰猛な獣を思わせる。

顔は細くなっているが、逆に身体のほうはしまったような印象があった。

「あの……」

と、掠れた声を口からこぼしたかと思うと、孝はいきなり咳き込んだ。

頬がかさかさに荒れている。りょうは雲珠女に、大ぶりの湯呑みを運ばせた。

「まずは、白湯をお飲み下さい。飲みやすいように、ぬるくしております」

「でも」

「どうかお願いいたします。代参の依頼をされたお方が、店の中で倒れてしまっては、このえんぎ屋の名折れです」

りょうが少々きつい口調でそう言うと、孝は意を決したような表情で、湯呑みの白湯を少しずつ飲み始めた。

白い細首が、湯を飲むたびにいきいきと動く。

湯を半分くらい飲み終えて、孝はほっと息を吐いた。

双眸にたたえていた鋭い光が、ほんの少しだけ弱くなった。

「実は、代参の依頼を、取り消しに参りました」

孝の言葉を、りょうは微動だにせず聞いた。代参を取り消したいという者は、これまでの過去の依頼人にも何人かいた。ちょっとした心の機微で、願いを変えようとする依頼人は少なくない。

「どだい、無駄な願いだったようです。女の私が男に負けぬよう、どれほどの稽古を積み重ねたのだとしても、結局女は男に膂力ではかないません。所詮は、身の程を知らなかった」

「なぜ、急にそんな……？」

「稽古を続け、いやというほど自分の弱さが身に沁みました。幼い頃から竹刀、木刀を振り続けましたが、それでも道場では、席次では十番ほどの者にも歯が立たぬのです。これでは、あの磯田に勝つことなど到底できませんから」

流石に武士の娘と言うべきか、朗らかに語る孝の表情に、悔しさはこれっぽっちも見ることはできない。やつれていても、言葉のひとつひとつはしっかりとしていた。だが、膝元に置いた指先が、着物の褄のあたりを握り締めているのをりょうは見逃さなかった。

「それで、代参の依頼を取り消すと？」

「自分の勝手は承知です。あのとき、えんぎ屋さんにお願いしたことに、武家の娘として二言はございませんわ。けれど、お預けした肥前忠吉、どうかお返し願えませんでしょうか」

「困りました」

「え？」

「代参に行った店の者は、二日前にこの御府内を発っています。どんなに遅くとも、部下は今日あたり、お参りを済ませていると思います」

「すでに……」

遅かったのですか、という言葉が、孝の口からかすれ出た。

りょうは、目の前でうなだれる孝を一瞥すると、立ち上がって部屋の隅の台を壁に寄せ、神棚から肥前忠吉を取り上げた。

先日孝から預かったままの姿に戻しており、錦の袋に入ったままのそれを、りょうは膝の前に置いた。

「申し訳ありませんが、もはや代参の依頼を取り消すことはできませぬ。お預かりしたこの肥前忠吉、しかるべき日に、刀剣商に購っていただこうと思っています」

「それを、なんとかならぬのでしょうか。例えば、十両で買い戻す、というのはできませんが、一両、二両で、なかったことにはできませんか」

切迫した様子で詰め寄る孝に、りょうは無惨なものが胸のうちから込み上げてくるのを覚えた。

「申し訳ありませんが、請ける祈りを、安売りするわけにはいかないのです。これは、うちの店だけの問題ではなく、他の寺社の手前もあります。安い祈りで願いが叶うなら、いちど願ったものを簡単に取り戻せるなら、祈禱も祈願も、お守りなんていらなくなってしまう。それに……」

りょうは、努めて平静を装おうとした。目元だけ笑っている暗い笑顔だと、我ながらそう思った。

「烏が死にますよ、お孝様」

「え？」

「聞いたことはございませんか、牛王宝印を翻したならば、熊野で烏が三羽死ぬ、と」

「……」

孝は押し黙った。

りょうは、すうっと息を吸い込むと、声音を変えて凄んで見せた。

「お孝様、祈りを翻したら、あなたご自身も血を吐いて死ぬことになります」

「ま、まさか……」

「冗談じゃあない。私ら代参屋を舐めないで。一度、カミサマに祈ったものを、そう簡単に取り消せると思って？」

りょうは、目の前の短刀を手に取ると、ゆったりとした手つきで袋の紐を解いた。中から、黒光りする匕首《あいくち》を取り出し、その鞘を払う。

じっと孝を見つめると、相手の双眸に激しい火が灯ったような気がした。

相手は剣術道場の女剣士。もし、この短刀を胸に抱いて突き出したとしても、非力なりょうが、孝にかなうはずもなかった。

（きっと、返り討ちにあうのかな？）

それも、案外悪くないのではないかと、りょうはとっさに思った。

しかし、

「冗談です。お孝様」

「……」

ふっと笑みを浮かべても、孝は油断なく身構えている。

我ながら芝居の才能はないものだと、内心苦笑しながら、りょうは静かに短刀を鞘に収めた。

「けれど、あなた様の願い、祈りは尊いものに変わりはありません。一度、強く祈ったそれそのものを、簡単に変えようとはしないで」

「私の、祈り？」

いまだ信用できぬ、というような怪訝な表情で、孝はつぶやいた。

「そうです。お孝様、あなたはお強い。誰よりも強く願い、そして祈られた。女の強さは、決して膂力、腕力だけではありません」

「それは、理屈です」

「いいえ、願うこと、祈ることとの本当の意味をご存じないから、あなたは力の強さばかりに目がいってしまう。ちゃんと、ご自身の祈りに向き合おうとしないからです」

畳み掛けるように、りょうは続けた。孝はこちらから視線をそらすことなく、斬りつけるような眼差しを向けている。

「人の願いは、強い。言葉に託した想いは尊い。それでも言葉を超越した祈りは、もっと」

もっとすごく、大変なものなのだ。と、言いたかったが、それを口に出すことはできなかった。言葉を超越した祈り。それを言葉で言い表すことなど、到底できぬと思ったからだ。

「敗けられない、そうおっしゃったのには、わけがおありですよね」

「それは……」

孝はわずかに言い淀んだ。

「勝てずとも、敗れぬ。それさえも十分な強さだと思います。お孝様が、相手の磯田様に敗けたくないのは、すでに心に決めた方がいらっしゃるからでしょう」

「それは……」

孝は声を張り上げると、急に顔を赤く染めて、しおらしく俯いてしまった。

それは昨夜の話し合いの中で、榊が皆に報告したものだった。

剣術に一途《いちず》と思われていた孝だが、稽古を終えた後や休憩の最中に、ひとりの門人とよく言葉を交わすことがあるのだという。はたで見ていれば些細な仕草だろうが、折に触れて視線を交わし、ふとしたところで意識を向ける姿を思えば、道場の中ではすでに噂になっていてもおかしくはない。

榊はそんなふたりの様子を、道場に出入りしている小間物屋から、たくみに聞き出していた。

だが榊の情報が孕んでいたひとつの懸念のほうは、これればかりは孝が自分自身を見つめ直さぬことには、他人からどうと言えるものではなかった。

「願うことで、祈ることで、夢を見ることで、人は変われますよ。お孝様、少なくとも、ご自身だけでも」

りょうは柔らかく言葉をかけた。

しかし、孝は鋭い眼差しを向け、言葉を荒らげた。

「……嘘」

人知れず、思い悩み苦しんでいるのかもしれない。孝は、自分の帯のあたりに手をやって、腹から吐き出すようにして言葉を口にした。

「神仏に祈って叶う願いであれば、なぜ人は不幸になるの。お腹を空かせた貧乏人も、春をひさぐ女たちも、火事で焼け出された哀れな人々も、どんなに神仏に祈ったところで、幸福になれるなんて限らないでしょう」

その言葉が、りょうの胸に突き刺さった。火事で焼け出された哀れな人々、幼い頃の、恐ろしい記憶がじわりと脳裏に広がった。

「確かに、神仏に祈って、叶う願いなんて限られています」

「ほら、ご覧なさい。しょせん人が願ったところで、大した意味はない。歯を食いしばって、自らの叶わぬ夢を押し殺して生きていくのが現実なの。言葉に託そうが、どんなに祈ろうが、その先に待ち受けているのは、過剰な期待をした上で、神仏にも裏切られるだけに決まっている。あなたたちだって、私の弱みにつけ込んで、金をむしり取っただけじゃないの」

孝はまくし立てるようにそう言うと、肩で息を大きく吸い立ち上がった。

「もう、その短刀も好きにして構いません。わずかなものにでもすがろうとした、自分が愚かだったことがつくづくわかりました。これで、失礼します」

「お待ち下さい」

部屋を出ようとする孝に対し、りょうも立ち上がって声を張り上げた。

「確かに神仏に祈りを捧げて、叶う願いは限られています。しかし、先ほど私はあなたに申し上げました」

りょうは孝を睨みつけるように目を細めると、声を沈めた。

「私ら代参屋を舐めないで。神仏が叶えられない祈りだろうが、あなたから引き受けた祈り、私たちは、本気で祈ってるんだから」

やつれた顔に浮かぶ孝の双眸に、ほんのわずかにおびえの色が浮かんでいた。


孝がえんぎ屋を訪れたあの日から、二日が経った。

家々の軒先に、菖蒲の葉が吊るされ、風に揺られている。

五月五日の端午の節句である。その日、りょうやえんぎ屋の面々は、毎年の恒例で菖蒲の葉やちまきを町々で売り歩くのである。

売り歩く地域の当番も決めていて、雲珠女は両国や深川あたりを、榊は麻布から麹町の方面に行き、りょうは加賀美と共に、上野から広小路、湯島のあたりに行く。

すでに早朝から支度を終えていて、ふたりは店を後にした。五平は旅から帰ってきたばかりということもあり、今日ばかりは店番をさせている。

「少し、私も荷を持ちます」

「いいえ、御寮人はそのままで」

加賀美は籠を背負い、両腕に子どもの背丈くらいはある籠を抱えている。中には店の者たちが総出で作ったちまきが詰まっており、菖蒲の葉のほうも背負子いっぱいにして、そちらはりょうが背負った。

よく晴れていて、往来には日の光がいっぱいに注いでいる。

「見物人に、よく売れるでしょうな」

ええ、と生返事をし、りょうは汗ばんだうなじのあたりに手拭いを当てた。ふたりで肩を並べて、声を揃えて菖蒲の葉とちまきを売り歩く。

――武運長久、武運長久。

――しょうぶ、ちまき、いらんかへ。

昨日、代参に行っていた五平が帰ってきた。

つつがなく孝の祈りを終え、代参をした証拠として御朱印帳にも鶴岡八幡宮の朱印が押されていた。

代参屋として、依頼人たちから預かった祈りの分だけ、えんぎ屋の御朱印帳は津々浦々の寺社の朱印で埋められていた。

さすがに節句ということもあり、菖蒲の葉もちまきも、どちらもよく売れた。

六つ頃に店を出て、五つ頃まで上野から広小路あたりで売ると、ふたりは不忍池のほとりでひと息入れた。

「そろそろ、刻限ですかな」

「ええ、行きましょうか」

ふたりは、どちらからともなく、不忍池から湯島天神下へと向かった。途中、葛城道場の脇を通ったが、この日ばかりは道場も水を打ったように静まり返っている。

きつい勾配の石段をどんどん上っていき、石段を見下ろすような鳥居を潜って境内へ入ると、たすき掛けの剣士たちだけではなく、すでに噂を聞きつけた近隣の町人らも群れになっていた。

りょうは後ろにいた加賀美をかえりみた。

「剣術道場が、なぜ天神様で奉納試合をするのでしょう？」

「さて、近頃の御府内の武術流派の中には、市内で道場を開いたものの、手頃な御祭神がないために、こうした近所の寺社に神事や仏事を頼むのだと聞いたことがありますが……」

「それは、加賀美のお国でもそうでしたか？」

りょうが何気なく尋ねると、加賀美は聞こえないようなふりをした。

当人は恥ずべきこととして口に出すことはないが、加賀美はえんぎ屋に来るまでは、北陸の国許でれっきとした石取り侍だったのである。

境内には、厳しい幔幕《まんまく》が張られ、広くなったところは葛城道場の門人たちによって掃き清められている。見物人たちの声をかき消すように、箒で掃く音が不規則に響いていた。

「間に合いましたね」

境内の脇には様々な見世も張られていて、ふたりは他の香具師《やし》の邪魔をしてはならぬと、隅のほうに荷を広げて売り始める。

目立たぬように売っていても、ちまきを買う見物客はひっきりなしに途切れなかった。

しばらくして、世話人らしい肩衣姿の老人が、初夏の晴れ渡った空に響き渡るような大音声で、

「これより、神道一心流葛城左馬之助道場、御一門による奉納試合を始める。御見物をなさる皆々様には、何卒ご静粛に願い奉る」

最後にえへんと咳払いをすると、奥から出てきた神主らしき男に続いて、屈強な身体の男たちが幔幕からぞろぞろと現れた。男たちに交ざるようにして、白い稽古着姿の孝が、紅色の鉢巻きをつけ、凛とした表情で出てきた。

りょうは加賀美とふたり、荷を片付けて見物人たちに紛れるようにしてその様子を見ていた。

神主が朗々と祝詞を上げ、続いて道場主の葛城左馬之助の言上があった。

道場主の呼びかけに、門人たちが応っと叫び、いよいよ奉納試合が始まった。

「一番試合、井之頭藤兵衛、茅野《かやの》惣右衛門。両名、前へ」

審判役の男が高々と声を張り上げると、呼ばれたふたりの男たちが、試合場に進

み出た。丸顔で背の低い者と、細面の長身の者との組み合わせである。どちらも紺色の筒袖の稽古着に、鉢巻きを締め、素面素籠手で竹刀を携えている。

試合が始まると、両者の気合よりも見物人たちの掛け声のほうが勝っていた。

「いいぞ、いけいけ」

「そこだ。いいや、引いちゃ駄目だ」

「息があがってやがらあ。踏ん張れ、負けんじゃねえぞ」

どちらを応援しているのか、そもそも見ている者にとっては勝敗などどうでも良いのかもしれない。それでも神聖な奉納試合と承知しているようで、見物人たちは威勢よく、決して口汚くなることなく、わあわあと声を上げていた。

続けて三組の試合を終え、

「四番試合、当道場師範代、磯田勘解由。道場主葛城左馬之助が息女、孝」

審判役の男が言い終えるのと同時に、見物人たちがさらに盛大に騒ぎ立てた。

孝は地面を踏み締めるようにして、白足袋で試合場に進み出る。

「なんだなんだ、次は絶世の女剣士の登場ってか」

「あんな青白い顔で、本当に大丈夫かえ」

各々周囲に聞こえるような大声で、見物客は口々にそう言葉を交わしている。

だが試合場の真ん中に立つ孝は、まばゆい日差しの中で、凜とした面持ちを崩さずにいる。肩の力が抜けていて、周囲を圧倒するような気配を発していた。

対する磯田勘解由も、先日りょうと加賀美が見たままの青痣は変わらず、口元に相手を見下すような微笑が浮かび上がっていた。

——敗けないで。

りょうは胸の前で組んだ両の手に力を込めた。懐には、五平が持ち帰った鶴岡八幡宮の朱印を押した御朱印帳がある。

孝の白い稽古着は、境内に即席に設えられた試合場の上で、まばゆく輝いているようにも見える。まっすぐにぴんと伸びた背筋は、まるで天から見えない糸で吊るされているようだ。

「はじめっ」

審判役の掛け声で、両者は竹刀を構えた。

先に仕掛けたのは孝である。軽やかな足捌きで、すっすっと前に出たかと思うと、目にも留まらぬ早技で、面、籠手、胴へと鮮やかに打ち込んだ。

だが、はたから見ても相手の磯田のほうが一枚上手で、孝が繰り出すいずれの技も、軽く竹刀で払うようにして退けられた。

孝は善戦するものの、効果的な一撃を与えることなく、気がつけば磯田のほうも手数を増やし始めていた。孝はどんどん劣勢になっていく。

——あっ。

と、りょうが叫び声を上げそうになったとき、乾いた音が神社の境内に響き渡った。

面に向かうと見せて、胴を狙う。そんな磯田の誘いに、孝は必要以上に警戒して竹刀を下げた。刹那、無防備となった孝の額に激しい一撃が放たれた。

「一本。磯田勘解由っ」

無情にも審判の声が上がる。孝は衝撃で、試合場の真ん中で膝をついた。鉢巻きを締めていたが、血が眉を過ぎて頰の辺りまで流れている。

すると、

「お孝どのっ」

声が上がったほうを見れば、稽古着姿の男が幔幕の端のほうから、孝のそばへと駆け寄っていった。

孝は渋面を作って見せたが、男はそんな様子にも構わずに、背を支えるようにして、額の鉢巻きを外して傷口に布を当てていた。

孝はその男から肩を貸されるようにして立ち上がった。ふらついた足取りながら、平然とした様子で幔幕のほうへ退がっていく。支えているほうの男も、なぜか足を引きずっていた。

——敗けられない。

孝の祈りが、ふたりの背から滲み出ているように思えた。

やっぱりなあ、と見物人のひとりがつまらなそうにつぶやいた、そのときである。

幔幕に消えようとしていたふたりの歩みが、いきなり止まった。

「あ……あ、あいや、しばらく」

男の震えるような叫び声が、境内に響き渡った。

何事かを口にしようとする孝を労わるように、男は腕を外し、試合場の前まで、ずんずんと歩み出てきたのである。猪首に怒り肩のその姿は、ほとばしるような殺気に包まれていた。

「金子、いかがしたのだ。気でも触れたか」

周囲の門人たちが制止しようとするものの、金子と呼ばれた侍は、一向に構うことなく試合場の真ん中までやってきた。対峙した先には、試合を終えた磯田勘解由の姿がある。

りょうは、金子と呼ばれた男に見覚えがあった。孝から代参を頼まれ、翌日から膏薬を売り歩いていて、道場のすぐ近くで呼び止められたあの男である。

「あの者が、以前磯田と師範代の座を争った、金子新兵衛という者です」

そばにいた加賀美がぼそりとつぶやいた。りょうは小さく頷くと、金子が切り出した新たな展開にじっと期待を寄せた。

孝の思い人が、榊の報告で道場内にいる金子新兵衛という侍だとわかったとき、りょうは加賀美に言い含んで、接触するよう命じたのであった。

全くの偶然であったが、その金子新兵衛は、以前に磯田と勝負をして敗れた過去を持っていたのである。それからたった二日だけだが、加賀美はえんぎ屋へ顔を出すことなく、金子新兵衛に策を与え、そしてこの日を迎えた。

「そ……、卒爾《そつじ》ながら、此度の奉納試合、いまの立ち合いで我が道場紅一点、お孝様の、この磯田の妻となることが決まったのだと伺っております」

金子は周囲の者たちにも、聞こえるような大音声でそう言ったが、視線はあくまでも磯田を見ていた。

優男で長身だが顔に痣のある磯田と、猪首で丸っこい体型の金子の組み合わせは、見物人が見ても異様に思えるかもしれない。

「だから、何だというのだ。これはお師匠様のご意向でもある」

「だまれ、磯田。わしの右足がこのようになったのも、すべて貴様が仕組んだ罠だったのだ。数年前の、忘れえぬ貴様への遺恨とて、わしにはある」

「罠だと。笑わせるな、金子。尋常の立ち合いで、敗れたからといって、いまさら蒸し返し、喚き散らす侍がどこにおる」

激昂するような様子の金子に対し、磯田は挑発するような口調である。

しばらく言葉の応酬が続くと、しびれを切らしたように、奥にいた壮年の男がふたりの間に立つようにして制した。先ほど一同の前であいさつをした葛城左馬之助であった。

さすが道場主、といったところか、離れたところで見ていても、佇まいで周囲を圧倒するような迫力を感じた。

「もうよい、ふたりとも。それにしても金子、そなたそのようなことを申すために、このような場で、戯言を申したわけではないな」

「は。今一度、次はそれがしが磯田と立ち合い、もし勝ちましたならば、それがしが……」

金子はそこまで言うと、その猪首から顔に至るまで赤く染めた。

遠くで様子を見ている孝は、息を詰めたような表情で、当人たちのやりとりを見守っている。

「はっ、まさかお主、お孝様を妻にしたいと思っているのではないか」

「悪いか、磯田。貴様などよりも、わしのほうが、お孝様を……。ずっと」

最後は言葉が小さくなる金子を、磯田は軽蔑した様子でせせら笑った。が、葛城左馬之助は、いたって真面目に、

「ほう、そなた、この奉納試合での決め事に異論があると申すのか。先日お孝の婿に、この磯田を迎えると決めたのは周知の事実じゃ。それを、覆そうと申すのか」

「恐れながら、神前での誓いを破るほど、それがしの肝は太くはございませぬ。故に、それがしも神仏にすがろうと思うのです。それがしの祈りを、その……お孝様をお慕いする思いを……」

ふんっと、金子の鼻息が荒くなった。

葛城左馬之助は困ったような顔をしていたが、幔幕のほうにいる当の孝は、信じられぬような顔をして、頬を上気させ始めている。

だが、そんな当人たちを見て静かにしているほど、見物人たちは大人しいはずもなかった。

「いいぞ、面白そうだ」

「そうだ。受けて立てばいいじゃねえか、師範代」

「男見せろ。どちらが勝っても恨みっこなしだぜ」

見物人たちの声が重なると、さすがに葛城左馬之助も黙っているわけにはいかないようだ。道場近隣の聞こえもある。ゆったりと頷いたのを見ると、この突然の立ち合いを諾としたようだった。

「相分かり申した。この葛城左馬之助、本日この場にいる皆々様をご証人として、我が娘の婿となる相手を改めてこの試合で決めようと存ずる。ただし、恨みなしの一本勝負じゃ」

高々とそう呼びかけると、見物人たちもわっと応えた。

そうと決まれば話が早い。磯田勘解由は苦々しい表情を崩すことなく、顔が火を噴いたように上気している金子を睨みつけながら、身支度を始めた。はなから舐め切っているのは、ほんのわずかに金子のほうが足を引きずっているからなのかもしれない。

数年前の罠と、金子は言った。互いに師範代の席を望むような立場にいたが、数年の間に磯田は道場の席次を昇り詰め、反して金子はその座からたちまち転げ落ちてしまったのだ。ふたりの因縁は、いかばかりのものであろう。

互いに紺色の刺し子の稽古着に白鉢巻きを締め、竹刀を携えて試合場の真ん中で相対した。

「一本勝負、はじめっ」

審判は左馬之助自身が立った。境内はふたりの男の気合で充満した。

りょうはたまらず、人垣を押しのけて幔幕のほうへと飛び出した。

孝は震えるように、両腕で自身の体を抱きしめている。

「お孝様」

「おりょうさん、私どうしたらいいのか」

「いいのです。ただ、祈って。金子様の、武運長久を……」

はっと見れば、竹刀を交えていたふたりの位置は入れ替わり、金子は磯田に押し込まれて防戦一方になっている。

足を引きずる鈍重な動きの金子に対し、磯田は素早い動きと手数で圧倒していた。互いの形勢は一目瞭然だが、さすが一度は師範代に座すほどと言われた金子の腕前は、磯田から決定的な一撃をもらわずにいる。

「敗けないで……」

かすれたような、懇願するような孝の声が、りょうの耳に届いた。

「敗けるはずありません。あなたが、祈ったのだから……」

そっと囁くようにりょうが言うと、懐から例の御朱印帳を出して見せた。この代参屋が孝の祈りを預かり、そして祈ったのだ。叶わぬはずがない。

籠手から面に向かった磯田の竹刀が、大きく空を斬った。刹那、踏み込んだ金子の竹刀が、磯田の横面にかすった。

「おしいっ」

孝の叫び声。しかし、その声も見物人たちの喧騒に紛れた。

しかし、いまのひと太刀で形勢が変わった。先ほどまで手数で押していた磯田のほうは、勢いが削がれて今度は防戦一方になっている。

変わって金子は、手数こそ少ないが、ひと太刀ひと太刀を確実に打ち下ろし、重い攻めを加えていた。

やがて、手元に引き寄せた金子の竹刀が、磯田の顔の痣のあたりを捉えた。

「一本、金子新兵衛」

息を弾ませた金子と、顔を押さえた磯田のふたりが、試合場の上に同時に膝をついた。

りょうの隣で、息をつめて見守っていた孝は、弾けるようにして金子のもとへと駆け寄って行った。

おや、と思ってりょうは帳場の文机から顔を上げた。蟬の鳴き声が、どこからか聞こえてきたと思えた。もうそんな季節なのかと、改めて文机に視線を落とした。

しばらく店の帳簿を見ていたところ、おもてで雲珠女の嬉しそうな声が聞こえてきた。

「御寮人、いらっしゃいましたよ」

バタバタと忙しなく、雲珠女は奥へと消えていった。案内もせずに落ち着きのないことだと、りょうは思わず笑みをこぼした。

店の暖簾をくぐった孝は、髪を島田に結い、鼈甲《べっこう》の櫛まで差して、すっかり年頃の娘のようななりになっていた。

孝に続いて、猪首の侍が入ってきた。

「いやあ、本当に、すっかり世話になりました。その……、お孝どのが」

猪首の侍こと、金子新兵衛は低い声で恥ずかしそうにそう言うと、照れて真っ赤になった愛嬌のある笑顔を向けた。金子自身、身なりも多少小綺麗になっていて、古着の木綿だろうが、茶鼠の単衣に小倉袴がよく似合っている。

りょうは茶を運んできた雲珠女を下がらせようとしたが、当人がどうしてもと言うのと、ふたりも気にしていないふうだったのでそのまま同席させた。

「本当に、おりょうさんに代参を頼んでよかったのだと思います。あのとき、貴方に言われた言葉は忘れません。人の願いは強く、言葉に託した想いは尊いのだと。強く祈った結果、私たちは晴れて夫婦になることができるのですもの」

孝はそこまで言うと、こちらも恥ずかしそうに口をつぐんだ。

稽古を重ね、訪ねてきたあの日に比べると、双眸の光は鋭さが弱まり、温かみが増した。前に会った印象よりも、りょうの目には一枚も二枚も大きく感じられた。

「武運長久。お孝さんは、その祈りをこのえんぎ屋に託されました。あの日、お孝さん自身は、お相手に敗れてしまったかもしれません。けれど、一度の勝負に敗れようと、その敗北を覆すような慶事が待っていた。その慶事がいつまでも続くよう、今度は祈るだけでは駄目ですからね」

「わかっています。父も、金子様を婿に迎え入れると決め、一線を退くと口にしています。今後の道場は、私たちふたりにかかっているのだと肝に銘じ、門人たちの稽古に繋げようと思っています」

願いを叶えただけで満足してしまうような者も多い中で、孝の答えはりょうの満足のいくものだった。

「しかし、道場はおふたりが切り盛りされていくとのことですが」

ふたりの様子を窺うように、そばで聞いていた雲珠女が口を挟んだ。

「磯田勘解由は、道場を去りました。ええ、無論それがしらが追い出したのではなく、おそらく道場に居づらくなったのではないかと思います」

「居づらくなったとはどういうことでしょう、金子様。確か、あのとき罠に嵌められたとおっしゃっていましたが」

　金子の口調に引っ掛かるものを感じ、りょうはついつい気になっていたことを尋ねた。

「実は、あの頃それがしは深川佐賀町の裏店に、妹とふたり暮らしをしておりましてな。ああ、いや妹といってももう他家に嫁に片付いた身なので、いまとなっては思い出ばなしに違いないのですが。いまもあの頃も、それがしの身なりをご覧になればわかるかと存ずるが、その日の米にも困るような貧乏世帯でありまして。しかし、身の程知らずにも、その嫁入りにどうしても妹に晴れの着物を着せてやりたいと思う兄心《このかみごころ》が働き……」

　つらつらと語る金子の口調は、からりと乾いたものだったが、言葉の中のひとつひとつの機微に眉のあたりが微妙に上下した。

「こちらから聞いたのか、向こうから持ちかけられたのかはもはや忘れ申したが、あの頃、磯田から、金儲けの話を聞いたのです。賭け試合をすれば、腕も磨けるし金も稼げる、と。はは、いまとなっては、情けない話なのですが。それがしもあの頃は青臭さが残っていたのでしょうな。腕に覚えありと、思い上がったのが運の尽きでござった。試合を手引きした男、あれはいま思い返してもやくざ者に違いない。

ひと試合、ふた試合までは、磯田の言う通り、うまく金を稼げたのです。けれど賭け試合にのる輩などたかがしれています。いまでも思い出す、五つばかり試合をし、さあ次も負けぬぞと向かった試合がまずかった。何しろ試合というのは名ばかりの博徒の出入りに近いもので、相手から礫《つぶて》を投げられるわ、目潰しの砂を撒かれるわで、怯んだ瞬間に右膝を強かに六尺棒で打たれてしまったのです。それでそれがしの右足は、いまでもこの通り……」

いとおしそうに自身の右膝のあたりを撫でる姿は、どこかしょんぼりとして見えた。

が、その膝を撫でている手に、隣にいた孝が手を重ねた。

「磯田の罠だったのではないかと気づいたのは、それからひと月後のことでした。膝をやられ、そのひと月後に肝心な免状審査があることは知っておりましたが、まさか試合に敗れ、こんな足になるなど思いもよらなかった。あとで、別の若い門人が噂を聞いたそうです。わしに賭け試合を手引きした男が、しばらくして磯田と市中の居酒屋で酒を酌み交わしていたと。わしは、そのときの免状審査で奴にかなうはずもなく、この足では道場で落ちぶれる一方でありました」

「それなのに、先日の奉納試合であの磯田を倒されて、私はもう本当に胸がすっといたしました」

無念そうに語る金子の言葉を、今度は孝が拾った。

「まことに奇跡のような話かもしれませぬが、私がこのえんぎ屋を訪ね、おりょうさんにたしなめられたあの日、金子様のもとには磯田へ恨みを持つ博打うちが訪ねてきたのですもの」

「博打うち？」

「ええ、おりょうさん。なんでも、その博打うちも磯田に騙されたとかで恨みを持っていて、金子様に磯田に勝つための兵法を教えてくれたとかで……」

金子が語り、孝が引き取り、また孝の言葉を金子が続けたりと、ふたりは合いの手、相槌を打ちながら、りょうと雲珠女に話してくれた。

磯田勘解由は生国である加賀国大聖寺《だいしょうじ》藩で対戦相手に敗れた際、顔面に残るほどの青痣を作ったが、その時に右腕にも深い傷を負い、長く戦っていると右腕が上がらなくなり、面を打つことがかなわなくなるのだという。

ゆえに金子は相手が疲れるのを待ちに待ち、小技を必死に退け、渾身の面を放ったのだ。

「行方は分からなくなってしまいましたが、金子様に磯田の弱点を教えてくれた侠客も、きっと喜んでくれていると思います」

「あら、その方はいったいどこのどなたで？」

それが誰なのか知っているくせに、と思いながらもりょうは無言で雲珠女の問いかけを聞いていた。

金子に磯田の弱点を教えるよう、加賀美に命じたのは、外でもないこの自分である。

えんぎ屋で働いている加賀美こと、もと加賀国前田家金沢藩士、美山庄左衛門は国許で諍いを起こし、脱藩をして江戸《えど》へとやってきた。国では『十字槍の庄左衛門』と呼ばれたほどの猛者で、剣術は富田《とだ》流を修めたそうな。

ゆえに本郷から目と鼻の先の湯島天神では、旧知の者に出くわさぬかと、加賀美は心配をしていたようだが、それも杞憂に終わったらしい。

加賀美は永代橋のたもとに金子を連れ出し、昔、国許で立ち合ったことのある磯田勘解由の弱点を言い含めたようである。

だが、そんな事実などどうでもよかった。

孝自身が強く祈り続けた。強く願い、胸の内に言葉を重ね、やがて言葉を超えたそれは、洗練された清浄な祈りへと昇華したはずだ。

その祈りが、最後に形として叶った。

恋をした男の妻となる。大一番の勝負が、敗れることはなかったのだ。

「そういえば、先ほどお孝さんは、おふたりで道場を切り盛りしていくとおっしゃいましたが」

「ええ……、それが何か?」

「本当は、おふたりではありませんよね?」

りょうが悪戯っぽく笑うと、孝は口元をわずかに引きつらせ、そして照れを隠すように俯いてしまった。

「はて？　それはいったいどういう意味でしょう？」

ふたりの会話に、金子は当惑した様子で、目を白黒させている。

「お孝さんが、私どもに依頼した代参の祈り先は、鎌倉の鶴岡八幡宮でした。祭神は神功皇后様。かのお方は、女人の身でありながら、朝鮮の国へと兵を率いて攻め入りました」

「はあ……、確かに男勝りは、お孝どのそっくりですが……」

そのひと言を耳にして、孝が金子の二の腕をつねった。金子が顔をしかめた様子がおかしくて、りょうは口元で笑った。

「その神功皇后様は、朝鮮の国へ攻め入った際に、お腹にやや児《こ》を宿していたのをご存じですか？」

「ほう、それがし浅学ゆえに、そこまでは知りませなんだ。女傑とはよく聞いたものですが、まさか……」

と、そこまで言うと、金子は傍にいる孝を見た。こちらは頬を赤らめて、愛おしそうに腹のあたりを撫でている。

「これからは、三人ですよ。そうですよね、お孝さん」

りょうはそう言うと、立ち上がって、神棚の肥前忠吉に手を伸ばした。

錦の袋に入ったそれは、孝から預かったときと違わずに、きちんと紐も結ばれている。

「私たち、えんぎ屋からの贈り物です。この刀を、そのお腹の子の守り刀にしてあげて下さい」

りょうの言葉に、孝は眉間のあたりをひくつかせて、首をしきりに横へ振った。

「いけません。それでは、代参のお代が……」

「いいんです。鎌倉への代参の代金であれば、あのときの天神様の境内で、十分稼がせていただきました」

りょうは嘘をついた。ちまきや菖蒲の葉が飛ぶように売れたといっても、あれくらいの稼ぎであれば、あとひと月くらいは同じような見世物をしてもらわねばならない。

だが、人々の祈りの価値は、金額の多寡ではないことをりょうは知っている。

この度の依頼で、得るものは十分に大きかった。

「この刀に、私の祈りを込めました。お孝さんに、元気なお子が生まれるように。そしておふたり、いえ、お腹のやや児を入れた三人で、これからも葛城様の道場を盛り立てて欲しいのです。武運長久。いつまでも、末長く」

りょうの視線が孝のそれとぶつかった。

不意に孝の瞳が濡れ始め、溢れそうになった。そう思った瞬間、孝は眼を閉じて袂から素早く手拭いを取り出し、さっと拭った。

手拭いがしまわれると、そこには凜とした佇まいの武家の婦人がいた。

それからしばらく話に花が咲き、ではそろそろ道場へ戻らねば、と金子が口にしたところで、孝が思い出したようにりょうを見返した。

「そうそう、最後にひとつだけ聞きたいことがございます。おりょうさんは、なぜ代参屋などというお仕事をされているのですか？」

穢れのない透き通った瞳で、孝はりょうに問いかけた。

先代に、ちょっと似ているものを感じたが、あのお方の瞳とはやはり違うものなのだと、りょうは自身に言い聞かせた。

そして、

「心願成就……」

「え？」

「それが私の、祈りです。昔、私も大切な人と約束したから……」

それ以上の言葉が見つからず、りょうは笑みを浮かべて誤魔化した。

孝のほうも要領を得られぬ様子で、金子と顔を見合わせていた。

第二話

札差宿の親亀子亀

かまびすしい蟬の鳴き声に交じって、風に揺られた風鈴がコロコロと鳴った。

りょうは二階の小窓から首を伸ばし、店の外の様子を窺う。店の前を通る者の大半は、男も女もその身分を問わず、だいたいが紺か白の浴衣を着て、単衣姿の者は稀であった。大身の旗本らしき太った侍こそ、柿色の単衣に袖なし羽織、ご丁寧に仙台平をつけていて、汗を拭きながらえんぎ屋の前を通り過ぎた。

見ていて暑苦しさを覚え、りょうは誰も見ていないのをいいことに、思わず胸元をくつろげた。豊かに膨らんだ胸のあたりに、風があたって心地よい。

ふと見れば、駕籠《かご》かきなどは褌《ふんどし》一本で往来をゆく。

――いいなあ。

こんな暑い日は、迷いなく半裸になれる男たちがうらやましい。

ただ侍になるのはごめんだった。重い刀をふたつも腰に差して、威儀を正すためにいまほどの侍みたく、装いをそう簡単に崩すことはできないでいるのだ。

その時、階下でからりと戸の音が聞こえた。

眼下を見れば、雲珠女が大きな背をこちらに向けて、店の前に涼しげに水を打っている。柄杓で振り撒いた水の、土に染み込む音がここまで聞こえて来るようで、雲珠女の所作は見ていて清々しいものだった。

りょうは気だるさを感じながらも、小窓に肘をつき、ぼうっとその様子を見つめていた。雲珠女は初めて出会った頃に比べると、別人のように太ってしまったものの、顔色などはあの頃に比べるとずっといい。

りょうはしばらく見下ろしていた。

まるで夏の暑さで、身体がねばついているような気分である。

どうやら暑気あたりに罹《かか》ったらしく、今朝起き出して帳場に立ったとたんに足元がふらつき、畳の上に尻をついてしまった。皆には問題ないと主張したが、結局は店の者たちに反対されて、りょうはしぶしぶ二階の自室へと籠もった。

特に、雲珠女が寝ていろと声を荒らげたのである。

——まあ、珍しいことも。

ぼんやりした頭で、朝の雲珠女の様子を思い出した。

昨日は強い日差しの下、りょうは天秤棒を担ぎ一日中市中で振り売りをしていたのである。夕餉を終えると倒れるようにして眠ってしまったが、日が変わり、今朝には起き上がるのもやっと、という感じであった。

りょうは水を打つ雲珠女の様子を眼下に見ながら、ぴしっと自分の首筋を叩いた。水道（神田上水）から近いこの辺りにはやぶ蚊が多く、今日もこの二階に迷い込むようにして飛んでいる。

退屈には違いないが、気だるさに耐えきれず布団に再び横になった。

先ほどまで寝ていたところが、わずかに汗で湿っている。他愛のない考えが脳裏をよぎり、しばらくうつらうつらとした。

幼い頃の記憶であった。

大川の川端で先代からもらった護符を、あの日は懐に入れて持ち帰ったのだ。

(こんなに遅くまで、どこへ行っていた)

家に帰るなり、父に頰を張られた。

(ごめんなさい。もうしません。ごめんなさい……)

りょうは叫び続けた。父から浴びせられた言葉よりも、自分の泣き声で耳が壊れてしまいそうだった。

だが泣いて謝っても、父は許してくれなかった。

昨日殴られてできた腕の痣が、新しい痣によって広がっていく。

昨日蹴られた背中の痛みは、同じところを蹴られて余計に痛む。

(お前なんかいなければよかった。お前なんか産まなければよかった)

母の言葉が、冷たく鋭い刃となって身体中を貫く。

自分などいなければよかった。自分など、生まれるべきではなかった。

あの時のりょうは、実の親から殴られ、蹴られ、罵られながらも、懐の護符だけは守らなければならないと、ただそう考えて身体を丸めていた。

助けて。誰か助けて……。誰でもいい、神様でも仏様でも。

腹のあたりを抱え込むようにして、りょうは祈り続けていた。

それでも懐の護符は、自分を守ってはくれなかった。

何がいけない。何が足りないのか。

はっとなって身を起こすと、身体中が水をかぶったように濡れていた。

──夢？

身体がチクチクと痛みだすような感覚がある。りょうが持つ幼い頃の思い出は、
額の汗を無造作に手の甲で拭うと、そのまま手のひらで目元を拭った。

いま思い返してみてもひどく残酷なものでしかない。

「あら、起きていました？　御寮人、気分はいかがでしょ」

不意に襖が開くと、雲珠女が無遠慮に部屋へと入ってきた。

「ええ」

と、曖昧な返事をしながら、りょうは思わず顔を背けた。

汗はともかく、体調の悪いこんな時に涙ひとつでも見せてしまえば、人の良いこ
の大柄な女人は、我が事のように心配するに違いない。

「あらまあ、こんなに汗をかいて。今日は、ひどく蒸しますからね」

「ええ、でもたくさん寝たおかげで、気分はずいぶんと……」

よくなった、と言いながら、りょうは身体を伸ばした。

襦袢は汗で濡れ、着物の胸のあたりははだけてしまっている。室内は薄暗く、ど
うやら陽も陰り始めているようだ。

「働きすぎなんですよ、御寮人は。私らがいるのだから、もっとこう、店の主人は

でんと構えてないと」

「いいのよ。私なんて、どうせ働くことしかできないから」

雲珠女が持って来てくれた水差に、りょうは口をつけた。よほど喉が渇いていたらしく、冷たい水が身体中に染み渡っていく。

「本当に、無理だけはしてはいけませんから」

「ありがとう。でも、本当にもう大丈夫」

「本当に？」

「ええ、本当に」

雲珠女は、自分よりひと回りもふた回りも年上で、背丈も頭ひとつ分大きい。だが、こんなときはいつも可愛い顔をするものだと思い、りょうは口元で小さく笑った。

この女と出会った時、自分はこのえんぎ屋を先代から継いだばかりであった。雲珠女は、笑わぬ女だった。

いまは、

「なんです。その思わせぶりな笑みは？」

と、りょうの顔に手を伸ばし、こちらの頬のあたりを指でつねられた。こちらが笑うと、雲珠女も歯を見せて笑っている。

帳場に出ると加賀美がしきりに心配をしていたが、りょうは案ずることはないと、両腕を広げておどけて見せた。五平は日没前ということもあり、店の外に出していたものを中にしまっている。

自分などいなくとも、この店はちゃんとやっていける。それがりょうにとっては安心でもあり、ちょっぴり虚しさを感じさせるものでもあった。

しばらくして、榊も店に帰ってきた。この時分、えんぎ屋の者たちは蚊帳や蚊遣り火に使うもぐさなどの他に、扇子を張り替えるための地紙を売り歩く。

蚊帳やもぐさはともかく、地紙のほうはきらびやかな彩色がされたものを、何枚も束ねたものを箱に入れて売り歩き、呼び止められるたびに客の好みに合わせたものを出してやるのである。

どの家でも、しばらくしまっていた扇子や団扇《うちわ》を取り出したら、虫に喰われていたり、つぎはぎだらけだったりというのはよくある話で、市中の者たちは地紙売りを見つけると買い求めてくれる。

手先の器用な五平や榊などは、客に求められるままに、その場できれいに紙を裁断して、糊で貼り付けてやることまでしているそうな。

「あら御寮人、ご気分はもうよろしいのですか？」

「ええ、ありがとう。榊」

榊は笠をはずして足を拭うと、改まった様子でりょうの前に進み出た。

相変わらず粉を振りまいたような白い顔をしている。色の白いのは七難を隠すと言われるが、それほどに美しい肌だと思えるし、首筋に汗が浮かんでいて、それが余計に艶っぽく思えた。

「ならよかった。今日は両国の回向院様のところで見世を出しました。帰りに柳橋のほうから、ちょっと大川沿いに足を運んで……」

榊は袂から、きれいに畳まれた紙を差し出した。

「浅草御蔵（現在の蔵前）の裏にある、富坂町のお社に、これが米粒で貼られていました……」

榊から受け取ったその紙は、案の定牛王宝印であり、宝珠の周りに鏤められるように描かれた烏が三羽、墨の二本線で塗り潰されているのを見た。

「翻し、じゃないですか。御寮人」

そばで見ていた雲珠女が声を上げげた。

「また、どなたかの祈りですね」

りょうは心を鎮め、裏をあらためた。

信濃国須坂御稲荷様　代参頼申候
当家商売他万事如意故国へ御礼託されたく候

筆の運びから、依頼人はよほど几帳面な性格であるように思えた。若くはない。

豪壮さも流麗さもないが、一字一字がその人となりを表して、実直な雰囲気を醸している。

りょうは口元に手を当てて考えた。信濃国であれば、代参のための旅は、前回のような鎌倉の比ではない。

引っ掛かりを覚えたのは、

──万事如意？

思った通りに物事が進むという意味だ。浅草御蔵で富を築き上げた者であれば、依頼人の正体は旗本や御家人らの扶持米を切り盛りする札差ではないだろうか。

札差とは米を売買し、換金して旗本らに支払う商売で、手間賃として代金を取り、時として家計が回らぬ家に金を用立てることもある。得意先が旗本や御家人という、いわば幕府の庇護をうけているようなもので、取りっぱぐれる心配もさほどなく、身を肥《ふと》らす者も多いと聞く。

ただもし依頼人が名の知れた札差なのだとしても、それが商売繁盛の礼であるというのならば、このえんぎ屋に代参を頼む必要などない。けがや病気、老齢ゆえに動くことができぬのであれば、他国へのお参りなど店の者に頼むことはできるはずだ。

「どう思います。加賀美？」

「さて、信濃国須坂といえば、堀家一万石の小国ですな。国許には城もなく、小さな陣屋があるだけとのことで。確か当代のお殿様は風雅を愛で、学者としても名高いとか」

もとが加賀前田家の藩士である加賀美は、越後、越中といった北陸の国々だけでなく、信濃あたりの大名についても豊富な知識を有していた。

後ろから五平が首を伸ばし、

「そうではなくて、なぜえんぎ屋に依頼したのかってことでしょう。御寮人」

「ええ。この『商売他万事如意』というのが気になりますね。お金に困っていないから、このえんぎ屋に代参をというのはわかりますけれど。そもそも、お家の大事なお礼であるなら、せめて店の者を使いに出すとか」

「私が護符を見つけたのは、冨坂町の古くて小さなお社です。柳橋に着いたのが七つ半ほどだったので、確か六つくらいでしょうか」

冨坂町のお社は、表からは見えぬ通りの裏にあって、さほど陽がささない場所に小ぢんまりと建っている。依頼人が金持ちがどうかは定かではないが、あんな小さなところに、ひとり寂しげにお参りする様子を、りょうは脳裏に描いた。

手のうちにある護符の表を返してみると、三つある宝珠の周りに鏤められた鳥がいて、そのうちの右下にいる三羽の鳥が、規則正しく二本線で潰されている。

りょうは心を決めた。

「請けましょう、この祈り」

それから数日経ったある日、りょうは朝から帳場にいて、品物の帳簿と睨み合いをしていた。昼前に深川浜田楼の仁兵衛が店に来て、またもりょうを口説こうと安っぽい御託を並べ、牛王宝印の束を買っていったが、それ以外は店に来る客はさっぱりだった。

やはりえんぎ屋の売り上げは、市中での加賀美たちの振り売りや、祭礼などでの見世での売り上げに依るものが大きい。

先月の店の売り上げを、算盤《そろばん》で弾き出し、今月のそれと比べたがまだ少し足りないのである。

金銭を稼ぐためにこのえんぎ屋を営んでいるわけではない。ひと様の祈りはひとつひとつがかけがえのないもので、金額の多寡ではないのだ。そんな理屈も脳裏に浮かぶのではあるが、やはり帳簿を見てしまうと、胸の内に寒々しいものが浮かび上がってくる。

つらつら考えていると、

「いらっしゃいまし、何かお探しものですか？」

雲珠女の声にはっとなって顔を上げると、店先に誰かが入って来るのを見た。

この暑いのに、頭巾ですっぽり顔を隠していて、首筋から着物の襟まで汗でびっしょりと濡れていた。

その者が雲珠女に紙を一枚差し出すと、雲珠女は心得たとばかりに、奥へ案内した。りょうも立ち上がると、奥の部屋の障子を開けさせて、風の通りをよくさせた。男の持っていた紙が、二日前にあの浅草御蔵の裏のお社に貼らせた返書であるのは、帳場から一目見ても分かったのだ。

「手前、浅草御蔵前で札差宿を営んでおります稲川屋主人、藤兵衛と申します」

互いに奥の座敷で対面すると、男は頭巾を外し、手拭いで汗まみれの顔を拭きながら言った。

「えんぎ屋主人、りょうと申します」

りょうが軽く頭を下げると、藤兵衛と名乗った男はようやく威儀を正した。

年の頃は六十ほどか。浅黒い肌を包むように、江戸紫の鮫小紋の単衣に献上を締めている。札差ならもう少し贅沢な装いをしてもよいではないかと思うのだが、いわゆる蔵前風というような感じもなく、魚問屋の手代のようなこざっぱりとした印象である。

ただ顔色がすぐれぬ様子で、頰のあたりはげっそりとして、髪も白いもののほうがだいぶ多い。よほど疲れているのかもしれない。

「何しろ商売仇が多いもので、神田界隈で顔を見られただけでも、邪推を働かす輩もおりますゆえ」

「はあ」

果たしてそんなに気を遣うものかと、りょうは疑問に思った。

雲珠女は気を利かして、藤兵衛に熱い茶ではなく、湯呑みいっぱいの水を出した。

「どうかご不快に思われず。今日は、暑いですし、拝見したところ……」

「いや、年寄りに冷や水はよくないとは言いますが、こうした心遣いのほうが却《かえ》ってありがたいものです」

では、と言い添えて、藤兵衛は喉を鳴らして水を飲んだ。半分ほど飲んだところで湯呑みから口を外すと、ひと息ついた。

ごま塩の頭から汗もいくらか引いたと見え、りょうは本題へと切り出した。

「藤兵衛さんのお生まれが、信濃なのですか？」

「ええ、実家は田畑こそあれ、私はそこで生まれた三男坊でした。物心がついたころから田畑はやがて長兄のものになるのだと、父母から耳にタコができるほど聞かされ、寺子屋に通わせてくれることもありませんでした。雪深い信濃国須坂にある小さなお社に手を合わせ、立身出世を胸に誓い、逃げるようにして村を出たのは手前が十七の頃です。江戸へ出て、はじめは品川の風呂屋で風呂焚きを覚え、そこへ通っていた桶職人の住み込みをし、職と住まいを転々としながら、稲川屋の先代に目をかけていただきました」

「ご先代、と言いますと？」

「ああ、粗雑な説明どうかご容赦を。いま言ったとおり、私は先代から雑役、手代、そして番頭役と引き上げていただき、格別目をかけてくださいました。そしてなお、入婿というかたちで稲川屋を継いではくれぬかと、大変なお言葉を頂戴いたしました。ふるさとの須坂を出てから四十と余年。先代のひとり娘であった妻は昨年病で亡くなりましたが、手前にはその妻との間に愚息がおり、店のほうも、とりあえずは心配のないというところでしょうか。そう思い返してみれば、一度も故郷へ帰る余裕もなく、村を出たあの日に、出世のために祈ったお稲荷様に、油揚げのひとつでも供えるべきであると思い立ちましてな」

藤兵衛はゆったりとした口調で、目を細めながらそう言った。

六十くらいの年齢なのだろうが、身体そのものはかくしゃくとしている。話を聞くうちに、目尻に刻まれた皺のひとつ、こめかみの白髪一本にもこの男の苦労が表れているように思えた。

何より、先代、という言葉にりょうは心惹かれるものがあった。

浅草御蔵の札差であれば、大商人に違いないのだが、金持ち特有の豪奢な気風を醸すことなく、かといって過剰にへりくだる様子もない。質素で恬澹《てんたん》としていて、先代の稲川屋藤兵衛が、よほど立派な人物であったのだろうと思えた。

「次の年始の大寄合には、札差宿仲間たちの前へ愚息を出すと決めております。ああ、いえいえ、我が稲川屋など、他の仲間に比べれば大したことのない店に違いありません。それでも先代からの大いなる支えもあり、信濃の片田舎の洟《はな》垂れ小僧が、ここまでのし上がったのだという自負も手前にはございます」

目を細めると、目尻に皺が寄る。藤兵衛は口をすぼめて、湯呑みの水を大事そうに飲んだ。

「なぜ、そのような大切な祈りを、私どもえんぎ屋へお持ちになったのですか?」

「それは……」

藤兵衛はわずかに視線をそらし、半ば飲み終えた湯呑みをじっと抱えるような格好になった。

「年寄りの道楽でございます。思いつきのようなお参りということもあり、夏が過ぎればそこここで稲刈りが始まり、米問屋とのやりとりで店は忙しくなります。札差宿を営んでいるうちの店の者を、そんなもので煩わせるわけには参りません」

藤兵衛は歯を見せて呵々と笑った。

りょうは口のあたりに手を当てて考え、しばらくして、

「このえんぎ屋が預かるには、代参のお代は安くはございませんよ」

「はい、承知しております。して、いかほどでしょうか」

「信濃国ですから、店の者も相応の支度が必要になります。しかも、伺ったところそのお稲荷様というのは、村の片隅にあるような小さなお社とか。であるならば、お社の周りを掃き清め、場合によってはしかるべき金額を寄進する必要もございます」

「なるほど。そこまでしていただけるのですか。ならば話が早い」

りょうが眉ひとつ動かさずに伝えると、藤兵衛のほうは膝を叩いて、袂にそっと手を入れた。迷いなく取り出した手には、切餅がふたつ握られている。

「二十五両の包みがふたつ。しめて五十両ございますが、いかがでしょうか」

「結構です。いや、多すぎると思いますが」

正直な思いを口にしたつもりだ。中山道を沓掛《くつかけ》宿まで旅して、そこから沓掛通を抜けて大笹へ。それから大笹街道を行けば北信濃へと着く。急いでも往復で十日はかかるだろうし、実際に費えも必要になるだろうが、単純な旅費であれば二分金（一両のおよそ半分）もあればまずは十分な金額だろう。

「ならば、余った金額はそのままお稲荷様への寄進としていただきたい。須坂の者たちは、戦国の世にはかの上杉謙信、景勝親子の懐刀、直江兼続公の配下として働いた自負がございます。きっと悪いようにはしないでしょう」

「……本当に、よろしいのでしょうか」

りょうが念を押すと、藤兵衛は小さな笑みだけを浮かべて頷いた。

世間のどこにでもいそうな好々爺のようで、りょうはなんとなく気が抜けたような気分であった。

暑気あたりが、いまだ身体から抜け切れていないのだろうか……。

——商売他万事如意故国へ御礼託されたく。

ふと、宝印が翻された、えんぎ屋への依頼の一文が脳裏によぎった。

商売他、万事如意。商売と、そしてすべての物事が本当に上手くいったのかどうか。

ただの自分の気のせいではないかと、りょうは自分に言い聞かせた。


「信濃国須坂のお稲荷さんってえだけで、本当にこんなにいいんでしょうかね」

五平が腰に道中差しを押し込みながら、首を傾げてそう言った。

りょうが藤兵衛の代参を請けたその翌日には、えんぎ屋に数多くの供物が届けられた。と言っても、先方もこちらの旅の難儀を察したのか、中身は張り子の人形や、巻紙、蠟燭といった類のどれも軽いものである。

ただ荷物そのものは多いため、五平は前回の鎌倉への代参とはうって変わり、藤の蔓で編まれた大きな葛籠《つづら》を担い、腰には替えの草鞋やら水筒やら、薬の入った印籠などをぶら下げている。

「いいですか、くれぐれも」

「へい、わかっておりますよ。まず何よりも、依頼人の祈りを汚さねえ、それがえんぎ屋の心得ってんですよね」

「湯治とは違うのだからな、五平」

「そりゃあんまりだ、加賀美の兄者。しっかり沐浴をして、身をきれいにして依頼人様の大事な祈りを届けなきゃなんねえんだから。ちっとは大目に見てくだせえよ」

五平がおどけると、店の者たちはどっと笑った。

相変わらず加賀美はきちんとした身なりだが、雲珠女と榊、そしてりょうは単衣に半纏を肩にかけただけの姿である。

「ふふ、ほどほどに」

りょうも五平をたしなめながら、その背に燧石で火花を散らせた。

空には東雲《しののめ》がかかっていて、夏であってもさほど蒸し暑さを感じさせない。が、この季節である。いま出立したとしても、中山道の蕨《わらび》宿に着く頃には汗みずくになるだろう。

――ちょっと、かわいそうかな。

五平には前回の代参の前にも旅に出てもらったのだから、誰か代わりの者をとは思うのだが、女の雲珠女や榊は通行手形を容易に得られるわけではなく、男衆の主税が西国からいまだ戻らない。番頭役の加賀美にはそばにいて欲しかった。しぜん、男衆でも一番若手の五平に、今回の稲川屋藤兵衛の代参も行ってもらうこととなったのだった。

「さて、始めましょうか」

五平を見送ると、さっそくりょうは皆を帳場に集め、膝前に絵地図を広げて今回の依頼について説明をした。加賀美、雲珠女、榊と顔ぶれは変わらない。

絵地図には、浅草御蔵の旅籠町二丁目のところに、朱色で小さな点が打たれている。

「ふむ。ただのご老体の思い出話とは思えぬと、御寮人は感じられたと？」

「そう。万事如意と書いてありましたよね。当人の思うままに事が運んで、思い残すことがないのであれば、それこそご自身で、ふるさとへ帰ることもできたはずではないかしら」

北信濃までの道のりを考えれば、十数日程度で十分往復ができる。

さすがに歳のせいか、足をわずかに引きずっていた様子であったが、隠居になるのが間近なのであれば、身を引いてから存分に故郷に錦を飾ることもできるはずだ。

それに何より、あんなに質素な姿でありながら、五十両という大金を顔色ひとつ変えることなくえんぎ屋へ支払った。

良識を備えた羽振りの良い老人だといえば、きっとそれで終わってしまうような話なのだ。ただ藤兵衛は、こちらがなぜ代参を頼むのかと尋ねたところで、顔色を一瞬だけ変えたのだった。

――裏がある。きっと。

依頼人が護符の鳥を打ち消し、宝印を翻したのであれば、当人しかわからない、胸に秘めた理由があるはずだった。預かった祈りの重さは、軽くはないはずなのだ。

言葉は枯れ葉のようなもの。もろく、はかなく、そして正しさも何もかもがあやふやなものだ。時に自分自身ですら気づかぬ思いがある。

きっとあの藤兵衛も、そんなひとりなのではないかとりょうは思った。

この世には、表からも見えず、陽も当たらずに、言葉も情けも祈りすら届かないひっそりとした場所がある。

悲しみの中で、苦しみの中で生きている者たちがいるのだ。

そこへ祈りを届け、光を当てるのが、先代がりょうたちに託したえんぎ屋の裏稼業であった。

「では、まいりましょうか」

りょうは笑みを浮かべ、三人を見回した。

皆が店を出たのは五つ頃、加賀美は冷や水売りの姿で、天秤棒の前後に大きな桶をぶら下げた。対して榊は先日に続いて地紙売り、りょうは蚊遣り火に使うもぐさなどを担いだ。各々その日に売る地域をあらかじめ定めており、りょうはえんぎ屋を出て神田川沿いを大川へ向かった。


――かやぁー、もぐさぁー、もとめさうらへー。


りょうは和泉橋を過ぎたあたりで、声を張り上げた。

市女笠を深々と被り、呼び声に節をつけて歩くと、柳原土手のあたりの者たちも奇異な者を見るような眼差しをこちらに向けた。

――ちりもぐさぁー、きりもぐさぁー、いらんかへー。

間延びしたような声音が、蟬の鳴き声に交じって虚空に響いた。

古着売りの見世を出している者たちには、虫除けのもぐさは必要なものになる。

佐久間町を中ほどまで来たところで、浴衣に前掛け姿の古着売りから声をかけられた。

「ちょうどいい。虫干しに二百匁ほどもらおうか」

「へえ、ただいま」

りょうは見世の前で荷をおろすと、しゃがみ込んだ姿で薬箱からもぐさをひとつかみ出し、小さなすり鉢に放り込んだ。

「古着の虫干しで、よろしいでしょうか？」

「ああ、頼むよ」

「ならば、うちの店の秘伝の虫除けをお作りしますので、少々お待ちを」

そう言いながら、薬箱の棚から順に小さな小瓶を出してはすり鉢に振りかけた。

牽牛子《けんごし》（朝顔の種子）や烏頭《うず》、松脂《まつやに》、硫黄などを粉末にしたものを調合して、もぐさを潰すようにして混ぜ合わせる。

これはえんぎ屋秘伝の防虫剤で、いぶした煙にくぐらすように着物に当てると、一年は虫がつかないと先代に教えられたものであった。

実際に店では、土用の丑の日にこの防虫剤の煙に着物をくぐらせているので、虫食いにあったものはほとんどない。

「ここあたりは……」

りょうはすり鉢を使いながら、上目遣いで男を見上げた。

急に見つめられたせいか、男は頬を赤らめて視線をそらした。四十は越えているだろうが、うぶなところがあるのかもしれない。

「浅草御蔵の札差宿の旦那衆も、買いにいらっしゃるんでしょうか？」

「札差だって？　あはは。まさか、そんなことあるもんか」

呆れるような笑い声を上げて、男はこちらが物を知らぬ振り売りと思ったのか、得々と説明し始めた。

「いいかい。あそこの旦那らは、公方様の御家来衆の扶持米を扱って、身を肥らしてんだ。寛政の頃に、白河様が出された棄捐令《きえんれい》でいくらか傾いたお店もあるかもしれねえが、いま時分はまた息を吹き返して、昔みたく吉原を、大手を振って歩くような感じだろうさ」

「蔵前風、というのでしたか？」

「何だい、よく知ってるじゃねえか。着物も帯も、刀まで豪勢に拵えてさ。こう、髷の先っちょにも、針金なんか入れて形を整えてねえ……」

男は自分の浴衣を着崩すと、自分の髷の先のあたりを、ぎゅっと握ってすぼめて見せた。

大振りの着物をだぼっと緩めに着こなして、髷の根は高くして先をすぼめるような蔵前風は、花柳界でも人気があると聞く。

「俺たちみてえな貧乏人には、あんな格好野暮ったくてできねえけど、若い頃にはいま時分の季節になると、大川に舟出して夕涼みするような、通人ってなお大尽がたくさんいたんだよなあ。伊勢屋さん、利倉屋さん、下野《しもつけ》屋さんとか、まとめて十八大通って呼ばれてたもんだ。近頃はそんな旦那衆も少なくなっちまったが……。ああ、話が長くなっちまった。だからよ、この辺で古着を買う奴らってのも、いいとこでせいぜい出入りの小間物屋とか、米問屋の手代とかそんな奴らだな」

往年を懐かしむような口調で、男は口元に笑みを浮かべてそう言った。

りょうは愛想笑いを浮かべると、三分ほどすりつぶしたもぐさを、紙の袋に入れて差し出した。

「五十文、頂戴します」

男から代金を受け取ると、りょうは荷を背負って再び歩き始めた。

新橋を過ぎ、左衛門河岸をゆく。浅草御門が見えたところの半ばで左に折れた。入り組んだ道を縫うように、丁寧に声を張り上げた。

――もぐさあー。蚊遣りー。虫干しー。

――土用の前に、ご入用、ご入用。もとめさうらへー。

庄内藩酒井家、久保田藩佐竹家の広大な敷地の築地塀を向こうに見ながら、軒を連ねるようにしている町屋の通りを歩んでいく。

「もうし、もぐさ屋さん」

「こっちも頂戴な」

呼ばれるがままに、りょうは蚊遣りや虫干しにつかうもぐさを調合してやった。売り上げは、二百匁で五十文。えんぎ屋の実入りとしては微々たるものだが、先代由来の秘伝の効能は折り紙付きである。

代参屋としては、裏稼業として祈りに見合った高額な金を依頼人に要求するものの、日々を慎ましく生きようとする町人や百姓に対しては、その暮らしを及ばずながらも支えねばならぬと思っている。

人々の心休まるように、という先代の遺志は、こんな小さなところにも宿っているのである。

りょうはもぐさをすり鉢で調合しながら、何気ない口調で今回の依頼人、札差の稲川屋藤兵衛の評判を町家の者たちから聞き出そうとした。が、浅草御蔵の近くに住まう町人らから得られるものは、世間一般に札差が噂されている評判だけであった。

「……そうねえ。まあ、あたしらが洟垂れのころ、お上から『棄捐令』ってのが出されて、札差の旦那方が泡食ってたのは覚えてるけどさ」

そう語るのは、福井町の佃煮屋の老女将であった。乱杭歯をむき出しにして、億劫そうでありながらも昔を懐かしむようにして話した。

棄捐令とはその言葉通り、『棄て捐《さ》る』というお上からの御触れであるが、その棄て捐るものはといえば、旗本、御家人が札差から借りて、長年積もりに積もった借金に他ならない。

時の老中白河藩主松平定信公は、借金を膨らまし、威儀を正すにも満足に装束を揃えられぬような旗本、御家人衆の台所事情を憂い、（無論完全に帳消しというわけではないが）金貸し元である札差たちに、借金の帳消しと利率の軽減を申し渡した。

有無を言わさぬこの所業に、寛政の当時の札差たちは揃って、以降の金貸しを渋るようになった。だが、それも御触れが出て半月余りで、お上からの下貸し金という利率の低い元手を貸し与えられ、うやむやに相殺されてしまったようだった。

「それでも、あの頃に潰れたお店ってのは少なかったようだがね。今でも……」

「伊勢屋さん、利倉屋さん、下野屋さんというのでしたっけ？」

りょうは膝をついた格好のまま、すり鉢のもぐさを紙の袋に移し替えながら尋ねてみた。

「そうそう、まあ今でも羽振りはいいって聞くけどねえ。昔に比べたら……」

「白河の清きに魚《うお》も住みかねて元の濁りの田沼恋しき、というのでしたか？」

りょうは合いの手を入れるように、古い狂歌を誦してみた。

白河藩主であった松平定信が提唱した財政緊縮の時代よりも、それ以前の田沼意次が進めた商い重視の幕政のほうが、人々がのびのびと暮らせていたことを歌ったものである。

いまの時代は、寛政の改革がすでに廃れて久しいが、田沼時代の頃を思い出す古老たちにとっては、そのあたりが一番の華だったのかもしれない。

「そう。あたしがまだ子どもの頃だったけど、大人たちも金持ちたちも、あの時分が一番元気だったんじゃないかね。みんな浮かれたようにしててさ、それこそ伊勢屋さんなんてのは、ひと晩で数百両も使ったんだってんだから羨ましい」

「なんだか、お伽話みたい。例えば……」

と、りょうはさりげなく言葉を切った。

「今もある、稲川屋さんなんてのは、どんな感じでした？」

「稲川屋さん……？　ああ、あの番頭さんがお婿さんに入ったお店だね」

老女将はりょうが渡したもぐさの紙袋を脇に挟み、手のひらを叩いた。

おしゃべりな者は、こちらが話題をほんのちょっぴり振るだけで、自ら語ってくれるので骨が折れずに助かる。加えて老人は特にそうだった。

「あそこも先代さんが、大変な遊び人って噂でねえ。いまのお婿さんは大変苦労されたそうだよ。なんでも、伊勢屋さんみたいな大店の旦那衆に張り合おうとして、無理な遊びをして店を傾けたとかで……」

「それはまことで？」

「嘘なんかつくもんか。いまの稲川屋さんは、ずいぶん真面目なお方らしいから、若い者の間にはそんなこと信じられないって奴らもいるだろう。けどね、この辺りの、あたしくらいの年寄りに聞いたら、きっと同じようなことを言うだろうね」

老女将はにべもなくそう言った。

それからしばらく話を聞いたが、同じ話が女将の口から繰り返されるようになった頃合いでりょうは話を切り、代金をもらって頭を下げた。


——ちりもぐさぁー。きりもぐさぁー。

——いらんかへー、もとめさうらへー。


再び声を上げて町家を練り歩いた。

長屋の軒先から顎を上げて空を見上げると、東の空に膨らむ大きな入道雲が浮かんでいるのが見えた。

「まあ、大変な苦労人といったところでしょうか」

榊が話し終えると、そばで聞いていた加賀美がふむとつぶやいて腕を組んだ。りょうたちはその日の夜、三人が持ち寄った報告を、膝を突き合わせて確認していた。

概ね、りょうが日中聞き集めた話と大差はない。

稲川屋の現主人こと藤兵衛は、店を譲られる前の番頭の頃から、大変な苦労を重ねてきたようである。

あくまで噂に過ぎぬが、稲川屋の先代はその富貴を周囲に誇ること甚だしく、己の金遣いを世にひけらかすために、店の身代を傾けてまで遊び耽ったのだという。その頃、すでに先代から目をかけられ番頭を任されていた藤兵衛は、店で働く者たちと、のちに妻となった先代の娘らの意向もあって、半ば引きずり下ろすようにして先代を隠居させてしまったのだという。

藤兵衛自身店を継いでからは、己が為した所業について、長年に亘り罪の意識に苛まれたようだが、つい昨年先代の十三回忌が執り行われ、少しずつそんな思いの整理もでき始めたのではないかという噂であった。

「己の気持ちにも、いち段落できたがゆえに、ふるさとへの代参をという心持ちなのでしょうか」

加賀美はりょうの胸の内を窺うように、ちらりとこちらに視線をやった。

不意に灯明のあたりで、ジジッと音がしたかと思うと、羽虫が羽を焦がして畳の上で転がった。羽虫はしばらくのたうちまわり、やがて動かなくなった。

「そうね」

りょうは口元に手を当てて考えてみる。

藤兵衛の働きの甲斐あってか、棄捐令に加えて先代の放蕩による費えのあった稲川屋も、店を継いでおよそ十年、元号が文化から文政となった頃には、かつての勢いを取り戻したのだという。

「御武家様たちとのお付き合いは？」

「まあ、多かれ少なかれ借金をする者と、金を貸す者ですからね。お付き合いがすべて良好だというものではなく、ときおり小遣いをせびるような感じで、二本差しの方々が店に来るという噂を聞きましたが……」

札差を営む者らにとっては、いたって普通のことだと榊は付け加えた。

りょうは内心、やはり金がらみのいざこざがあるのではないかと睨んでいたのだが、そちらもどうやら違うということなのだろう。

今から半年後には、次代を担う稲川屋の跡継ぎのお披露目もあるのだと言っていた。

りょうが藤兵衛の祈りを請けたときに感じた違和感は、きっと先代とのしこりが、ちらりと垣間見えただけなのかもしれない。

（万事如意。そうではなかった人生を、思い返しただけなのか……）

ならば今回ばかりは、本当にえんぎ屋の者たちが出る幕などないのかもしれない。

ただ藤兵衛の純粋な祈りが叶うよう、素直に祈っていればそれでいい。

五平はどこの宿場まで行けただろう。一日だけならば浦和宿か上尾宿、せいぜい鴻巣宿だろうか。まだまだ、代参を終えるまで時はある。藤兵衛の祈りが届くまで日はあるのだと、りょうは自身に言い聞かせた。


浅草御蔵前、旅籠町二丁目の稲川屋の前に、一丁の辻駕籠が着けられた。

窓も引き戸もない簾《すだれ》だけの粗末なもので、褌に腹掛け姿の駕籠かきも、一見したところではその素性も定かではないような者たちだ。

りょうはその一行を、天水桶の陰からそっと見やった。

駕籠から降りた藤兵衛は、遠目に見ても鷹揚すぎる仕草で、丁寧に駕籠かきらに酒手を渡している。質素で腰の低い身のこなしは、商人としてというよりも、人として見習うべきものがあるように思えた。

「あんなにやつれていて、心配ですけどねえ」

そうこぼした雲珠女は、大きな体を小さくするようにして、りょうと同じように様子を窺っていた。

五平を代参に見送ってから数日経った。あれからりょうたちは相変わらず浅草御蔵周辺で稲川屋の評判を聞き込み、通いの店の者たちや、出入りの商人らからも情報を漁ったが、これといって疑問に思うようなものは何ひとつとしてなかった。

藤兵衛は清廉を旨とした商売を常に心がけており、店の者たちにもその意識が行き届いているせいか、聞き込みをした人々のうちで稲川屋を悪く言う者はほとんどいない。無論、先代についてあれこれ言う輩はちらほらいたが、それは全て過去の話である。

「私らの出番も、ないってことでしょうか」

今日は雲珠女が珍しく、りょうと一緒に探索に出たいと申し出た。普段は宝印の翻しがあると、りょうや加賀美、榊が外から情報を集めてくるため、神田の店番に収まってしまうのだが、今回ばかりはちょっとした気持ちの変化があったようだ。

あの稲川屋藤兵衛が店に来たときに、初めて応対したのが雲珠女である。ほんのわずかに言葉を交わしただけであったが、げっそりとやつれた老爺の姿を見て、思うことがあったのかもしれない。

「そうなのかもしれない。でも、私はなんだか胸の奥に、引っ掛かっているものがある気がして」

「御寮人も、お人がいいから」

「あら、それは雲珠女のほうだって」

そう言葉を投げかけると、雲珠女は照れ隠しのためにか、天水桶に張った蜘蛛の巣を小枝でぞんざいに払った。

陽はまだ高く、ちぎれちぎれの夏雲はお天道様を避けるようにして、空いっぱいに広がっている。

「じゃあ、稲川屋さんのお店のほうはこのくらいにして」

そう言って、雲珠女は荷を担ぐと、

「今日みたいな日は、何か美味しいものでもいかがでしょう？」

「あら、今日は珍しく外に出たいと言っていたのは、さては目的はそれだったのね？」

「こんな暑い日は、少しは暑気払いをして汗を引かせないと」

「そんなこと言って、稲川屋さんに来たのは、ただの口実でしょう」

りょうがたしなめるのも聞こえないふりをして、雲珠女は来た道を引き返し、足早に柳橋のほうへと向かっていく。その身体に違わず、大きな影が雲珠女の足元に伸びている。

「ご案内しますよ。近頃両国回向院の門前にできた茶店があって、そこの甘酒が絶品だって榊が話していたのを聞いたことがあります」

「あら、気の早いこと」

りょうもくすくす笑いながら荷を背負いなおした。

ふたりは両国橋を渡ると、門前町に店を構える甘味屋へと入った。

「冷やし甘酒をふたつ」

「へえ」

腰の曲がった店の老爺に、雲珠女は手際よく注文した。

市中ではよほど評判の店なのか、客は町人で八分ほど埋まり、御家人の隠居と思われる老爺、女だけの組もちらほら見受けられ、座敷の隅には、書物を手に湯呑みを啜る学者風の若者もいた。まずまず満席といったところで、りょうと雲珠女の荷は、店の者にとっては邪魔に違いない。

甘酒が運ばれてくると、雲珠女は大事そうにその湯呑みを持ち上げて一口ずつ啜った。

りょうも湯呑みに口をつけた。

（やっぱり、甘みが薄いかな……）

とろりとした冷たい舌触りは面白いが、味はというと、いまひとつに思える。

こくこくと喉を鳴らし、半分ほど飲んだ。

「もう少し、大事にお飲みになったら」

「そう？」

「そうです。せっかく美味しい甘酒なのに……」

雲珠女は不服そうに眉根を寄せると、湯呑みを置いて身体をりょうに寄せるようにして囁いた。

「あの、隅で書物を読んでいるお方。見えますか？」

「ええ……」

りょうは首を伸ばして、男のほうを見た。

先ほどこちらが店に入った時から姿勢は変わらず、ときおり書物をめくるために右手が上下するだけである。男は客の猥雑さも一向に気にならぬ様子で、食い入るように書物に視線を落としていた。

「榊が探ったようですが、おそらくあの方が、稲川屋さんの御子息だと思います」

「え？」

りょうは声音を落として驚いた声を上げた。

確か年が明けたら、札差宿の会合に挨拶に出すという話を藤兵衛はしていた。なるほど、遠目に見ても年齢は二十歳そこそこ、額は広く利発そうな顔立ちをしており、横顔の面影がどことなく藤兵衛に似ている。

「名は藤吉さん。お店を継いだら、きっと何代目かの藤兵衛さんになるんでしょうけど」

「なぜ、雲珠女がそれを？」

「御寮人は興味なげでしたからね。依頼人ご本人と、店に関する祈りだけを気にされているご様子でしたから、私が榊に頼んで、ご子息の様子を探ってみましたの。

依頼人だって四六時中お仕事をされているはずはありません。ご家族の悩みも、きっと持っているのではないかなって」

得意げに語る雲珠女の様子を見て、りょうは思わず口元が綻んだ。

どうやら自分が考えている以上に、店の者たちはえんぎ屋の裏稼業について深く考えているようだった。

「それで、榊は他になんと？」

「ご覧のとおり。本の虫みたいですね。ただ五日に二、三度は甘い物を食べながら、今みたいに書物を読むのだとか」

雲珠女は首をすくめると、残りの甘酒を飲み干した。

りょうが再び藤吉のほうを見ると、どうやら茶がなくなったのか、店の老爺を呼びつけてお代わりを頼もうとしている。しかし、長居をしているようで、老爺のほうは曲がった腰を折りたたむようにして頭を下げている。

「ちょっと、面白そうじゃありません？」

渋々といった表情で勘定をする藤吉を見て、雲珠女はニヤリと笑った。

りょうも慌てて残りの甘酒を喉へ流し込むと、財布から小銭を取り出して畳の上に置いた。

「お代、こちらに置いておきますからね」

店の奥にそう声をかけると、急いで荷を担ぎ、出ていった藤吉の後を追った。

線は細いが背丈は並以上で、門前町の人波に呑まれても、頭ひとつ抜けている。雲珠女も女のわりに背は高いので、跡をつけるのも少しばかり慎重になった。

陽はやや西へと傾いていて、藤吉は日差しに向かうようにして両国橋を渡っていく。

「案外このまま茶屋遊びに行くってことも……」

「別に父子仲は悪くないんでしょう？　書物に夢中で、ちょっとばかり茶屋遊びをしていても、お仕事はきちんとやっていれば傾くようなお店じゃないわ」

意地悪そうな笑みを浮かべる雲珠女に、りょうはたしなめるようにそう言った。

だが、どんなに清純そうな男でも、その実何を考えているのかなど女にはわからないものだ。ひた隠しに女好きを隠し、裏でいたぶるように女を責める男よりも、さらりと遊びを覚えた男のほうが、世渡りは上手いのではとりょうは思う。

浅草や深川、両国にも茶屋遊びができる店はあるが、両国橋の火除地を右に折れるかと思った藤吉の足は、そのまままっすぐ通りを進んでいく。

りょうと雲珠女は、一瞬だけ顔を見合わせたが、互いにひと言も口をきくこともなく、つられるようにして跡をつけた。

横山町を過ぎ、浜町堀にかかる緑橋を越えた。迷いなくまっすぐ歩いているために、見失うことはないのだが、なにぶん行き先もわからないため、つけているこちらとしては居心地が悪い。

大伝馬町、本町の角を右に折れたところで、藤吉は近くにある店に入った。

「迷いなく、入りましたね」

「待ちますか、御寮人？」

「いえ、そのままさりげなく店の前をやり過ごしましょうか」

ふたりは通りを進んでいき、店の前に来たところでちらりと様子を探ってみた。

店先に並べられているのはギヤマンの器や湯呑み、きらびやかな布地に、何に使うのかわからぬ金属製の器具の数々であった。

おまけに店の奉公人らしい者は、見慣れぬ胴巻に身を包んでいる。

（ここは？）

首を上げて、店の看板を読んでみた。

『長崎屋』と認めた瞬間、いきなり店から出てきた男とぶつかった。

「あっ……」

「おぅ、けいかうっ！」

その場に倒れ込みそうになったりょうを、男は腕を伸ばして支えた。その拍子に、男が手に持っていた包みが地面に落ちた。

相手を見れば、先ほどからりょうと雲珠女が跡をつけていた藤吉である。

「ああ、失礼。お怪我は？」

「いえ、こちらこそ。何ともございません。それより、お荷物が……」

りょうは視線を上げて、藤吉の顔を見た。

色の白さは榊にも負けぬほどだが、顎は細く、切れ長の双眸の上には、真っ直ぐ逞しく伸びた眉。稲川屋藤兵衛の面影を残していて、目元に隈が張り付いている。ただ父よりも血色は良さそうだ。

藤吉はりょうに見つめられ、視線をそらすように顔を背けると、落ちた風呂敷包みを拾い上げた。

結び目からこぼれ落ちた物は、金糸で彩られた書物である。しかも、その表紙には、うねったような文字が横並びに続いている。

――蘭語？

「ああ、お恥ずかしい。何も気になされぬよう」

「蘭学書、というのですか。先ほど、とっさにこぼれたお言葉も？」

「なに、若隠居の道楽のようなものと笑ってください。先程の言葉は、『けいかうっつ (kijk uit)』という、蘭語でお気をつけくださいという意味です」

書物の埃を叩いて払うと、藤吉ははにかんだような笑みを浮かべた。

日本橋本石町にある長崎屋という店で、肥前長崎を窓口にした渡来ものが売買されているということは、前にりょうも耳にしたことがある。店先に並んでいるギヤマンの器の他にも、何に使うのか想像もできぬ金属の器具が並んでいるが、きっと外《と》つ国では意味のあるものなのだろう。

「本当に、お怪我はありませんか。手前、浅草御蔵に店を構える、稲川屋藤兵衛の倅《せがれ》、藤吉と申します」

「私は、神田旅籠町に住まう……」

と、りょうがそこまで言いかけたところで、

「こちらは、りょう。私は姉のうずめと申します」

そばにいた雲珠女が、ふたりの会話を遮るようにして声を発した。

藤吉はこちらの顔を交互に見ると、わずかに首を傾げるような仕草をした。

「おりょうさんと、うずめさんですか。姉妹にしては、あまり……」

「似ていないでしょう。恥ずかしながら、母が違いますゆえ」

「ああ……」

ちょっぴり気の毒そうな顔をして、藤吉は頷いた。

「もし浅草御蔵の、店の近くまで来たときは、お気兼ねなくお寄りください。珍しい、オランダ茶をご馳走します」

では、と言って頭を下げ、藤吉は着物の裾を翻し、来た道を帰っていった。

店の前で、その後ろ姿を見つめていると、雲珠女に袖を引かれるようにして、歩かされた。

「あんまり見ていると、怪しまれます」

「……蘭癖《らんぺき》？」

「え、何か言いましたか、御寮人？」

「いや、蘭学に興ずる方々のことを、そう指すのだとか」

遊蕩三昧の先代に、蘭学にのめり込む後継。他人に漏らすことのできぬ、家族の悩みを持っているから、藤兵衛は言葉にできぬ祈りをえんぎ屋に託したのではないのか。

——ならば、私が祈ったものと同じ？

いや、とりょうは胸の内で否定した。

藤兵衛は妻子に手を上げたわけではないだろうし、そんなそぶりも噂も微塵もない。もしその祈りが家族に関わるものだったのだとしても、きっとそれは藤兵衛自身の理想の家族の像とは異なるということだけなのではないのか。

幼い頃の記憶に残るりょうの両親とは、似ても似つかぬ贅沢な悩み。

藤兵衛のふるさとへの祈りとは、その真相はいったい何なのだろうと、りょうは歩きながら考え直した。

陽が西の空に沈みかけていても、夏の黄昏時はゆったりとしたものだった。

「……もうすぐ、夏越《なご》しの祓えがありますね」

雲珠女の問いかけにも、りょうは返事とも取れぬ相槌を打っただけだった。

五平はもうそろそろ、信濃の須坂へと着いた頃かもしれない。

それからも、時を変え、人を変え、場所も変えて稲川屋を見張っていたが、結局これはという新たな情報を摑むことはできなかった。

——何をやっているんだろうな、私も。

これ以上、えんぎ屋の者たちと交代で稲川屋を探ったところで、見つけられるものなど、きっともうないのだろう。

自分など、先代に比べたら代参屋としてはまだまだだ。いや、そもそもそんな器量もなければ、人を見極める才などこれっぽっちも持ち合わせてなどいない。

りょうは辻行燈の陰で、腰の水筒を抜き取ると、暑さに耐えかねてひと口水を含んだ。

店の近くで怪しまれるのも損だと思い、再び荷を担いで歩き始める。

藤兵衛の祈りは、純粋なものだった。ふるさとで手を合わせ、成功を祈った過去の自分に、恩返しのような気持ちで、りょうたちえんぎ屋に代参を依頼したのだろう。

えんぎ屋としては、代参に慣れた五平を信濃へと向かわせ、預かった五十両という大金に添うような祈願はできる。藤兵衛の祈りがたとえ純粋なものでなかったとしても、それ以上自分たちにできることは何もない。

店の者たちは、りょうが及ばないほどはるかに有能だった。そんな面々がこの数日間、稲川屋を探り、藤兵衛の身辺を探った。忍びの技こそ持ってはいないが、御府内の街々で売り歩き、老若男女様々な者たちから聞き込みを行った。できる限りのことをして、それでもわかることはなかった。

りょうは胸の内で、自分に言い聞かせるようにして納得させようとした。

さわりがなければ、おそらくこの数日中に、五平はえんぎ屋へ帰ってくる。

「おや、おりょうさん?」

突然声をかけられ、りょうははっとなって顔を上げた。

見れば三味線堀にかかる天王橋のたもとで、稲川屋の後継である藤吉がこちらを見ていた。

「藤吉さん?」

「ああ、やはりおりょうさんだ。よく覚えていてくれましたね。それにしても、どうしました、このようなところで」

藤吉は高下駄を鳴らして近づいてくると、今回は視線を背けることなく、口元を綻ばせた表情で白い歯を見せた。

「見ての通り、商いをしております」

「ああ、先日も長崎屋の前で、荷を担がれておりましたな」

「ええ、蚊遣り火や、虫干しに使うもぐさを売っております。あの、姉と一緒に」

ほう、と鼻を鳴らすと、藤吉はこちらの荷を覗き込んだ。

ふと、りょうは長いまつ毛を瞬かせ、

「もぐさは、蘭語でなんと申すのでしょう？」

「もぐさ……？　はて難しいご質問ですな。例えば薬草などであれば、『グアウッツ（kruid）』とも言えましょうが、それがもぐさとなりますと……。ふむ、弱りました」

藤吉は眉根をへの字に曲げると、腕を組んで考え始めた。

父に譲らず、人の良さがその佇まいから滲み出ているような気がした。

「そっくりですね……」

そうこぼしてしまってから、りょうは自分の軽率さを後悔し、はっとなった。藤吉はこちらの言葉を聞き逃すこともなく、怪訝な表情をした。

「そっくり、とは？」

「ああ、いいえ……。あの、実は以前、稲川屋のご主人、お父様にお会いしたことがあります」

「おっとさんに？」

「以前、日本橋のあたりで難儀していたところを、偶然通りかかったお父様、藤兵衛様にお助けしていただいたことがあるのです」

「ほう……」

こんな嘘、すぐにバレてしまうに決まっている、とりょうは冷や汗をかきそうになったが、藤吉は顎に手を当てて考えるような仕草をして、なぜかその表情に憂いを含んだような曇りが生じたように見えた。

「申し訳ありません。以前に、日本橋の長崎屋の店先でお名前を伺ったときに、お話をすればよかったのですが、あとになって思い出しまして」

「いえ、いいのです。ただ、そうか。おりょうさんは、うちの店のことをよくご存じだったのですね……」

「いえ、そんな。ただ、お父様と何か問題でも……？」

藤吉の表情に浮かんだ憂いの色が、もしや父の藤兵衛と同じものなのではないかと小さな期待があった。

藤吉は、ひと呼吸置くと、胸の内に抱えているものを吐き出すように話し始めた。

「父は、古い考えのお方ゆえ、私が蘭学をやっていることを快く思っていないのです」

「なぜでしょうか。お店の跡取りとして物事を学ぶことは、きっといずれは、お店を繁盛させるきっかけに繋がることもあると思いますけれど」

「それが、そうたやすく、繁盛に繋がればいいのですけれど……、蘭学はお上から厳しく締め付けられていますからね。医学に関わらぬ者が蘭学を学んでいると、岡っ引きの親分などからも、目をつけられてしまうのです」

りょうの指摘に対し、藤吉は力なく首を横に振った。しばらく自嘲に似た笑みを口元のあたりに浮かべ、何事か逡巡しているようなそぶりを見せたが、りょうと視線が合うとそれをそらすようにして、柳橋のほうへ向かって歩き始めた。

りょうもその背を追うように、歩幅を合わせて一歩遅れて付いていく。

藤吉は歩きながら、そっとつぶやいた。

「はるなつふゆ、にしょうごごう、という言葉がありましてね」

「え？」

あまりに突然のことで、りょうは聞き取れなかった。不思議な言葉の言い回しだから、もしくは蘭語の一種なのかもしれない。

「ああ失礼、『春夏冬、二升五合』です。意味は、わかりますか？」

「春と夏と、秋がなくて冬？　そして二升と五合……。お経にしては風変わりだし、何か、お酒の飲み方とか？」

「惜しい、とも言えないですな。秋がない、つまりは『商い』です。二升は、升がふたつで『ますます』、そして五合は一升の半分だから『はんじょう』。つまり……」

藤吉はりょうを見て、悪戯っぽい笑みを浮かべた。

りょうもその表情に、くすっと笑みが溢れた。

「『商いますます繁盛』でしょうか」

「そう。言葉遊びのようなものですが、このあたりで商いをする者たちが酒を飲む時などに、皆で唱和をしたりします」

「縁起を担ぐ、まじないみたいなものですね」

――春夏冬、二升五合。

りょうは胸の内で、何度かその言葉を反芻した。

商いますます繁盛。えんぎ屋の商売も、もっと繁盛すればと考えてみるが、代参の依頼が今より増えることが、世のために良いことなのか、それとも悪いことなのかわからなくなってしまった。

「父は酒が飲めませんのでな。最近の、札差衆の会合でも、とんとつまらぬようなそぶりをしているようです」

「そのようなこと、たいした問題ではないのでは？」

「ふつう、そう思われるでしょうな。しかし、生真面目な父のことです。酒の席で、冗談のひとつも言えず、端唄《はうた》のひとつも唄えず、渋い顔をして白けたような雰囲気で茶をすすっているのを思い浮かべると、きっとお仲間内でも敬遠されていると想像するに難くありません」

藤吉は、柳橋のたもとで歩を止めると、川辺にたたずむ柳の葉を、風に揺られるままにてのひらで撫でて見せた。

神田川の流れからは、一艘の猪牙舟がゆっくりと大川へと漕ぎ進んでいく。

「つまらぬことだと、私も思います。しかし札差衆のお仲間内も、棄捐令が出てからこちら、最近はなかなか世知辛い付き合いで成り立っているのだと伺っております。そんな些細なことでも、父を除け者にしようとする方々がいらっしゃるとのことで、特に大店の伊勢屋さん、利倉屋さんなどは、気に入らぬうちのような小店に対して、金の融通を利かせぬように裏で糸を引いているとか……」

「裏で、とは？」

「はは、大きな声では言えません。しかし、千代田のお城のお上、まあお役人様からも、ことあるごとに横槍を受けているのだと……」

藤吉は皮肉っぽい笑みをまたも口元に浮かべた。

呆れ返っているような乾いた口調でありながら、どこか寂しそうにも聞こえる声音だった。

「札差、といったところで、常に店に銭米があるわけではありません。うちの商売は、あくまでお武家様の扶持米を、米問屋の代わりに預かり、銭金に両替してお渡しししているだけの仲介役に過ぎませんからな。金貸を少々営んでいるとは言っても、その金の出どころは雀の涙ほどの蓄えの他、お上からお借りする金が頼りなのです」

結局は幕府と商人、そして金を借りる旗本・御家人らで、ぐるぐると銭を融通しているに過ぎないのだと藤吉は言った。ただし、そんな小さな営みを俯瞰するようにして、大店の札差たちは自身の店を肥《こや》すことに、常に必死になっているのだと付け加える。

「そこで、お上と繋がりの深い大店のご主人らが、これそれは黒だと言えば、白いものとて黒になってしまうのです」

「ならば、失礼ながら稲川屋さんのご商売は……？」

「きっと、そう長くは持たぬと思います。父もそれを悟っているからなのか、近頃は身の回りの整理を始めている様子です。亡き祖父が蒐集していた古い茶器なども売り払ったりと」

経営が苦しいのであれば、代参への五十両という大金はどこからなのかと思ったが、元手はそれだったのかとりょうは妙に得心した。

しかし、心配なのはそんなことではない。

「そんな……。でもそれで本当に藤吉さんはよろしいのですか？」

「よろしいも何も、あの店をあそこまで大きくしたのは、他ならぬおっとさんですからね。私は、自分に商いの才があるとも思えませんし、ある意味、もとの木阿弥になっただけです。私の正体は、信濃国須坂日滝村の百姓、作造の倅の藤吉……」

作造、というのが父藤兵衛の、元々の名なのだろう。

藤吉はくくっと口元で笑うと、柳橋の欄干に身を任せるようにして寄りかかり、小手を額に上げて陽の高さを測った。

「そうありたい、というのが藤吉さんの祈りなのですか？」

「え？」

「私は違うと思います。あなたのお父様はご立派な、札差宿稲川屋ご主人、藤兵衛様。そして貴方様は、その次代を担うお方」

りょうは藤吉の顔を見上げるように、じっとその双眸を見つめた。

切れ長に伸びた眼の奥に、しまい込まれた何かがある。その正体が、なんとなく、りょうにはわかるような気がした。

「いまは、ね。しかし、人はその生まれを変えられない。店は、早晩持たなくなるでしょうし。それに何より、いまの父では……」

「そんなこと、ありませんよね。藤吉さんが、お父様をお助けし、お救いすることができるのであれば」

そんなこと、と藤吉はかすれたような声を漏らした。

そのとき不意に、どこか遠くの蟬が一匹鳴き始めると、待ちかねていたように、川辺の柳にいた蟬もゆっくりと鳴き始めた。

「お父様は、きっと祈られていますよ」

商売他万事如意。商売だけではない、物事すべてがうまくいった礼とはつまり、優秀な息子を持つことができた自負なのではないか。


りょうが藤吉と話して三日ほど経った日、五平は八つ時にえんぎ屋へ帰ってきた。

「よく、戻ってきましたね」

「へえ、まあ数ヶ月前に越後に行ってきたばかりでしたが、その頃に比べればちょいと暑いくらいで」

りょうが店の者たちと式台で出迎えると、五平はなんでもないような口ぶりで足を拭い、埃だらけの着物を手で払った。

着物の襟のあたりは、よほど汗が染み込んだのか黒ずんでいる。

「しっかり祈願はできたのだろうな。五平」

「ええ、加賀美の兄者。噂にたがわぬボロボロのお稲荷様の社を、俺の手で掃き清めて、草を引いて、そんでもってあたりの氏子さんたちと、お神酒も一緒に飲んだりして」

「こいつ、やはりそんなことを」

ぺろりと舌を出しておどける五平に対し、たしなめる加賀美の口調も砕けたものになっていた。

代参として詣でた証左となる御朱印帳には、主だった氏子となる近隣の百姓の名が五つほど並んでいる。

「長旅、ご苦労様でした」

「俺のことより、依頼人さんのほうは？」

「そちらも、万事大丈夫。……と、言いたいところですが」

りょうはわずかに逡巡すると、口元を歪めて御朱印帳に並んだ名を指でなぞった。

信濃国須坂日滝村稲荷社氏子一同
大江戸在御大尽様御礼申されたく候
六郎右衛門
太郎兵衛
利兵衛
庄右衛門
権蔵
すえ永く御社御守り奉り申し候

御大尽様御商売益々繁盛御祈り申し上げ候

「何かご心配でも？」

五平には、まだ藤兵衛の祈りの正体を伝えてはいない。それでも、おどけた口調とは裏腹に、この若者なりに自身に託された祈りの重さを承知し、依頼人の身を案じているのである。

先代の遺したえんぎ屋の気風は、しっかりと店の者たちに受け継がれていた。

「商売ますます繁盛です。皆……」

りょうは御朱印帳に書かれた、最後の一行の言葉を口にした。

店の者たちを見回して、一同ひとりひとりの顔を認める。

——ひとり、西国に行っている主税がいないけれど。

雲珠女もめずらしく真面目な表情で、りょうの顔を見つめ返した。

「雲珠女、たぶん心配はしなくても大丈夫」

はっきりそう伝えると、雲珠女も承知したというように首を縦に振った。

翌日、先方に通知したとおりの時刻に、りょうは稲川屋へ向かった。

はじめ、こちらから店に伺うのは嫌がられるかと思ったが、予想通り藤兵衛はすんなりと受け入れてくれたようだ。

りょうは稲川屋の店先に立つと、十間はある間口の暖簾をくぐり、奉公人に案内されて西向きの奥の部屋へと通された。湯呑み茶碗を前に、ひとり膝を揃えて藤兵衛が現れるのを待った。

しばらく待つと、

「いや、遅くなってしまい申し訳ない……」

奉公人に支えられながら、藤兵衛は部屋へ入ってきた。

相変わらず、土のように顔色が悪い。それが肝臓の病であるとりょうが知ったのは、藤吉から柳橋のたもとで聞かされたあの日である。

座敷で相対すると、はにかんだような口元の笑みが、息子のそれとよく似ている。

しかし、藤兵衛の口元は、顎から頬にかけて以前にも増してげっそりとやつれていた。

「こちらこそ、もっと早くに代参を終えていれば……」

「何の、余命少ない老体なれば、数日の差などあまり関係がありません」

「そんなことは……」

と、りょうはそこで言葉を詰まらせると、本題へと話を切り出した。

「藤兵衛さんのおくにの、信濃国須坂のお稲荷様には、店の者が代参をさせていただきました」

りょうは帛紗《ふくさ》から、例の御朱印帳を出すと、村の一同の名が入ったところを示した。

「六郎右衛門、太郎兵衛の旦那様方……」

藤兵衛はりょうが示したところを、食い入るように見つめ、何度も読み返した。大事そうに御朱印帳を抱え、ひとりずつ名を読み上げると、その双眸が濡れ始める。

「懐かしい。おらぁ村を出るめえに、このお方様がたぁ良ぐしてくれたんだ。利兵衛の旦那がらは屑野菜をもらったり、権蔵の旦那がらは古着をもらっだこどもあんだ……」

「部下の、五平という者が御社をきれいにした際に、氏子であるこちらの方々とお酒を酌み交わし、藤兵衛さんによろしくと言われたそうです」

藤兵衛は若い頃、それこそ何十年も前に村を出たのである。ならば、その頃の大人たちはきっと鬼籍に入っているだろうし、五平が酒を酌み交わしたのは、いずれも五十から三十の者であったというから、おそらく家々を継いだ者たちなのだろう。が、りょうは水を差すような言葉はよそうと思った。

「商売、ますます繁盛ってが……。おらみでえな者を、御大尽様なんて」

自嘲するような笑い方は、やはり藤吉と似ている。

藤兵衛がしみじみとその御朱印帳を読む様子を、りょうはじっと見つめていた。

そして、

「そうそう、こちらも……」

りょうは袂から、大事そうに切餅を出した。しめて二十五両。きっちりと封が切られぬまま、五平が持ち帰ったものである。

思いがけぬお金を見て、藤兵衛は目を丸くして驚いている。

「なぜ、この金がこのまま？」

「私も部下に、よくよく言って聞かせたのですけれど……。本来ならば藤兵衛さんが祈られた通りに、お稲荷様にお供えすべきだと。しかし、その代参をした五平という者が申すには、このような大金を受け取れないと言ったのは、村の方々だというのです」

「それは、違う。こんな金、私が、使っていいわけがない」

己を取り戻したのか、藤兵衛は言葉遣いを改め、両手を振って押し留めるようにして切餅をこちらに押しやった。

しかし、りょうは首を横に振って、引っ込めるような真似はしなかった。

「困りましたね。うちの取り分も、今回の代参は十両で十分だと思いました。旅の費用と、代参に使った玉串料、その他諸々で十五両が消えました。お預かりした五十両のうち、残りの二十五両、ご自分でお使いにならないと言うならば、稲川屋さん、お店のために使われてはいかがでしょう？」

「そのようなことを言っても、こんな……」

困惑したまま、藤兵衛がそう言いかけたとき、

「失礼します」

その声とともに、不意に部屋の襖が開いた。姿を現したのは、息子の藤吉である。思慮深い顔つきで、父の藤兵衛をじろりと見た。

「汚れた金、とでもおっしゃりたいのでしょうか。おっとさん」

「藤吉……、なぜお前が？」

「おっとさんの、病のことを気にしてのことですよ」

「お前が、なぜそれを……？」

土色の顔が、藤吉の言葉に反応して青くなったようだった。

だがそんな様子も意に介すことなく、藤吉は父のそばに座り、詰め寄るようにぐっと身を乗り出した。

「誰でもわかります。そのような顔色をされていたのでは」

「ならばわかるだろう。わしはもう永くはない。医者も言っていたが……」

藤兵衛の言葉を遮るように、藤吉は首を横へ振った。

りょうは言葉もない。予測していた展開ゆえに、じっとふたりのやりとりを聞いている。

「それは本草（内科専門の漢方）の医者でしょう。私が蘭学の師匠と仰ぐ蘭方医のお方で、築地に私塾を開く大槻玄沢先生という方がおります。その二十五両で、玄沢先生に診ていただき、病を治すというのは？」

「やめなさい、藤吉。わしはこれでも浅草御蔵の札差衆のひとり、稲川屋藤兵衛だ。腐っても蘭方医の世話になど」

「おっとさんがそう言う真意は、お上との軋轢を恐れてのことでしょう？」

藤吉が諭すようにそう言うと、藤兵衛は思わず口をつぐんでしまった。

りょうはそばで様子を見守ってはいるが、さすがに自身の息子を前に、店の経営状況を誤魔化すような言葉を吐くことはなかった。

それに以前、藤吉が話していたように、幕府が蘭学を厳しく締め付けていることに変わりはない。実直な性格の藤兵衛は、わざわざお上に睨まれるような真似をしてまで蘭学に関わろうとはしないだろう。

「そ、その通りだ。この稲川屋藤兵衛、お上のことを敬い、そして恐れておる。自分より強い者、大きな者たちに媚びへつらい、必要以上に目立たぬよう己の心根を押し閉ざし、商売仲間のために苦手な酒も、鼻をつまみ、息を止めて飲んできた。己酉（寛政元年）の頃の『棄捐令』が出た時も、まわりの札差仲間では店を潰すのが何軒も出たが、わしは必死の思いでやりすごした。そうしてこの店を、ご先代が遊蕩のために、つまらぬ見栄のために傾けたこの店を、立て直したのだよ。それゆえに身体はこんなにもガタが来ているが、己の生き方を卑下することも、恥じることもない」

「お言葉ですがおっとさん。お上の顔色を窺って、蘭方にかからずとも、稲川屋は、このままでは早晩駄目になってしまう」

「何を言うか、わしがせっかくここまで立て直したこの店を……」

そこまで言いかけて、藤兵衛は胸を押さえて苦しそうに突っ伏した。

藤吉は父の背中を手で支え、もう片方の手で胸のあたりをひとしきり撫でた。父をいたわりながら、唇を噛んで悔しそうな顔をしている。

医者を、とりょうが立ち上がろうとしたとき、藤吉が片手を上げて制した。

「お祖父様が大変な遊蕩をして、贅沢をして、意地を張り続けたせいでこの店が傾いたのは承知しています。その分、おっとさんが並々ならぬ苦労をされたことも。しかし、もはやこれまでと同じことをしていては、店は傾くいっぽうです」

「蘭癖のお前に、そんなことがわかるものか」

そう吐き捨てるように言って、藤兵衛は瞬時に、しまったという顔をした。

だが藤吉は反発することなく、和らげた笑みを浮かべると、畳の上に放ってあった団扇を取り上げて父に風を送った。

風を受け、藤兵衛は次第に落ち着いてきたようだ。

「わかります。頭では外つ国のことを考えていても、このふたつの眼は、おっとさんの背を見続けてきたつもりです」

藤吉がじっと表情を窺うと、藤兵衛のほうも鼻息を荒らげるようにして、自身の息子を睨み返すようにした。

「私が幼い頃は、しゃんと背を正し、血色もよかったおっとさんの顔色が、数年ほど前から少しずつ悪くなってきていることも。その原因が、長年の無理に加えて、仲間内の会合のささいな嫌がらせに起因していることも。そして、この私に、一度も店を継げと言ったこともない」

「それは、お前に商いの才がないからだ」

「本当にそうなのでしょうか。おっとさんは、私が好きなことをすることを好意的に思ってくれているのではありませんか？　口ではそっけないふりをしながら、蘭語の高価な本を買うために、小遣いを惜しまずにくれている」

どうやら図星なのだろう。

藤兵衛は恥ずかしそうに俯くと、

「商売の道は、修羅の道だ。しかも相手は己の意のままにならぬことがあれば、刀を抜いて人を斬るような、油断ならぬ連中なのだ。それを、お前のような若造に、切り盛りできるわけがない……」

「だから、これからは一緒に頑張りましょうよ。私が、おっとさんを支えます。しっかりと病を治して、そして店を見ていて下さい。私が外へ出て、他の札差衆との御付き合い一切を引き受けます。私は、あなたの息子、天下の札差、稲川屋藤兵衛なのだから」

自分も藤兵衛という名を継ぐのだと、藤吉は暗にそう言い含めているような口調であった。

その言葉を裏返せば、すなわち自分はあなたの分身なのだ。藤吉の双眸は、そう叫んでいるようにも見えた。

――万事如意、か。

りょうはやっとその真意に気づいた気がした。

藤兵衛が代参に託したのは自身の健康のことでも、店のことでもなかった。ただ子を想う親の気持ちを、筆に任せて故郷へ伝えようとしたのかもしれない。勉学に励む我が子の未来が、万事思うままにならんとすることを。

稲川屋藤兵衛は、ひとりではない。評判の悪い先代がいて、実直な当代がいて、そして未来を生きる次代がいる。名が受け継がれていく中で、これまでもこれからも生き続けることができるのだと、藤吉は伝えようとしているのではないだろうか。

父子が、そう願った万事如意の祈りは、遠回りこそすれ、収まるべくして収まったのだった。

りょうは胸の内に湧き上がる、嫉妬に似た感情を抑え込むように、御朱印帳を帛紗にしまった。


立てた二本の竹の棒に、綱をぴんと張ってそこから紐で小さな亀を何匹もぶら下げる。

りょうは一匹の亀を見つめていた。その亀は、甲羅が紐に繋がれて自由を奪われて、しかも空中でもがくように手足をばたつかせている。一度、首を伸ばしてこちらを睨むような仕草をしたが、やがてあきらめたように首も手足も引っ込めて大人しくなってしまった。

「一匹、もらおうかね」

はっとなって顔を上げると、涼しげな紗の夏羽織を纏った御隠居さんが、一番大きな恰幅のいい亀を指差していた。

「へえ、毎度ありがとうございます」

そばにいた雲珠女が手早く綱から紐を外すと、ぶら下げたままの姿で亀を御隠居さんに手渡した。

りょうも慌てて代金を受け取ると、

「御隠居様。家内安全、無病息災、お祈り申し上げます」

そう言って、深々と頭を下げた。

八月十五日に行われる放生会は、購った亀や雀を放ち、生き物のありがたさを味わう、一見酔狂な秋の風物詩である。えんぎ屋でも、今日はりょうと雲珠女が連れ立って、大川端で小亀を売っていた。加賀美や五平も、今ごろは深川の横十間川あたりで雀を売っている。

いま亀を買った御隠居さんは、いったい誰のために、何を祈るのだろうとりょうはしばし考えていた。

「またぼうっとして、いったいどうしたんですか？　暑気あたりにしては、少し時期が違うと思いますけれど……」

「はいはい、ごめんなさいね」

りょうは誤魔化すように、ぶら下がっている亀の紐の結び目をひとつずつ確認していった。

雲珠女はこちらの心情を察してか、りょうの顔を覗き込むようにして、

「うらやましかった、とか……ですか？」

「あら、いったい何のこと？　先ほどの、御隠居様のことかしら」

りょうは空とぼけて見せたが、どうやら雲珠女にはお見通しのようだった。

「隠しても無駄です。以前の、稲川屋さんの代参の一件ですよ。あれからしばらく経つのに、あの日から、御寮人の様子が落ち込んでいるようだったから、店の者たちも心配してるんです。やっぱり、父子の愛情を目の前で見せられて、うらやましかったとか思っているんじゃないですか」

図星と言えばそのとおりであった。りょうにとって親といえば、物心ついた時から怒鳴られ、手を上げられるものでしかなかった。

仲の良い親子の話を町内で聞いてはいても、案外そのやりとりは素っ気ないものであったりするし、藤兵衛、藤吉親子も傍目で見ていても、何より本人たちですら父子関係は冷え切っていたものだと感じていたようである。

——それなのに、内心では。

父は息子を想い、そしてまた息子は父のことを慮っていた。

自分の親の本心はどうだったのだろうと、りょうはまたしてもぼんやりと考えてしまうのであった。しかし、どんなに思い出そうとしても、父も母もりょうのことを可愛がってくれたとは微塵も思えなかった。

そしてそんな両親も、丙寅の大火で、ふたりとも失ってしまったために、もはや本人らに確認するすべもない。

「御寮人、そんなに?」

「ううん。そんなことない」

「嘘……。だって、そう御寮人の顔に書いてありますもの」

そうかしら、と言いながら、りょうは顔をつるりと撫でた。

一匹の亀を指先でつつくと、亀はぶらぶらと紐に揺られ、甲羅の奥で恨めしそうにこちらを見ている気がした。

「本当に違うの。私が考えていたのはね、今回も自分にできることは何もなかったということ」

その言葉も、りょうにとっては本心に違いない。代参屋の仕事をしていて、いったい何をしているのか、という虚無感に襲われることはこれまでにもしばしばあった。

ひと様の病を癒すわけでもなければ、命を救うわけでもない。誰かを大儲けさせることも、国中の飢えや貧困をなくすこともない。

何よりりょう自身、これといった特技ひとつも持ち合わせていないのだ。

加賀美のような強さも学問もなく、榊のような変装の術も、五平のような陽気な頑強さも、雲珠女のような愛嬌、機転も持ち合わせてはいない。

そして主税のような、商いの才もない。

えんぎ屋の仕事は、代参屋の稼業は、ひと様の悩みや苦しみに土足で散々踏み込んで、自己満足に浸るようなものなのだ。

「あら、御寮人が何もできなかったなんて、そんなことを考える者はひとりもおりませんよ」

「お世辞はよして、私なんて……」

「いいえ、お世辞なもんですか。御寮人はいままでも、たくさんの依頼人の心に寄り添ってくれたじゃないですか。私のときもそうだったし、稲川屋さん父子のときも……」

そこまで言うと、雲珠女は照れ臭そうに指先で亀の甲羅を弾いた。

顎を上げると、大川の流れに逆らい一艘の屋形船が川を上っていく。艫《とも》にいる船頭は顔から汗を噴き出しながら、大きな櫓を使っていた。

「私が前の店で苦しめられながら働いていた時。牛王宝印を翻して、祈りを捧げた時も、御寮人は私に寄り添ってくれたじゃないですか」

「ずいぶん古い話ね……」

そう言ってから、どれくらい前だったのかを指を折って数え始めた。

りょうが先代からえんぎ屋を継ぎ、初めての依頼人がこの雲珠女だった。

その頃の雲珠女は、四谷にある薬問屋に住み込みで働いていて、店の者たちから奴婢同然に使われていたのだった。恩義ある先代が亡くなり、店を継いだ子が当主になったときに、妻となった御新造から相当いびられたのだという。

その理由は、その新当主が若い頃に、一度だけ雲珠女に手を出したことが原因なのであった。

執拗ないびりと虐めに、雲珠女の食は細り、眠れぬ日々が続いた。体の目方が軽くなり、目に見えて痩せ細っていった。常陸国の実家はとうに弟が継いでいて、心配をかけるわけにもいかずに、ひとり苦しんでいたところを、牛王宝印を翻して祈ったのだった。

「あの時に死のうとしなくて、本当によかったです。こうして御寮人と一緒に、ぼんやりと亀を売っているのだって本当に楽しい」

雲珠女は大川の流れに視線をやったまま、唐突にそう言った。

あの時、雲珠女が祈ったのは、

(吾が五体雲散霧消願い奉り候)

という悲しい祈りだった。

あの頃のりょうは、特別なことは何も考え付かずに、珠子という苦しみを抱えた女性に会って、日々話を聞いてやっただけである。ただ、毎日が辛いのだと涙を流す珠子の背をさすり、一緒になって泣いてやったこともあった。

やがてえんぎ屋の者が代参を終えたとき、珠子という女人は死に、そして雲珠女という女に生まれ変わって、えんぎ屋へやってきたのであった。

――本当に、何もできやしないのに。

りょうは目の前でぶらぶらしている亀を、もう一度つついてみた。

「そばにいてくれた。私にとって、それで十分だったんです。人は、体の痛みも心の痛みも共有することはできないけれど、共感することならできる。御寮人は何もできないなんて言ってしまうけれど、できないこと以外は、全部ちゃあんとできているように思えますよ」

「本当に、そうなのかしら」

「本当にそう。だから先代は、火事でふた親を無くした孤児のおりょうさんを、御寮人として迎えたのだと思います」

ふふっと笑った雲珠女の声は、大川の流れにさらわれた気がした。

猪牙舟の船頭が、呑気に木遣り歌を唄っている。

歌を唄うことくらいなら、自分にもできるのではないかとりょうは思ったが、そんなことを言ってもえんぎ屋の者たちには笑われてしまうだろう。

「……春夏冬、二升五合」

「え、何か言いました？」

ううん、と首を振ってりょうは青空に浮かぶ入道雲を見た。

御府内の祭礼をあれやこれやと思い浮かべ、九月には重陽の節句もあるのだ、と思い出した。えんぎ屋はこれからも、裏稼業がなくとも忙しい日々が続く。

木遣り歌はまだ続いている。

第三話

羨まし正兵衛

竜宮城奇譚

西国へ行っていた主税がようやく帰ってくる。

送られてきた便りを読んで、りょうは店の者たちにそう伝えた。

春先から旅に出て、京、大坂からさらに足を延ばし、芸州広島の厳島神社まで行ったのだと以前の手紙には書いてあった。帰りには、熊野権現の総本社である紀伊の熊野本宮を訪れるつもりだと書かれていたが、今回の手紙は尾張の熱田神宮を詣でたいというものだった。およそ半年にもわたる長旅もようやく終わるのだと付け加えてあったので、今頃はまだ旅の空の下、三河か遠江あたりをぶらぶらと歩いているのだろう。

季節も、春、夏と過ぎていった。寒くなる前に、とりょうも心配をしていたが、いま時分その辺りならば九月の末くらいには戻ってくるはずだ。

うだるような暑さもすでに過ぎ、秋の心地よい陽気に、近頃は店の者たちも往来の振り売りを億劫とせずにいる。

「重陽の節句には間に合いませんね……。主税の兄者がいれば、菊の花もよく売れるでしょうように」

茶化すような口調で、そばで聞いていた五平が言った。

背が高く、細面の主税は、振り売りをしていても、女の客から人気がある。

榊などはりょうの話を聞きながらソワソワした表情を浮かべていた。

「昨年は、私と一緒に売りに出たんですよ。そしたら、お客さんから母子に間違われて、本当に失礼しちゃうわ」

　雲珠女が口をとんがらせてそうこぼした。

「そんなこともあったわね。まあ、主税がいなくとも、皆のやることは変わらないでしょう。それで、加賀美のほうは、菊の花の買い付けはどう？」

「へえ。例年通り、千住の問屋とは問題なく話をつけております」

　加賀美は鷹揚に腰をかがめてそう言った。

　千住の花問屋とは先代からの付き合いである。武州と下総あたりの百姓家から菊の花の買い付けをしていて、育て方に工夫があるのか、大輪の花は毎年市中の者たちにも人気があると聞く。

　何の心配もいらないのだ。当日は、加賀美と五平が買い付けに行ったものを、りょうと雲珠女、榊の三人で売り歩く手筈も決まった。

「では」

　と、りょうは一同に声をかけた。

　帳場にひとり残ると、帳面を開いてぎこちない手つきで算盤を弾き始める。まだまだ算用は苦手だが、えんぎ屋に来た頃と比べれば、算盤の使い方も見よう見まねで弾くうちに多少は様になったはずだ。

　ぱちりと、ひとつ玉を弾いた。

（春夏冬、二升五合、か……）

前回の依頼人、浅草御蔵の札差の跡継ぎ、藤吉から教えられた言葉を思い出した。

『商いますます繁盛』である。

もし万が一、裏稼業である代参屋の仕事がなくなってしまえば、えんぎ屋の店は一体どうなってしまうのだろう。祭礼や季節ごとの縁起物を売り、牛王宝印を売り歩くだけで、果たして店の活計《たずき》は賄えるだろうか。

しばらく無心でパチパチと算盤を弾くものの、りょうにはその答えはわかっている。

店の売り上げの中でも、代参をして得られる金額は些細なものだ。むしろ最近は、天神下の剣術道場の娘である孝の懐剣をそっくり返してしまったり、稲川屋藤兵衛からの余分にもらった二十五両を突き返してしまったりしたため、思った以上に店の実入りは少なかった。

――本当に、駄目な主人だこと。

りょうはひとり、自嘲するような笑みを浮かべると、算盤を傾けてざらりと鳴らした。

店の者たちが有能であるのをいいことにあぐらをかき、皆には苦労を強いてしまっている。当人は語らぬものの、例えば加賀美などは昔、高禄の金沢藩士であったため、本当はちょっとした贅沢も知っているはずだろうが、そんな様子も見せることはない。

無論愚痴をこぼす者など、ひとりもいないことはわかっているのだが。

店の前では雲珠女が箒を使い、榊と五平は振り売りに出て、加賀美は奥で売り物の在庫を調べている。

りょうはおもむろに主税からの手紙を広げると、もう一度読み返してみた。

日付は三日前、尾張名古屋の宿にいて、明日は熱田神宮を詣でたいと呑気そうなことが書いてあった。あの男らしく、億劫そうな筆遣いは相変わらずで、走り書きに近い手紙は読み辛いことこの上ない。

あの頃と、変わっていないのだ。

初めて出会った頃から、主税は加賀美に負けぬほど寡黙で、そしてりょうのことを誰よりも心にかけてくれている。

(本当に、泣いちゃいねえだろう)

幼さの残る甲高い声が、いまもりょうの脳裏にこびりついていた。

いまはそんな主税も含め、りょうはえんぎ屋の者たちを束ねる御寮人になったのだ。

——いけない。

ひとりで帳場にいると、他愛の無い思いが脳裏によぎる。

そのとき、

「御寮人、お見えになりました」

加賀美が部屋の向こうから、首だけ覗かせて声をかけてきた。

りょうははっとなって、主税からの便りを手文庫にしまうと、そばにあった翻しの小さな紙を取り上げた。

本湊町御隠居様御長寿御祈り申上げ候
末永く御隠居様より御采配御取願い奉り候
本湊町正兵衛長屋　一同

りょうが紙の文字を追っていると、日に焼けた赤銅色の肌をもつふたりの男が部屋に入ってきた。

「本湊町で、猪牙舟の船頭をやっております甚作ってもんです。こっちは、同じ長屋の仲間内の卯吉」

ふたりは通された部屋で、肩を寄せ合うようにして頭を下げた。お仕着せのような羽織に袖を通しているが、その下は丈の短い擦り切れた絣の袷を着ている。甚作は四十半ば、卯吉のほうは三十後半といったところだろう。

「おふたりが、今回の依頼を？」

「まあ実際には町内の皆の総意ってところです。俺らが住んでいるこの正兵衛長屋の大家さんの名が、そのまんま正兵衛さんってお人で、昔、千石船にも乗っていたような腕のいい船頭をやっていまして……」

甚作が話の主だったところを、かいつまんで話し始めた。

長屋に住んでいる店子には、昔船頭を務めていた正兵衛を慕う、若い船頭や通いの漁師が多いのだという。

本湊町はその場所柄、大川向こうの両国や深川、そしてその辺りの漁師や船頭たちと昔から漁場の諍いが絶えず、数十年前までは諍いになるたびに町会同士の喧嘩に発展し、ひどいときにはお上に訴えてまで裁定を仰ぐこともあったのだとか。

「そんな時に、自ら調停役を勝って出たのが、うちらのとこの大家、正兵衛さんってわけでして。正兵衛さんは、日付と潮目を見ながら、この辺りの漁場の縄張りをカクカクしかじかって、双方納得するように決めてくれたんですよ。それからは、大した諍いもなくなって……」

甚作は誇らしげに身を乗り出して語り、隣で聞いている卯吉をチラチラと見ながら話を続けた。

「そんな正兵衛さんも、半年ほど前に病に倒れましてね。年が明けたら目出たく傘《さん》寿《じゅ》になるってお歳なのですが、町会の奴らとも話したんですけれど、せめてその祝いまでは、なんとかしてやりてえって……」

「俺らだって、余計なお世話だってのは重々承知です。でも、これまでも俺たちが十分世話になってきたお方なんです。できることはしてやりてえなって」

たまりかねた様子で卯吉が言葉を継いだ。

その正兵衛という老人は、余程慕われているのだろう。ふたりは茶に口をつけることもなく、とにかく年が明ける正月までは、なんとかしてやれぬかという言葉を重ねた。

ひとしきり話を聞いたところで、今度はこちらから問いかけた。

「お医者様は、なんと?」

「まあ、以前脚気を患って、それが最近になってぶり返してきたそうです。それに何より、歳には勝てねえと」

「……そうですか」

りょうは言葉を選んでいる。このまま、店の者たちに相談することなく、話を進めても良いものかどうか迷いが生じているのだ。

「このえんぎ屋は、依頼人の方たちからの祈りをお預かりするところまでしかできませんよ。預かった祈りを叶えるお約束もできませんし、ただ遠くにあるようなお社へ、代参をするのがうちの裏稼業です」

ふたりは顔を見合わせると、心得たとばかりに互いに頷いた。

「構いません。長寿を、とあの紙に書いたのも、正兵衛さんに少しでも長生きしてもらえればと思ってそうしただけですから。もし、他に何かがあるのだとしたら、どうか正兵衛さんの最後の願いを祈ってやれねえもんでしょうか」

「その正兵衛さんという御隠居さん、長生きをしたいとご本人がそうおっしゃっているわけではない、ということでしょうか」

念を押すようにして、りょうは若干語気を強めた。悲しいことだが、世の中には、死にたいと願う人々も少なからずいる。

卯吉のほうが、意味を分かりかねているのか目を白黒させた。

「それをなんとかして本人の口から聞いてもらえませんかね。俺らには話すことはないんですが、どうも正兵衛さんには、心残りのようなものがあるそうなのです」

「心残り、ですか？」

「ええ、正兵衛さん自身はおかみさんを三年前に亡くされて、子供もいなかったんですけれど、五十五年ほど前に、その……」

そこまで言うと、甚作はわずかに言い淀んだ。卯吉に視線をやって、ふたりとも何事かを打ち明けるべきか、思案している様子である。

なかなか言い出さない甚作に痺れを切らし、卯吉のほうが言葉を継いだ。

「昔、正兵衛さんが米の売買のために弁財船《べざいせん》で西国から江戸に向かったおり、海の上で嵐にあって漂流したそうなんです。その時は髻《もとどり》まで切って、海神様にお祈りを捧げ、なんとか八丈島に漂着したとか……」

「漂流、ですか……」

昔話とはいえ、ただごとではない。海の上で嵐にあって、姿を消してしまった漁のだとか。

師や船乗りが何人もいるのだとりょうは聞いたことがある。大抵は死んだものとして、家族すら諦めてしまうことがほとんどなのだそうだが、ごく稀に命を拾った船乗りたちが、さらに運よく通りかかった船に引き上げられて助けられることがあるのだとか。


　——それは、本当に神仏に祈ったから？

　無心にそんなことが頭をよぎった。しかし、

「その、漂流したことと、正兵衛さんの心残りが何か関係しているのでは、というわけですね」

「へえ。あくまで若い者たちの、つまらねえ噂なんですが、正兵衛さんはその時海神様に出会って、やや児まで作ったとか……」

「おいおい、甚作さん。そんな噂ばなし」

「だから、噂だって言ってんじゃねえか。お前さんだって聞いたことくらいはあんだろう」

「そりゃ……まあ、噂だからよ」

　りょうはふたりの様子を見ていて、思わず笑ってしまいそうになった。

　掛け合いの中にも純朴さのようなものが見て取れる。よほど、その正兵衛という者は長屋の人々から慕われているのだろう。

「海神様、ですか……？」

「だから、そっちのほうはあくまで噂ってんです。本当のことは、どうだか知らねえけど」

卯吉のほうが、不貞腐れるような、言い淀むような口調になった。

本当のこと。その御隠居が胸の内に秘めた、真の祈りがそこにあるのだろう。

「分かりました。まずは、御隠居さんの祈りを確かめてみないといけませんね」

りょうはふたりを一度に見て、口元に笑みを浮かべて立ち上がった。


「なぜ、私が……」

榊はそうこぼすと、気だるそうな仕草で首元に風を送った。愚痴をこぼしつつも、素顔に薄化粧をほどこした榊の顔は、女の自分が見ても美しいものだった。

「まあまあ、そんなこと言わずに。良いじゃない、減るもんでもないし」

「減らなきゃなんでも良いというわけでもないですから」

榊は乾いた口調でそう言うと、むっと口を真一文字に引き締めてだんまりを決め込んだ。

ふたりは本湊町の正兵衛長屋へ向かっている。

代参の依頼であれば、本来は依頼人からえんぎ屋へ出向いてきてもらうのが通例であったが、今回ばかりは老人を慮ってこちらから出向くことにしたのである。

「やっぱり、納得できませんよ」

頬を膨らませて、榊がなおもこぼした。

御隠居から願いを聞き出すには若い女がいいのでは、と言ったのは店に来た甚作と卯吉のふたりである。それでひとりで行こうとしたりょうに、加賀美は心配だと言って榊を連れていくように強く勧めたのであった。

口では嫌そうなことを言っても、榊は長屋に向かう前に淡く化粧をしていた。

「あんまり深く考えないで、依頼人の願いを聞いて、それが叶うように祈るのが私たちの仕事でしょう?」

「それは……」

返す言葉が見つからないのか、榊は言葉に詰まった。しかし、

「深く考えているのは、御寮人のほうではないですか?」

日本橋を渡り、人通りの多い通りを歩くと、若い男たちが榊を意識しているのがなんとなくわかった。えんぎ屋で働くうちは変装をしたり、目深の笠をかぶっているために、榊が素顔を晒すことは滅多にない。

ただ本人も認めようとしないが、榊は胸の内では誰よりも己の美しさを誇っている。そんな榊にとって、今日ばかりは、顔を隠さずに胸を張って往来を歩ける絶好の機会なのかもしれない。

道ゆく男たちは、榊に声をかけようかとウズウズしているように思えた。

長屋に着くと、こちらの姿を認めた卯吉も駆け寄ってきて、榊に見惚れる様子を

見せた。とうの榊本人は、知らんぷりをしている。

「すみません。いま、正兵衛さんのところへご案内します」

卯吉は慌てた様子で、長屋の奥の住まいへとふたりを誘った。

長屋の大家と言えど、その住まいは店子のものとほとんど大差はなさそうだ。ただ、東に面した戸のすぐ目の前が大川の河口になっていて、その先には江戸前の海が広がっている。

陽は中天にかかっていて、大空が海の上に広がり、先には房総の山々が帯のように連なっている。長屋からの眺望は相当のものだった。

「正兵衛さん、いるかえ？」

卯吉ががらりと戸を開けると、部屋の中は無人だった。

がらんとした室内には、戸を開けてすぐの座敷に敷かれたままの薄い布団と、手文庫の上に擦り切れた書物が三冊ほど積まれ、古ぼけた小さな葛籠の他は必要最低限の調度品しかない。

「ああ、またその辺で釣りでもしているのかもしれねえ」

「あら、私はてっきり御隠居さんは、その……、身体も動けないほどかと」

「ま、寝たきりってわけじゃないんですけれど、春先にぶっ倒れて、そこからは歩くのもままならねえで。ただこんなふうに天気の良い日は、いつも……」

段々と卯吉の口調は砕けたものになり始めていた。表に出て、護岸のあたりをキョ

ロキョロしたかと思うと、

「あそこ、釣り竿を出している爺様がいるでしょう」

卯吉は遠くを指差して、ふたりについて来るように促した。

りょうは榊と顔を見合わせると、幾分か拍子抜けしたような気持ちで卯吉の後に続いた。

老人は大川に向かう護岸に腰掛けて、二間(約三・六メートル)はある釣り竿を手に糸を垂らしていた。横顔からでもわかる、目尻や額の皺がこの老人の年齢をはっきりと表している。

「ああ、正兵衛さん。今日お客さんが来るって言っといたじゃねえか」

「ああ、そうだったかのう」

御隠居様こと正兵衛は、文字通り好々爺ふうに歯をむき出しにして笑った。

口で笑っていても、目はじっと水面の浮きを注視している。見れば釣り竿、正兵衛の腰のそばにある小箱、魚籠の類は、よほど使い込まれているのか日差しを受けて黒光りしていた。

「正兵衛さん、今日は……」

そこまで言いかけた卯吉を片手で制し、りょうは正兵衛の手元を覗き込むように、膝を折ってしゃがみ込んだ。そばで見ている榊は、どうして良いのかわからぬような顔をしている。

りょうは構わず、

「今日は、何が釣れるのですか?」

「ほ、今日は、何がときたか。良い訊き方だな、お嬢ちゃん」

正兵衛は口元でニヤリと笑うと、足元に寄ってきたフナムシを、無情にもピシリと指先で弾いて海へと落とした。

甚作や卯吉以上に、肌の色は浅黒く、皺のある顔や節くれ立った指先のところどころに、黒っぽいしみがある。

「もうちいとばかし暑い時分なら、ハゼとか穴子なんかも釣れるが、まあ鱸《すずき》とか鯔《ぼら》とかも釣れる。お嬢ちゃん、釣りはやったことあるかえ?」

「いいえ」

「そっちの、白いのは?」

白いの、とぞんざいに呼ばれて榊はむっとしたようだが、無言で首を横へ振った。

だがそちらに視線をやることなく、正兵衛はそうかい、と小さくつぶやいた。

その時、水面の浮きが揺れた気がした。りょうは思わずあっと声を漏らしたが、正兵衛はまるで意に介す様子もなく、また一匹のフナムシを海へと弾き飛ばした。

「釣りはいい。釣りを覚えりゃ、死ぬまで楽しめる」

虚空に向かってひとり言のようにつぶやくと、正兵衛は押し黙った。水面の浮きは動かない。しかし、正兵衛は釣り竿を両手で持ち直し、表情を硬くしてじっと水面を注視している。

　あっと思うが早いか、水面の浮きがいっきに水中に吸い込まれた。正兵衛が竿を立てると、窮屈そうな音を上げ、穂先が水面に突っ込みそうなほど満月にしなった。

「お嬢ちゃん、名は？」

　正兵衛は微塵も焦らず、魚が走るのと逆方向に竿を立てている。卯吉は何事か察してか、長屋のほうへすっ飛んでいった。

「りょう……、と申します」

「おりょう、か。いい名だ」

　正兵衛は剣術でいう、八双の構えのように、釣り竿の柄を口元に寄せて耐えている様子であった。すぐに卯吉が戻ってきたかと思うと、その手には玉網が握られていた。魚は右へ左へと、まるで元気な飼い犬のように走り回っている。

「卯吉、その玉網をおりょうに渡せ」

「え……、でも」

「でも、じゃねえ。おりょう、早く玉網を突き出せ」

　押し付けられるようにして渡された玉網を、りょうは慌てふためきながら、水面へと突っ込んだ。

「玉網はよ、そのまま動かさなくていい。魚に向かわすんじゃねえ。驚いて魚が暴れちまうからよ。ゆっくりと、そばにいて迎えるようにするんだ」

言われるがまま、りょうは何もせず、玉網の柄を握りしめて正兵衛のそばでじっとしていた。やがて、正兵衛が竿を動かして、りょうが持つ玉網に釣り上げた魚を入れた。

「いいぞ、ゆっくりと上げるんだ」

正兵衛は優しい口ぶりで言った。玉網を上げると、そこに入っていたのは一尺をゆうに越す、大きな黒鯛《くろだい》であった。

あまりの見事さにりょうは胸が高鳴った。他の者たちが押し黙っているのにも構わず、正兵衛は小刀を取り出して、手早くエラのあたりに切り込みを入れた。黒鯛は元気に暴れまわっていたが、エラを切られて血を流しながら、徐々に弱っていった。

「随分と、まあ立派な。さすが正兵衛さん……」

そばで見ていた卯吉が感嘆の声を上げた。

正兵衛は黙々と魚に小刀を当てている。魚の肛門に刃先を入れて、滑らせるように腹を開くと、はらわたを引きずり出して、無造作に川に捨てた。

「洗いにでもして、一杯やるか。旬はちいと過ぎてるが」

「酒は、医者から止められているんでしょう?」

「だから、一杯だけだって」

卯吉との問答も軽快に、正兵衛は歯を見せて笑い、手桶の水で黒鯛を洗うと、

「こっちは、おりょうっていったな。そっちの、白いのは?」

再び白いのと言われ、榊は眉を寄せ、

「さかき……」

「さかき、か。妙な名前だが、お前さんみたいなお高く止まった白粉花も嫌いじゃねえぞ」

「私は……」

と、榊が何事か言おうとしたが、正兵衛は押し付けるように黒鯛を差し出す。榊が手を伸ばさないので、りょうが隣で促すと、しぶしぶといった様子で榊は正兵衛の黒鯛を受け取った。洗いきれなかった血が、魚の腹から滴っている。

「見た目は黒いが、お前さんと同じで身はまっ白さ」

豪快に笑うと、竿を杖にするように立ち上がろうとする。身体に不自由さがあるためか、先程魚との格闘をしたとも思えぬほど、正兵衛は足を引きずるようにして歩き出す。

「御寮人……」

「ま、お言葉に甘えて、いただこうじゃない」

「そんな、呑気なこと。私は嫌ですから」

「そんなこと言わないで。これも依頼人の、願いなのだから」

りょうがにこりと笑うと、榊はうろんな眼差しを向けて顔をしかめた。

りょうたちは正兵衛の長屋で、車座になった。狭苦しい室内に、正兵衛と卯吉、あとから甚作も来てりょうと榊も座ると部屋はいっぱいになった。

黒鯛の洗いは、正兵衛が瞬く間に捌き、酒も甚作が持ってきた。

「そんで、嬢ちゃん方は霊媒師か何かかえ？」

「違います。うちが扱うのは、お客様の祈りを届ける代参だけ。祈りはしても、祓いはしません」

欠けた茶碗に酒を満たしてあおる正兵衛に、りょうは丁寧に説明をした。

ふだんなら、依頼人のほうから祈りや願いを話してくれるのだが、今回はかなり具合が違う。

「なら見当はずれだ。海に出ていた頃の俺ならまだしも、いまのこんな体じゃあ、祈るものなんかありゃしねえ」

「そんなこと言わねえでくだせえよ。俺も、卯吉も、いやこの長屋や町会の衆だって、正兵衛さんには長生きしてほしいと思ってんだ」

そばで同じく茶碗酒をあおる甚作が、哀願するような口調でたしなめる。

正兵衛は煩わしそうな表情を隠すことなく、指先で黒鯛の洗いをつまみ上げると、そのまま口へ運んだ。

「長生きねえ」

「前にさ、うちらのとこと両国、深川とかの奴らとの漁場を、うまくまとめてくれたこともあるじゃねえか。あんなことがまた起こらねえとも限らねえし、そんときの礼だって、まだしてねえんだ。正兵衛さんさえよければ、これは俺たち町会のもんらの祈りだとも思ってさ……。どうだろう?」

「いったいどんだけ昔の話を掘り返すつもりだえ。あん時は、見ていらんなくなって、思わずお節介の虫が騒いだだけだ。それに、俺がいなくなって困るってんなら、お前さんらふたりが、同じように仲介に立てばいいだけの話だ。いつまでも年寄りがふんぞり返るなんて、みっともねえ真似はできねえし、俺みてえな老兵をふんぞり返らせようなんて、させるほうのお前ら若い衆もどうかしてる」

「それができりゃ苦労しねえんだよ」

卯吉が苦虫を嚙み潰したような顔をした。

りょうはそばで三人の会話を聴きながら、胸の内を見透かされたような、侘しい気持ちになった。正兵衛の言うことは正論で、自らの存在を無用に引き立てることもなく、卑屈なものでもなさそうだった。

何より、自身の成してきた物事よりも、後進に道を譲って、大きく背中を押そうとしているような励ましが、乱暴な口調に見え隠れしている。

この老人の風貌からではわかりにくいが、その中身は優しさに満ち溢れた、経験豊富な先達のひとりと言うべきなのだろう。

りょうは意味もなく笑みを浮かべると、正兵衛を真似て指先で黒鯛をつまみ上げて、口へと運んだ。噛み締めても、味はよくわからない。

「どっちにしたって、随分とちんぷんかんぷんな相談だ。俺がねえってのに、お前さんらに頼み込まれて、何か祈りだの願いだのがねえかなんて……」

正兵衛が鼻で笑い、嘲けるような顔をすると、甚作と卯吉のふたりは互いに顔を見合わせた。だが卯吉のほうが、酒をひと口ふくみ、声音を変えて身を乗り出した。

「正兵衛さん。昔、海に出て時化《しけ》にあったことがあるって言ってたよね。そんときに、髻を切って、海神様に祈りを捧げて助かったとか……」

「それこそ昔話を通り越してお伽話だぜ。確かに時化にあって、髻切って祈りを捧げたけどよ、三、四日海の上を漂って、意識も朦朧としながら運良く八丈島に流れ着いたってだけだ。まあ、あんときの運がなけりゃ、お前らとこうして酒を飲むってこともなかったろうが」

「その後、伊豆の下田だか三島だかの神社で、感謝の祈りを捧げたとか言ってなかったかい？」

「む……」

正兵衛は口元まで運んだ茶碗を虚空で止め、懐かしいものを思い出した、とでも言いたげに、目元の皺を深くして小さくうなった。

「下田、三島か……」

老人の口から吐かれた言葉を聞いて、甚作と卯吉は顔を見合わせて頷き合う。

「……随分と込み入った、お伽話だ。確かに、あんときの礼は、何度したってしきれるもんじゃねえけど」

しみじみ語る正兵衛の姿は、先程の豪快さがいくらかしぼみ、年相応の老爺であることを思い出させるものだった。

「もうすぐおっ死んじまう身だ。いまさらってこともあるかもしれねえが、こうして命を長らえて、おめえら若いもんのバカを見られるのも、あんときの海神様のお陰かもしれねえ、か」

「正兵衛さん、そんなら……」

正兵衛は茶碗を毛羽だった畳の上に置くと、強張った身体をりょうと榊のほうへ向けて、

「おりょうと、榊と言ったな。この老いぼれの最後の祈りってもんを、耳に入れてもらえるのかえ」

その言葉を聞いて、りょうは思わず口元が緩んだ。榊はいまだ無表情のままだったが、甚作と卯吉は嬉しそうに笑っている。

「久しぶりの代参だからって、羽を伸ばすのはなしですぜ、加賀美の兄者」

「ふん。お前とは違う」

呑気そうに頭の後ろで腕を組んでいる五平の冗談に、加賀美は声を荒らげること

なくいなした。

近頃は五平に代参を任せきりにしていたので、加賀美の旅姿を見るのも久しぶりである。えんぎ屋に来た頃は、どこか武士然としたものを感じさせていたこの男の旅姿も、いまは股引きに脚絆、道中合羽が板についている。

「無事に、祈りを届けられますよう」

「わかっています、御寮人。しかし、一度にふたつの祈りとは、今回の依頼もおかしなものですな」

「ご苦労をかけるのだけれど」

「いえ、依頼人がそう祈られるのであれば……」

草鞋の結び目につばをつけ、振り分けを担ぎ直して加賀美は背を屈める。りょうは燧石を打って、その大きな背に火花を撒いた。

伊豆国三島宿であれば、江戸から三、四日もあれば十分に着ける距離である。ただそこから先、伊豆山中を分け行って下田まで行ってほしいというのが正兵衛の依頼であった。

三島では三嶋大社、下田では白濱神社に詣でて、命を拾い得た感謝の意を伝えるというものである。

正兵衛いわく、なんでも船で漂流したのち八丈島に流れ着き、本土に着くまでは竜宮城にでも来たのではないかと思えたものの、やがて伊豆諸島を順繰りに送られ、下田まで運ばれて、ようやく生きた心地がしたのだという。

そこでお参りをしたのが、彼の地の白濱神社。そこから伊豆を縦断するように徒歩で東海道まで出て、三島まで来てようやく生きて帰ってきたのだと安心したとのことであった。

(嵐で流されて、そんなこともあるのかしら?)

まあとうの本人がそれを望むのだと言えば、代参を請け負う自分たちには異論はない。往復で十三、四日はかかろうかという代参も、りょうが十五両という代金を示すと、甚作と卯吉のふたりが町会から集めたものだと言って大量の粒銀で全て支払った。

その時、甚作と卯吉も心配だからついていくと申し出たが、それでは代参の意味がないと思い、笑って丁重に断ったのである。

「御隠居さんの御長寿も、ついでに手を合わせて祈っておきますよ」

「ええ、お願い」

「菊の買い付けについては、五平にようく聞かせてありますので」

では、と言って歩き始めた加賀美の背をしばらく目で追って、見えなくなったところでりょうは店の者たちを促した。

重陽の節句を明日に控えた時に、加賀美を旅に出すのは苦しいものだが、買い付けの手順はりょうをはじめ、雲珠女も榊も、もちろん五平だって毎年のこととして承知している。

菊の買い付けは五平と榊に任せ、店は雲珠女に頼んだ。

りょうは束になった虫籠を担いで、ぶらりと店を出た。普段であれば、部下を代参に見送った後、店に残った者たちで依頼人の本当の祈りを探るという手筈になっているのだが、五平と榊は菊の買い付けを今日中に終えて、明日から振り売りをしながら探るという手筈になった。

日毎に涼しくなる秋の陽気の中、りょうはひとり、両国へ向かう。

あの時、甚作と卯吉が話していた、正兵衛が両国や深川の漁師と折り合いをつけたのだという話を、もう少し詳しく知りたいと思ったのだ。

もし、本当に正兵衛の祈りが、昔日への感謝の意なのだというのであれば、それ以上深掘りをすることはしない。ただ、もし正兵衛の胸の内に、自身でも気づいていない何事かがあるのなら、その何かを見つけ出す手助けくらいはできるのではないかと思うのである。

微かな期待のようなものを胸に、りょうは早朝の涼風を受けながら両国橋を渡った。

（もう少し、気の利いたものにすればよかったかしら……？）

売り歩きながら、自分のそそっかしさを笑った。いくら季節が秋なのだと言っても、大川沿いで虫籠を売るのは、なんだかとても滑稽に思える。せめて魚籠や四つ手綱ならば格好がつくのかもしれないが、この辺りに果たして鈴虫などいるものだろうか。

大川沿いを侘しい思いを募らせながら、声を張り上げて歩いた。

この大川の東岸は赤穂義士が討ち入りを終え、泉岳寺へ向かったのと同じ道である。義士らが返り血に染まり、吉良の首級を掲げて行進したのに、こちらは虫籠を抱えてぼんやりと声を張って歩く。

万年橋を渡り、白河松平家の藩邸の甍が見えてきたあたりで、ようやく虫籠もひとつふたつと売れ始めた。

金物屋の老主人が孫に買ってやるのだと話すのに相槌を打ちながら、それとなく両国、深川と対岸の漁場について聞いてみたものの、ピンとこない表情で首を傾げていた。やはり漁師、船頭でなければわからぬのかもしれない。

海苔屋の若女将や佃煮屋の職人らも、子のためだと言って虫籠を買ってくれたが、同じような反応であった。

(やはり、駄目だったかな?)

仙台堀川をはじめ、水路にかかる橋をひとつふたつと渡ったところで、虫籠はぱったりと売れなくなった。

佐賀町の途中で、油堀川にかかる下之橋の欄干に寄りかかって少し風にあたってみる。

加賀美は今ごろ旅の空にある。正兵衛の祈り、肩に食い込むような重さはないが、ふたつも抱えてというのはこれまでになかった。

もしも竜宮城を訪れた、というのであれば羨ましい話なのだろうが、それが嵐にあっての漂流では、見るものも感じるものも真逆である。風雨の中、方角も日数も定かではない中で、若い頃の正兵衛は何を祈ったのだろう。

「虫籠、ひとついいかね？」

「え？」

背後から声をかけられて、思わずうわずった声を上げてしまった。

栗色の単衣の着流しに同色の羽織。白髪をかき集めたような髷が、禿げ上がった頭に載っていて、粒の大きな鮫皮を柄に巻いた小脇差を見れば、武士の隠居なのだとわかる。

着物は古着に近い木綿で、足元の草履は擦り切れている。さほど身分の高くない小藩の勤番侍か、御家人の御隠居様だろう。

虫籠が必要ならば出入りの御用聞きにでも頼めばよさそうなものだが、老人は懐から巾着を出して惜しげもなくこちらへ差し出した。

「頂戴します」

りょうはそう言って、押しいただくように財布から銅銭をつまみ上げて代金をもらうと、そのまま御隠居に財布を返した。武士が自ら銭に触ることを忌むのは、上下の身分にさほど違いはない。市中の店でも、武士は大抵このようにして買い物をする。

「こちらの虫籠でよろしいですか？」

ああ、と老人は気に留める様子もなく、りょうが差し出した虫籠を手に、満足そうに頷いた。

手先の器用な五平が、自ら竹ひごを削り出して作った頑丈なものである。檻のような形の虫籠の、柱となる竹ひごが均等に並べられていて、丁寧にささくれも削り取られている。目の利く者が見れば、職人の逸品のように思えるほどのものだった。

老人ははじめ、大した関心もないように思えたが、不意に虫籠を陽にかざすようにしてしげしげと見つめると、目を丸くして、

「む……。こりゃあ手の込んだ作りだ。孫の喜ぶ顔が目に浮かぶよ」

「あら、それはお上手ですこと。その虫籠をお気に召してくれましたか」

溢れた笑みを誤魔化すように、りょうはそのまま言葉を繋げた。

暮らしぶりまではわかりかねるが、典型的な下級武士の隠居だろう。若い頃は、虫籠を作るような内職をしていたとも考えられる。

「近頃は、手元を見ることも難儀しているがね。若い頃はこの虫籠みたく、木を削って細工をしたものだ」

「御隠居様。大変御無礼でございますが、てっきりお武家様かと思いました。しか

し本当は、木工細工の職人様でしたか？」

「いやいや、そんな大それたものじゃあない。細工職人というより、船を相手にしていたが」

「船をお相手に？　それでは船大工か何かで」

「そなた見ぬ顔じゃな。この辺りでは珍しくはないが、わしは公儀御船手組の向井将監様御配下の者での」

「御船手組……」

「胸を反り返ったところで、いまは孫相手の隠居爺いに変わりはないがのう。これでも若い頃は、有事の際は徳川家海上の先鋒たらんと、日々船稽古を繰り返したものだが……」

　老人はくし抜けの歯をむき出しにして笑うと、大事そうに虫籠を両手で抱えた。

「無駄話が過ぎたようじゃ。この虫籠、大事に使わせてもらおう。そなた、店は何処にある。次はビクや筒籠などを買いたいのだが」

「付き合いのある職人に、作れるのか聞いておきます。店は、神田旅籠町の、えんぎ屋という店です。私は店主の、りょうと申します」

「そうか。近くまで寄ったら、顔を出すとしよう」

　りょうの店を、竹細工屋か何かと勘違いしているのかもしれないが、深く説明することはしなかった。だが、りょうは老人が背を向けようとするのを押しとどめる

ように、一歩だけ近づくと、

「あの……、御船手組のお侍様であれば、大川向こうの本湊町の御隠居、正兵衛さんをご存じでしょうか？」

「ほう。そなた、正兵衛を存じているか？」

老武士は、意外そうな表情をした。武士としての用心さが、ちらりと垣間見えた気がした。

「船頭や漁師の女房、娘とも思えぬ」

「正兵衛長屋の皆様は、うちのお得意様です。正兵衛さんという、お年を召された名の知られた船頭さんが、最近あんまりお元気ではないとのことを耳にしましたので、御隠居様であれば何かご存じかと……」

「本湊町の正兵衛といえば、確かに名の知れた弁財船の船頭だった男だ。確か、若い頃に嵐にあって海の上を何日も漂流したと、生きて江戸に帰ってきた頃は、御府内でもちょっとした評判になったと覚えておるが」

「お噂は、本当だったわけですね」

「あの頃は、浦島太郎ならぬ、『羨まし正兵衛』と、呼ばれておったのう」

「羨まし、正兵衛？」

「くだらぬ戯言じゃ。……なんでも、正兵衛が漂流し、本当は竜宮城へ行ってきたのではないかと、のう。まあ根が生真面目な人間ゆえ、飲むのは別にしても、博打をうつでも女を買うでもなく、せっせと働き金を貯めたのだろう。近所からの施しもあったのか、御府内に帰ってきて、すぐに一艘の船を買って再び商売を始めたと聞くぞ」

　老武士は顎に手を当てた。

　りょうはそれとなく、素知らぬ態度をとりつつ、言葉を続けた。

「なるほど、それは多分に羨ましい限りで。もしかすると、大川の東岸と西岸の船頭や漁師の方々との縄張りをお決めになることができたのも、乙姫様の御加護があったのでしょうか」

「はは、そなたも面白いことを申すものだな。そうであった、確かに大川を挟んだ向こうとこちらの諍いを、間に入って仲介したのはあの男であった」

「よほど、人望に恵まれたお方なのかと」

　懐かしそうに昔を想う老武士に、りょうは追従するような笑みを浮かべた。

　とうの正兵衛が、いま何を想うのかと、重ねて尋ねようとしたその時、老武士は自ら口を開いた。

「漁場を双方決めた時に、深川の顔役として出た藤治という船頭はとうに死んでしまったがな。その倅はおるぞ。深川大島町の源治という者で、親父と同じく船頭をやっている」

「あら、ならばその源治さんもお訪ねしてみます。正兵衛さんにまつわる昔話など、お父様から聞かされていないか……。なんなら、この虫籠でも買ってもらおうかしら」

「はは、虫籠よりは、ビクのほうが良いだろう。あの男も、好釣家ゆえ」

にこりと笑うと、りょうは小腰をかがめながら会釈をし、虫籠の束を担ぎ直した。

それからもしばらく虫籠を売り歩いたが、冷たい浜風が吹き始めたのをしおに、神田へと足を向けた。

店の押し入れに、以前五平が作った売り物用のビクや、竹籠が残っていたと思うのだが、大島町の源治なる船頭が気に入って買ってくれるだろうか。

五平に頼んで、新しいビクを編んでもらおうかと、りょうは西日に照らされながら考えていた。

数日後、柳橋のあたりで雇った船頭は、りょうが八丁堀本湊町までというと、うろんな眼差しを投げかけてきた。しかし、深く詮索する様子もなく、顎をしゃくるようにして、舟に乗るように促した。

「揺れるから、気ぃつけな」

ぞんざいな口調のわりに、慎重な手つきで櫓を使い始めた。ぎいと音を立てて舟が流れに乗り、ゆっくりと進み始める。

船頭は双肌《もろはだ》脱ぎになり、逞しい体を秋風に吹かれたまま櫓を使っている。

すぐに両国橋の下をくぐり、大川の川岸に沿うように下り始める。猪牙舟のような小さなものは神田川、日本橋川では見られるが、大川の川岸に繋がれているのは屋形船や平田船といった、底が平らになったものだ。さすがに上方や陸奥へ行き来するような弁財船は見られぬが、大きなものは確か浅草御蔵や深川のほうで見ることができる。

――羨まし正兵衛、か。

りょうは思わず笑みをこぼした。なんとも愉快な渾名ではないか。

先日の御船手組の御隠居の話によれば、代参の依頼人である正兵衛は、竜宮城から生還した際、一艘の船を買ったというのだ。

（どれくらいの大きさのものだったのか、訊いておけばよかったかな？）

一定の調子を保ったまま、さほど揺れることもなく舟は進んでいく。風はなく、波もさほど高くはないため、舟に乗るには絶好の塩梅であった。

あれから店に戻り、五平にビクを作るように頼んだ。店には昔使った形跡のある古ぼけたビクが転がっていたが、所々傷んでいたため、新たに良いものを作ってもらうことにしたのである。

手先の器用な五平は、歯を見せて承知してくれた。が、そう容易く作れるはずもなく、ビクを編むのに二日、工作をするために三日ほどはかかると言われた。

（まだ、加賀美が代参を終えるまでには日にちがある）

りょうはそれまで、正兵衛の周囲を探り、竜宮城へ行ったのだという真相を見極めようとしていた。

弁財船のような大きな船で、北は陸奥や蝦夷地、西は上方や瀬戸内海まで行ったというのは間違いないのだろうが、正兵衛のいまの暮らしぶりを見れば、その腕で財をなしたとは言い難い。

あくまでりょうの推測だが、嵐にあって遭難する以前に、大きな船に乗っていた正兵衛は、生きて江戸に帰ってきた時に、充足した日々を送ろうと決心したのではないだろうか。だからこそ、さほど大きな船を必要とすることなく、平田船や高瀬舟のようなものを買って、小さな商売を始め慎ましく暮らしてきたと考えられる。

おもむろに、一艘の猪牙舟が日本橋川から滑るように、大川の流れへ現れた。舟を扱っているのは、いまだ十代も半ばと思われるような若い船頭で、ぎこちない仕草で櫓を使っていて、船足も安定せずふらついている。

りょうは軽口のひとつでもたたこうと思ったが、無口なためかこちらの船頭はひと言も発せず、無言で櫓を使っている。

本湊町まで来ると、代金を支払って舟を降りた。安価ではないために、普段は自らの足を使って歩き回るりょうだが、たまに舟に乗るとその便利さに驚かされる。神田川からここまで、本当にあっという間に着いてしまった。

――さて。

と、年季の入った船着場に着いたとき、足元のフナムシが散るように逃げ去った。岸壁の石段を滑らぬよう、軽快に駆け上がる。

陽はちょうど中天に差し掛かっており、大川に面した長屋の柿葺《こけらぶき》の屋根が整然と並んでいた。

そのすぐ近くの岸壁で、相変わらず正兵衛が釣り糸を垂らしている。

りょうは少しだけ逡巡した。思いつくままここまで来たはいいが、ひとりで正兵衛に話を聞くというのはいかがなものかと迷いが生じている。

加賀美は代参に出て、五平は反対に外に出ることなくビク作りに集中していた。雲珠女は店番をして、榊だけが情報収集のために振り売りに出かけている。結局はりょうひとりで、依頼人の身の回りを探るほかなかった。

あの老人が竜宮城に行ったのではという疑惑は、御府内の年寄りには、大概の者たちに知られているらしい。

正兵衛はこちらに気づいていない。とりあえずは甚作か卯吉に話を訊いてみようかと、長屋のお店をひと部屋ずつ覗くような格好になった。先日、この正兵衛長屋に来た時、りょうはふたりの住まいも確認している。

ちらりと卯吉の部屋を窺おうとしたその時、

「なんだぁ、ふたりに用でもあんのかぁ」

突然大声をかけられてそちらを見れば、正兵衛が片手を上げて、こちらに手招きをしていた。

りょうはどきりとして、思わず冷や汗が出るのを感じた。

――気づかれてしまった。

いままで依頼人の様子を探る際には、当人に気取られぬよう振り売りに姿を変えて周囲の聞き込みをしていたが、今日ばかりは猪牙舟を使おうとしていたために、素顔に普段着のまま来てしまったのである。

自分の軽率さ、そそっかしさに呆れつつ、相手はのどかな釣り好きの御隠居さんだと思い直し、りょうはままよと、作り笑いを浮かべて正兵衛のそばに近づいた。

「いい、お天気ですね」

「ああ」

自分から声をかけたくせに、正兵衛はそう口にして、それから黙りこくった。

「甚作さんと、卯吉さんに。代参が済んだあかつきには、皆で祝いの席を設けようと言われていたので」

「あの、ふたりがかい？」

ふうん、と正兵衛は鼻を鳴らした。どこか侮蔑するような響きが垣間見えたような気がした。

「おふたりは、どちらに？」

「さあな、いま時分なら仕事に精を出していると思うがなあ」

「そうですよね。こんな昼間に、突然訪ねてくるなんて。本当は、近くまで来たのでちょっと様子を……」

りょうがそこまで言いかけたとき、正兵衛はおもむろに竿を上げた。

釣り糸の先の針には、魚も餌も付いていない。正兵衛は軽く舌打ちをすると、慣れた手つきで餌箱から出したゴカイをつけ、再び竿を振るった。

水面にたゆたう浮きから視線を上げれば、大川の流れに逆らうように、ちぎれた雲が雑然と動いていく。

「……三嶋大社と、白濱神社へは、加賀美という旅慣れた部下を代参にやっています」

「そうかい」

「正兵衛さんからお預かりした大切な祈りですもの。しっかりと、お届けさせていただきます」

見えすいた追従のように思われたかもしれない。ただ、何のてらいもなく自然とりょうの口から出た言葉である。嵐にあって、髻を切って海神様に祈りを捧げた正兵衛が、命を長らえていまここで釣り糸を垂れているのも、そのときの祈りがあったればこそだ。

その祈りをしっかりと届けるのは、裏稼業とはいえ、えんぎ屋の使命である。

「そんなこと言って、お前さんも竜宮城の金銀財宝を、ってところじゃねえか」

「え？」

「いままでも、そんな奴らがたくさんいたんだ。正兵衛は嵐にあって無一文になったくせに、船まで買いやがったって、やっかむ奴らを何人も知っている」

吐き捨てるような口調で、正兵衛はゴカイを一匹川に放り込む。たまたま通りかかった小魚が、四、五匹群がって、争うようにそれに食いついた。

浮きはまだ動かない。

「お話は、ちょっぴり耳にしました。そのときの船はどうされました？」

「三十と五、六年は乗ったか。例の、丙寅の大火で燃えちまったよ。ちょうどそのあたりに繋いでいたんだがな、火の粉が飛んできて、使い物にならなくなっちまった……」

丙寅の大火。りょうはその言葉を聞いて、全身の毛が逆立つような心地になった。息を大きく吸い、込み上げてくる胸の動悸を抑えつけようとする。

「いい船だった。ほれ、いまそこを通った平田船くれえの大きさで、吉原へ行く奴らも乗せたし、一度だけだったが、大関の雷電関を乗せたこともあった。甚作や卯吉みてえな若え者を何人か雇って、豪勢に花火を見るために出したこともあったが、最後はあっけねえもんだった……」

往時を懐かしむような正兵衛であったが、ちらりとこちらを見て、りょうの様子がおかしくなったことに気づいたようだ。

「おりょう。どうかしたか？」

「……いえ、少し昔のことを思い出してしまいました。その、丙寅の大火で私もふた親を亡くしましたので」

りょうは胸のあたりに手を当てて、息を吐き出すようにゆっくりと答えた。

正兵衛は眉のあたりを少しだけ動かしたが、そうかとだけ言って、そのまま視線を水面の浮きへと戻した。

「俺は、竜宮城へなんか行っちゃいねえけどな。海で嵐にあったとき、お前さんと同じように、たくさんの仲間を亡くしちまった」

「……はい」

ふた親を亡くしたと言って、少しは情けをかけられたのかもしれない。りょうは違うことを考えたくなって、ただ首を縦に振った。

「皆いい奴らだった。俺はひとりだけ、誰もいねえ、無人島に流れ着いたんだ。あのときは助かったなんて思わなかった。神様、仏様だかなんだか知らねえが、俺のことをいたぶって、飯も水もない中で殺そうとしたに違いねえって、ずいぶん恨んだもんだ」

りょうも昔のことを思い出した。父母がいたとしても、日々殴られ蹴られ、そして罵声を浴びせられていたのだ。神に祈っても、仏に手を合わせても、身の回りに助けてくれる者などひとりもいなかった。

胸の奥底から、込み上げてくるものがある。

眼前まで迫った炎。鯨が焼け焦げるような強烈な臭い。いたるところで巻き上がる真っ黒な煤けた煙。そして頬を刺すような熱気。怒号とも悲鳴ともとれぬ、人々の叫び声……。

「お前さんも、ずいぶんと、辛い思いをしたんか……」

「え?」

「いや、なんでもねえ。どんなに生きたいって思っていても、神様仏様は案外知らんぷりしているなんてことはしょっちゅうだ」

苦虫を嚙み潰したような表情で、正兵衛はまたもゴカイを川に投げ入れようとした。しかし、哀れに思ったか虚しく感じたか、振り上げた腕から力が抜けるように、正兵衛は舌打ちをして指先のゴカイをそのまま餌箱に戻し入れた。

りょうは自分の気持ちを悟られまいと、足元の小石を拾い上げて、大川の流れに力一杯投げ入れた。

さほど遠くへ飛ぶこともなく、小石は川の水面に小さな飛沫を上げただけで、波間に消えてすぐに見えなくなってしまった。

神仏にかけた祈りが、必ずしも叶えられるとは思わない。ただ、祈った人々の思いを無駄にすることなく、その祈りのうちに秘められた真実を叶えてやりたいというのが、りょうたちえんぎ屋の裏稼業なのである。

なんてちっぽけなものだと、りょうはそう思ったが、口では無意識に、

「感謝の祈り、それが正兵衛さんの本当のお気持ちですか？」

「どういう意味だ」

「失った船への想いや、ご家族に対する情けとも違うように感じました。本当に、ご自身が生き残ったという感謝の祈りを、私たちえんぎ屋に託されたのでしょうか？」

まっすぐ正兵衛を見つめた。相手の双眸の光が、わずかにゆらめいたようにりょうには思えた。

川辺の柳が風に揺れ、さらさらと音を立てる。少しだけ、その風がものすごく冷たいもののように感じられた。

「下田や三島への感謝だけじゃあ、つまらねえ祈りだと、おまえさんはそう言いたいわけか」

「そうではありません。ただ……」

傷つけてしまったかもしれない。挑発するような視線をいなすように、りょうは足元の小石を拾い上げ、もう一度波間に向かって投げた。

うまく言葉では言い表すことができない。

そんなもどかしさを抱えながらも、確信に近いものがある。

正兵衛は、りょうの境遇を聞いて同じだと言ったのだ。命を長らえて、ただ神仏

に感謝をするというほど、人々は純情に生きられるとは思えない。悶え、苦しみながらも、ただ偶然に運良く命を拾い上げたのだ。大なり小なり、その者の生きる心情というのが、どこかに見え隠れしているのではないかと思うのである。

りょうは下唇を浅く噛んだ。

「……誰かを恨んでも、いいのではないでしょうか？」

「ほう。お前さん」

正兵衛はそう言うと、こちらをじっと見つめ、にやりと笑ったように見えた。

「虫も殺さねえみてえな顔をしていながら、そんな物騒なことを言うのか」

ふん、と鼻を鳴らしたが、それは呆れているわけでも、軽蔑しているわけでもない。

正兵衛の瞳の奥底にある鈍い光。一瞬だが、それがきらりと光ったように思えた。

「私たちの裏稼業は、依頼人の方々に代わって、祈るのではありません。依頼人の方々に寄り添って、気持ちを同じくして祈るのです。その祈りが、この空のように透き通ったような青さだけであるはずがありません。赤くも、黒くも、灰色のようになることだってあると思うのです」

「ちげえねえ」

正兵衛は、こんどはこちらを見ることなく、再び竿を上げた。またも魚はかかっておらず、正兵衛は舌打ちをしながらゴカイをつけた。

暗い水の中では、小魚がちびちびと餌をつまんでいるのかもしれない。

「感謝の祈り、か」

虚しさを吐き出すような正兵衛の口調に、りょうははっとなった。

威勢の良さは人一倍のように見える。だが、それは実は偽りのもので、本当の正兵衛はもっとドロドロとしたものを抱え、人に気取られぬよう、必死で押し殺しているのではないだろうか。

「何人も恨んだ。恨んだ分だけ俺自身が悲しんだ。人を信じて、祈りをかけたが何度も何度も裏切られたのも事実だ。けど、生きていてよかったと思えたことは、それこそ同じくらいあった。かかあは数年前におっ死んじまったが、こんな俺によく尽くしてくれたんだ」

「正兵衛さんがいたからこそ、解決されたものもあったと聞いています」

「そんなこと、ちっぽけなもんだ」

そうつぶやくと、正兵衛は気恥ずかしそうに俯いた。

深い皺の奥底から、少年のような屈託のない笑顔が覗いている。

「ひとつ……」

「え？」

「ひとつだけ、言ってもいいか。俺が、竜宮城でもてなされた時に、涙が出るくらいうめえと思ったものがあった。死ぬ前に、そいつをもう一度食ってみてえ」

「竜宮城には、行かれてないのでは？」

「ああ、実際には、ありゃ八丈島だったかな。浜の人たちが、生き長らえた俺に振る舞ってくれたものだった。竜宮城に行ったと、そう思えるくらいうまいもんだった。そういうことだ」

「それが、正兵衛さんの願いでしょうか？」

ああ、と正兵衛は首を縦に振った。

視線の先の浮きはまだ動かない。

随分と変則的な祈りであるが、代参と併せ、それくらい聞いてやることは難しくないのではないかとりょうには思えた。

「かしこまりました。どんなものだったのか、もう少し思い出せませんか？」

「白くも黒くも、赤くも青くもねえ魚の刺身だ」

それがどんなものだったのか、りょうには見当もつかない。ただ八丈島で口にしたというものなら、何かしら島特有の調理法があるのかもしれない。

五平のビクはどこまで仕上がっただろうかと、りょうはそんなことを考えていた。

正兵衛は再び竿を上げたが、針先には何もついていなかった。

「本湊町の、正兵衛さんねえ……」

深川大島町の源治は式台に腰をかけ、五平が作ったビクを手にしたまま、視線だけをこちらに向けた。

年の頃は二十七、八といったところだろうか。紺色の単衣に芯が伸びたような帯をゆるく締め、胸のあたりがはだけてしまっている。着ているものは粗末だが、江戸者らしく昨日結ったような髷を右へずらし、髭はきれいに剃り上げ、眉も整えている。

奥では妻女が、赤ん坊をあやしながら乳をやっているのを、りょうは横目で土間から見ていた。

「俺は会ったことねえが」

「なんでも昔、お父様が正兵衛さんとお仕事をされたと伺っております。正兵衛さん自身のお言葉ですが、ふいに過去を思い出して、せめてお世話になった方の息子さんに何かしてやれないかと……」

「で、それがこのビクだと？」

「ええ、うちの店の職人が、丹精込めて編んだものです」

ふうんと言って、源治は手に持ったビクに視線を移した。先日、御船手組の御隠居から話を聞いて、数日がかりで五平に作ってもらったものである。

格子状に色違いの竹を編み込み、蓋には蝶番をつけて開閉できるようになっていた。蓋を閉めるのには鹿角の留め具が付いていて、作りだけでも手の込んだものだった。

とわかってくれるはずだ。

源治はビクの腹のあたりを叩いたり、指先でいじったりしていたが、頑丈な作りを見て満足そうな表情を浮かべている。

「確かに、悪いもんじゃねえけど。本当にもらっていいのかい」

「お代は頂戴しておりますので、どうぞ遠慮なさらず」

「そこまで言うなら遠慮はしねえさ。ま、大したものはねえけど、あがんなよ」

「恐れ入ります」

りょうは身を小さくするようにして草履を脱ぐと、式台に足をかけた。

奥で乳をやっていた源治の妻は、少しばたついた様子で土間に降りて、かまどの燃えさしに薪をくべ始めた。

長屋は先日訪ねた正兵衛長屋と同じような造りの室内で、簡素な調度品と、部屋の隅に釣具や、畳む途中の赤ん坊のおしめなどが一緒くたになっている。

「それで、正兵衛さんは、俺になんだってのさ?」

源治はぞんざいな手つきで、妻が運んできた湯呑みに口をつける。

水を火にかけただけの白湯で、湯呑みの縁は欠けていた。りょうも源治に倣い、湯呑みに手を伸ばし、大事そうに膝の上で抱えた。

「ただ御隠居さんは、昔を思い出したとおっしゃっているだけです」

「そんなんで、俺にこのビクをくれたってのか?」

「お父様には随分世話になったのだとおっしゃっていました。病に伏せって、まだ意識がはっきりとあるうちに、お礼の真似事をしたいのだと……」

ふむ、と訝しげに鼻を鳴らすと、源治は湯呑みを置いて口調を改めた。

りょうは半ば嘘、半ば本当の話をして、ちょっぴり後ろめたさを感じていた。

「俺の親父はよ。藤治って名で、二十歳を過ぎた頃からこの辺りの船頭や漁師たち、若いもんたちを束ねていたってのは聞いている。それで、大川の向こう側、西岸のやつらと、絶えず漁場争いをしてたってのも本当らしいが……」

「そこで、正兵衛さんとお父様が、漁師や船頭さんたちの諍いの間に入って、双方を宥めたということなのでしょう？」

りょうは、源治の様子を見ていて、引っ掛かるものを覚えた。

言葉のキレが悪く、こちらの反応を窺っているようにも見える。真意を隠そうとしてなのか、源治は毛脛をぽりぽりと掻きむしった。

「おりょうさんって、言ったな」

「ええ、神田旅籠町で小さな店を営んでおります」

「そんなこと言って、正体は正兵衛さんの隠し子、ってなことはねぇよなぁ……」

「あら、そんなふうに見えますか？」

「俺は、その正兵衛さんて爺様を知らねえから、見えるも見えねえもねえさ」

源治は口元だけで笑うと、先ほど渡したビクを再び手に取って、食い入るように見入り始めた。部屋の隅では、赤ん坊が寝息をたてて無心に眠っている。

りょうはちょっとだけ、湯呑みの湯をすすった。

しばらく互いに無言のまま、時だけが過ぎていった。源治の妻女も言葉数が少ないためか部屋の隅で繕いものを始めてしまい、狭い室内でりょうは息苦しさを覚えた。

不意に赤ん坊が泣き出すと、源治は思い出したかのように、

「……本湊町っていえば、甚作って船頭なら顔見知りだ」

「そうなのですか。その甚作さんも、正兵衛長屋の店子さんですよ」

りょうは何事か聞き出せぬかと、ちょっとだけ身を乗り出した。

妻女のほうが赤ん坊に乳をやり始めたが、源治は構う様子もなくりょうを見ると、呆れるような口調で言った。

「あんまり、いい評判は聞かねえけどなあ」

「甚作さんが？」

「あの界隈じゃ。仲間内で博打にのめり込んでいるって話だぜ」

船頭としての腕は悪くねえらしいが、と付け加えるようにこぼすと、源治は妻のほうを見て、小さく目配せをした。

「まあ、もう随分と歳月も過ぎたから、親父が正兵衛さんから受けた借りってのも、帳消しになっちまってればいいが……」

「借り……とは、いったい何のことですか？」

「なんだ。もしかして、本当に隠し子とかじゃねえってのか」

源治はほっとしたような表情をして妻女のほうへ視線をやると、互いに納得したふうに頷き合った。

「親父から聞いた話だ。こっちの、大川の東岸の奴らは、西岸の奴らといざこざを解消する時に、正兵衛さんからこっそり和解金を握らされたんだ。それもこっち側が納得するくらいの額、皆にまとめて十両、二十両なんてつまらねえ額じゃねえ。それこそここいらの町内まるごと、一家に二、三十両なんて大変な額をもらったらしいんだ。つまり、千両はくだらねえ額を、俺たちは正兵衛さんからもらったってことになる」

「千両……」

りょうが愕然と、その金額を口にすると、源治は心からほっとしたような表情で、大きく頷いた。

「あくまで、こっち側の者たちだけの、それも当時の年寄りだけが知っている話らしい。まあ、ほとんどの漁師、船頭らは墓場まで持っていっちまったがな。西岸のやつらと和解する時に、『正兵衛は竜宮城を見てきた男だ。だから、男をたててやろう』って親父はそんなことを言って、周りの奴らを言いくるめたことになっているる。だから、漁場争いになった時、東岸の奴らは西岸に色をつけて、良しとしちまったらしいが……」

そう言った源治の顔は、笑っているように見えて、どこか引きつっていた。

――竜宮城。

ぼんやりと思案しながら帰路についたが、幾度頭を巡らしてみても、あの正兵衛長屋にいる隠居老人と、千両という膨大な大金が結びつくことはなかった。

代参に向かわせた加賀美は健脚でもある。天下無双の箱根の峻険があるとはいえ、すでに三島、下田と代参を済ませていることも考えられた。

三嶋大社と白濱神社。いずれも竜宮城にまつわるようなお伽話は、りょうが知る限り一切ない。

(ならば、いったい……?)

両国橋を半ばまで渡りかけたとき、眼下に一艘の小舟が過ぎた。客も乗せていない船頭がひとり、端唄を口ずさみながら気持ちよく櫓を使っている。

浦島太郎ならば、浜辺でいじめられている亀を助け、背に摑まって竜宮城へ行ったというのだろうが、あれくらいの猪牙舟では江戸前の沖に出ることすらかなわない。

しかし、それが嵐に呑み込まれた正兵衛ならばどうであろう。海に投げ出され、荒れ狂う水の中でもがき苦しみ、その果てに竜宮城にたどり着いたということはないだろうか。

——そこで、乙姫様から玉手箱ならぬ財宝箱を譲り受けたとしたら。

そこまで考えると、りょうは虚空に向かって、あはっと吹き出してしまった。我ながらよくできた妄想なのだが、どうしようもなく滑稽であった。

嵐に遭遇して、己の生死も定かではない者が、どうして財宝など持ち帰ることができるだろうか。

（本湊町御隠居様御長寿御祈り申上げ候）

それは正兵衛自身ではなく、長屋の店子である甚作、卯吉ら一同の祈りである。正兵衛は財宝を手にすることはできずとも、命を拾い上げることができたのだ。生きているがゆえに、黒鯛釣りなど隠居の楽しみを謳歌できるのではないのか。

考え事をするうちに両国橋を過ぎ、両国広小路の火除地も通り過ぎた。右手に浅草御門が見え、神田川の南岸を夕日に向かってゆったりと歩いている。

正兵衛自身の祈りは、三島と下田で世話になった神社へ、命を拾った感謝を捧げるというものの他にない。

漁場の裁定をした際の、金銭のやりとりがあったということだって本当はただの噂話で、先程の源治の父が、双方を納得させるためについた嘘だと割り切ってしまうことだってできる。

りょうが和泉橋を渡ろうと道を折れたその時、大きな体に出会い頭にぶつかって思わずよろけてしまった。

「あっ……」

足を滑らせ、危うく転びそうになったが、虚空を摑んだ腕が、逆に大きな手のひらに摑まれた。

りょうはその手の主を、見上げるように顔を見つめた。

不覚にも、胸が高鳴る。

「お嬢……？」

「主税……」

心の臓が高鳴る音が、自分でも聞こえてきそうなほどである。

一瞬の間ののち、主税は恥ずかしそうに、無言で摑んだ腕を離した。

りょうが見上げるほど、主税は背が高い。印象だけでいえば、線は細いように見える。が、着物の下の肉体はがっしりしていて、袖から覗いた腕も丸太のように太い。

旅から帰ってきたばかりだというのに、こまめに月代を剃っていたのだろう。青々とした頭頂に豊かな髷が載っていて、小粋にずらしている。切れ長の両眼の奥では、濡れたような瞳がこちらを見ていた。

「ぼんやりとしていては危ないですよ。考え事をされていたのでしょうが」

主税の顔は陽に焼けて見事に浅黒くなっていて、口元から覗く歯が際立って白く見えた。元々は色白の男なのだとりょうは思い出した。

「いつ、こちらへ戻ったの？」

「たったいま、です」

バツの悪そうな表情で、主税は足元の荷物を拾い上げた。りょうを支えた時に落としてしまったものだろう。背負った背負子にも荷物を満載しているが、拾い上げた風呂敷包みも、書き付けのような紙の束で膨らんでいる。

主税はしばらく俯いていたが、やがてこちらを促すように歩き始めた。

りょうは呼吸をするのも忘れてしまっていて、主税の背を追いながら、慌てて息を整えた。

「先日、帰るように便りを出したつもりでしたが」

「読みました。熱田神宮に詣でるというのが最後で、そのあとは？」

「良い日和でしたので、ぶらぶらと、東海道中を楽しませていただきました」

悪戯っぽい笑みは、五平のそれに似ている。五平がえんぎ屋に来たとき、親身になって世話をしたのが主税であった。ふたりの性格は真逆と言っていいほどに正反対だが、ちょっとした仕草や物言いなど、五平のそれは主税とそっくりと思えることが度々ある。

「途中で、加賀美には逢わなかった？」

「加賀美の兄者に？」

主税は首を傾げた。

「いま、加賀美を代参にやっていて、それが伊豆国三島の三嶋大社と、下田の白濱神社というところ」

ほう、と主税はこぼすのだが、さほどの興味を抱いていないようだ。

気後れを感じつつも、りょうは誤魔化すようにこれまでの経緯を話し始めた。ふたりの長屋の店子から、本当の依頼人である正兵衛に引き合わされたこと。正兵衛が昔、竜宮城に行ったという噂のある、町の顔役であったこと。

その依頼人は、命を長らえた感謝の意を代参に託したものの、その実本当の願いは、竜宮城で出されたような刺身を、再び食いたいと願っているということ。

源治に会ったことを話そうとしたところで、えんぎ屋に着いてしまった。

主税の姿を認めた雲珠女などは、すっ飛ぶように店に入ったかと思うと、ふたりが暖簾を潜ったその時には、桶にいっぱいの水を張って足を拭うように促した。さすがの主税も、苦笑しながら荷物を下ろし、言われるがまま足を拭った。

雲珠女に五平、榊が出てきて主税を囲んだ。西国の土産話を聞きたがっているが、りょうは着替えもそこそこに、帳場に座って主税の旅を労った。

積もる話もあるのだが、店の女主人の顔に戻っている。

今回の主税の旅の目的は、西国にある熊野権現の牛王宝印を買い求めることにあった。総本山の紀州熊野権現はもちろん、西は芸州広島、雲州松江、四国の松山まで足を延ばしたらしく、風呂敷包みにはあらゆる意匠の八咫烏、宝珠の描かれた牛王宝印が包まれていた。

西国出身でひと旗揚げようとする気概のある者は、大概京や大坂に出て商売や奉公を始めるのだが、やはり公方様のお膝元である江戸にはそれ以上にたくさんの人々が集まってくる。全国各地の熊野権現の牛王宝印は、そんな寂しさを抱えた者たちに人気があるのだ。

主税は旅の話を、ひとつふたつと報告し、ふと思い出したように煙草盆を引き寄せた。慣れた手つきで世間話を重ねながら、使い込まれた煙管《キセル》に刻み煙草を詰めていく。

「それで、お嬢は……」

主税は煙草に火をつけたところで、じっとこちらを見据えた。

詰問するような、するどい光が瞳に宿っている。

店で一番の古株である主税は、りょうのことを御寮人と呼ぶことはない。

「依頼人の身辺を探っているってなわけですか？」

「そう」

自分に向けられた視線が、決して好意的なものではないことにりょうは気づいている。

ほんのわずかな間だが、視線がぶつかった。

「相変わらず、おせっかいですね」

「だって、神様、仏様にすがっても叶えられなかった祈りがたくさんあって、そんな悲しいことのすべてが、何もなかったように消えて無くなってしまうなんて」

「そう祈りながら、泣いて苦しんで、死んだ人々は、これまでにたくさんおりますよ」

それに、と言葉を切って、主税は澄んだ眼差しでりょうを見た。そこに蔑むようなものが混じっているように、りょうには感じられる。

先代が代参を請けていたときは、部下を旅に出したところはともかく、その祈りの本質を、自身や部下を使って見定めようとすることなどなかった。それでえんぎ屋でも古参の主税は、身の程知らずの行いだと、暗に非難しているのである。

「何度言ったらわかるのですか。依頼人の本心など、見定めたところで何にもなりませんや」

「そうかもしれない。でも、依頼人本人ですら、気がつけない思いがあったら」

「気がつかないいなら、それまでの祈り、願いだったってことです」

「でも……」

「うちの、裏稼業はお情けでやっているわけじゃねえ」

主税はピシャリとそう言ってのけると、勢いよく煙管を煙草盆に叩きつけた。

これではどちらが店の主人なのかわからない。

年齢で言えば主税のほうがふたつほど上なのだ。店での年季も、ずいぶん主税のほうが上だ。それでも、先代は自身の後継者にりょうを選んだ。

「依頼人から預かった分は祈るんだ。それで十分でしょう」

「十分？　そんなわけない」

りょうは、じっと主税を見据えた。

床の間を背に、膝の上で握った拳に力を込めた。

先代から店を任されたのはこの自分なのだ。過去のしきたり、主税の思いは承知の上だが、りょうにだって言い分はある。

膝を抱えて大川のほとりで泣いていた自分。歯を食いしばって、親からの折檻に耐えていた自分。いくら神仏に祈っても、誰も返事すらしてくれなかったあの虚しい日々が、脳裏に蘇る。

幼い頃の自分は、先代から渡された牛王宝印に恐ろしいことを書いてしまった。ただ、裏を返せば、そんなにも大それたことを書いてしまえたのだというほど、あの時の自分は追い詰められていたのだ。

自分に手を上げる両親などいらない。きらびやかな江戸の町を見て、滅びてしまえと祈った自分がいた。ろくな祈りではなかった。罪深い願いだった。

それでも、あの時の祈りを神仏は聞いたのだろう。

奥底にある自分自身の、本当の祈りは、いまの自分でも怖くて覗くことすら許されない。

あの日、江戸の町は突如として猛火に包まれたのであった。

「私は、あの頃の自分と、同じような境遇の人々を救いたいだけ」

「ほう。ようやく本性が出ましたな。お嬢、あんた結局は……」

主税の口辺が意地悪そうに歪んだ。

(本当に、泣いちゃいねえだろう)

寄る辺を無くしたりょうが、先代に言われるがまま、このえんぎ屋に来て主税に出会った。そこで初めてかけられた言葉であった。

あの頃の主税は、まだ前髪立ちの紅顔の少年だった。

「さあさ、夕餉の支度もできました。今日は主税も帰ってきたことだし、加賀美はいないけれど、ちょっぴりお酒も出しましょう」

声をかけることなく、雲珠女が機嫌良く襖を開け放った。

主税はまだ何事か言いたげだったが、苦虫を潰したような顔で煙管をしまった。

普段であれば、店の者が代参に出ている間、残った者たちが酒を飲んで騒ぐことは控えているのだが、今日ばかりは旅から帰ってきた主税のためにと、皆の膳に銚子がついた。

他愛のない話に花が咲き、雲珠女と五平が身を乗り出して主税の話を聞いていた。

榊は相変わらず口数が少ないのに加え、酒を口にして目がとろんとしている。

りょうは酒杯を傾けながら、初めて主税と出会ったときのことを思い出していた。主税だけは、先代が手塩にかけた代参屋の生え抜きなのである。

静かな動作で酒杯を口に運び、雲珠女と五平があれやこれやと問いかけてくるのに、微笑をたたえて答えてやっている。

端整な顔から発せられる言葉のひとつひとつが、憂いを帯びた冷たい風となって、りょうの胸に吹き荒ぶ。

「ごちそうさま」

相変わらず味付けの薄い食事を、半分ほど食べ終えると、りょうは店の者たちに後を任せて早めに自室へ引き取った。

灯台に火を入れて書見を始めたが、胸の奥からわきあがってくるようなざわめきに落ち着かず、なんとなく書物を閉じた。

部屋の窓から、月明かりが細く差しているのに気づくと、にじりよって窓を開けた。秋の月が、通りを柔らかく照らしている。

「竜宮城」

わざと、口に出して言ってみた。

正兵衛は竜宮城で乙姫様に会ったのか。帰りにもらった玉手箱が、実は千両箱であったのだろうか。込み上がる思惑と、全く違うものを考えてみたが、さまざまなものが浮かんでは消えた。

「お嬢」

襖の外から声をかけられて、思わず振り向いた。主税の声である。

「入ります。よろしいですか？」

「ええ」

窓を背に座り直した。

襖を開けた主税の頬は、月明かりでもそうとわかるほど、熟れた桃のように赤くなっている。よほど酒を過ごしたのだろうが、声音はしっかりしていた。

「おやすみになる前でしたか？」

「いいえ。調べ物が、少し」

主税は書見台の上の書物をチラリと見た。

「先ほどは、申し訳ありませんでした。つい出過ぎた言葉を」

本心とは異なるかもしれないが、しおらしい仕草で頭を下げた。案外、雲珠女などから釘を刺されてしまったのかもしれない。

何も言わぬりょうを上目遣いで見ながら、主税はそれ以上言葉を重ねることはない。頑迷ではなくとも、強情な性格はこちらも承知している。

「私も、わかっているつもりです。これでも、このえんぎ屋を任された主人ですからね。私が言っているようなきれい事だけでは、お金を稼ぐことも、店を続けることもできない。主税にも、随分と苦労をかけます」

それでも、依頼人の本当の想い、胸の内を探ることを止めることはできない。依頼人が、神仏にも見放され、心の底からそう願うものを、誰かが拾ってやらないと、救われないではないか。

言葉に出さぬが、りょうの胸の内を、きっと主税はわかってくれる。確信に近いそんな思いが、ふっと口元で笑みとなって溢れた。

顔を上げた主税は怪訝な表情のままである。

「そういえば、西国に、竜宮城にまつわる話はありましたか？」

「さて、九州のほうにいくつかと、あとは丹後国にもあると聞いたことはありますが。それは、例の依頼人の件と関わりのあることで……？」

りょうは小さく頷いた。

「主税は、信じられると思う？　船が嵐にあって、竜宮城にたどり着いたなんて」

「ま、亀に乗ってとかいうのは眉唾でしょうな。嵐に遭遇して流れ着いた島でお宝を見つけたという筋書きなら、万にひとつはあるかとは思いますけれど」

主税の考察に頷きながら、りょうは言葉を続ける。

先ほど話すことができなかった、源治という深川の船頭たちの顔役の息子に会った話。その者の口から聞いた、依頼人である正兵衛から、昔仲間たちが千両もの大金を受け取ったのではないかという噂話。

りょうは打ち解けたのを幸いに、主税にすべての経緯を話した。

「……千両？」

「ね。竜宮城で、金銀財宝でももらって帰ってこないと、支払えないわ」

「もし、誰かからもらったものだとして、そんなに気前よく手放せるもんでしょうか。腕のいい船頭だったんでしょう。その正兵衛さんは」

「そうらしいけれど」

「ならば、その千両を元手に遊んで暮らすか、金貸しでも始めて、財を成すなんてことを考えると思うのです。しかし、その正兵衛さんはそんなことをしないで、町のいざこざを収めるために金を使われた」

「普通の人であれば、自分の射利（手段を選ばない営利）を考えるのだけれど、正兵衛さんはそんなことをしなかった。私も二度お会いしたけれど、ちょっと変わったお方」

こぼすようにそう言うと、主税は俯くようにして笑いを嚙み殺した。

「あら、何か変なことを言いました？」

「いえいえ。ご自分の射利を考えずに、見ず知らずの誰かの幸せを願うようなお人を、私も知っておりますので……」

主税はにやりと笑うと、目を細めてこちらを見た。

一瞬、何事かと首を傾げたが、暗に皮肉られているのだと気づいて、りょうは眉を寄せ怖い顔をしてみせた。

「お嬢、世の中には、いろんな人がいるもんですよ。己の財を蓄えることに躍起になる者がいるかと思えば、そんな射利もうっちゃって、他人のために汗をかこうって者もいる。ただ、そんな他人のことなんかどうでもよくて、自分が汗かかないで遊んで暮らそうって、ひと様のものを平気で奪うような奴らも、少なからずいるもんです」

いまだ口元が綻んだまま、主税は平然とそう言った。ただ、朗らかな口調のわりに、その目元に冷たい悲しみが浮かび上がったような気がした。

窓から差す月の光が、主税の整った鼻梁を闇の中に浮かび上がらせている。

主税の顔を見ていて、りょうはあっと声を漏らした。

「お刺身……」

「刺身が、どうしました、お嬢？」

主税の美しい曲線を描いていた眉のあたりが、わずかに歪んだ。

「西国にも、美味しい魚の食べ方があるのかしら？」

唐突に口にしたりょうに、主税は怪訝そうな表情を見せた。

だがすぐに、そういえば、と前置きをして語り始めたのだった。

主税が帰ってきてから七日ほど経ち、続いて加賀美が帰ってきた。

りょうは帳場で報告を受けていた。

「そう、ですか……」

もしやと予測はしていたが報告を聞いて、さすがにりょうの息も止まりそうになった。

「怪我は、しませんでしたか?」

「いえ、心配には及びません。相手にもなりませんでしたゆえ」

加賀美はなんでもないことのようにそう言ったが、道中物盗りに出遭ったというのはさすがに聞き捨てならなかった。すでに手甲と脚絆を外しており、額のあたりには菅笠を被ったあとが残っている。

「とりあえずは、御寮人にご報告をと、本湊町へは寄らずにまっすぐ帰ってきました。それから……」

加賀美は唐突に顔色を変えると、不快さを隠すことなく加賀藩前田家と八丈島の関係について話し始めた。

「そう……。いえ、本当にお疲れ様でした。まずは、ゆっくり休んで」

へい、と頭を下げると、加賀美は大きな体を揺らすように立ち上がった。

帳場にひとり残ったりょうは、気がかりであったものが、本当に的中してしまったのだという後悔に近い気持ちを抱えていた。

膝下には、加賀美が詣でて来たふたつの神社の御朱印を記帳した、代参の証明となる御朱印帳を広げている。

正兵衛は命を得た感謝、というふうに言っていたが、当人の思惑とは異なり、周囲の者たちはそうはとらなかったようである。

(正兵衛さんが流れ着いたのは、本当は竜宮城ではなくて、鬼ヶ島だったのかもしれない……)

依頼人へは代参の報告をしなければならない。

依頼人の本心を覗き見て、自身ですら気がつかぬ本当の気持ちに気づかせるというのが、りょうの代参のつもりだったのだが、どうやら今回の依頼ばかりは、依頼人を取り巻く周囲の者たちの胸の内を、無用に掘り下げてしまったようだった。

翌日、本湊町の正兵衛長屋へは、りょうひとりだけではなく、以前のように榊も同行させるようにした。ひと晩思案してみたものの、考えは纏まることはなかった。

店を出る際、主税と五平が振り売りのために市中に出る準備をしていたのを横目で見た。主税は、こちらを見て軽く頭を下げただけである。

「主税さんが帰ってきて、久しぶりに店の者たちが一緒になったのに、なんだかよそよそしいですね。御寮人」

「みんな、忙しいから」

りょうは足早に室町を過ぎて、日本橋を越えた。以前と違い、風呂敷に包んだ小さな壺を抱えている。

榊にも今回の代参のあらましを伝えてあった。

主税が帰ってきた次の日から、りょうは榊に変装をさせて正兵衛長屋の周囲を探らせた。すると、正兵衛自身は相変わらず、朝から釣りを続ける日々を送っていたのだが、長屋の店子で姿を消した若者が甚作や卯吉のほかに、ひとり、ふたりといたのである。そして、代参を終えた加賀美からの報告を受けて、疑惑は確信に変わったのであった。

本湊町まで来ると、以前と同じように、正兵衛は岸壁に腰を下ろした姿で釣り竿を握っていた。

川に向かう隠居老人の背中がひとつ、秋風で揺れるすぐそばの柳の枝も相まって、寂しさが滲み出ていた。

「釣れていますか正兵衛さん？」

「いや、今日は駄目だ。潮が動けばあるいはって思うがな」

背後から声をかけたこちらを見ずに、正兵衛はそっけなく答えた。

水面の浮きはわずかに揺れているが、それは秋風に吹かれているだけなのだと、りょうにもわかった。

「代参を終えました。正兵衛さんの祈り、私の部下の、加賀美という旅慣れた者に託し……」

そこまで言って声が詰まった。この先、どのように話を続けようかと、口元を引きつらせたまま考える。

しかし、

「ありがとよ、って言いたいところだが」

振り向いた正兵衛もにがり切ったような顔をしていた。

りょうははっとなって、迷わず頭を下げた。

「――誠に申し訳ございません。余計なことをしてしまったようです」

代参に出た加賀美を道中襲ったのは、この正兵衛長屋にいた甚作と卯吉、そして仲間内の他三人の若い漁師であったという。

五人は講を装い、一緒になって東海道中を加賀美の跡をつけた。はじめは訝しく思っていたようだが、三嶋大社のお参りを終え、伊豆山中を南下したところまで一定の距離を保ってついてくるのを、さすがに怪しく思ったらしい。

加賀美は下田の白濱神社に詣でる前に山中で逆に五人を待ち伏せすると、全員まとめてぶちのめして、その理由を聞き出したらしい。

「馬鹿な野郎たちだ。この俺が、金銀財宝を隠し持っていて、伊豆に隠していたなんて……。甚作も卯吉も、顔に青痣作って帰ってきたのを見たって、今朝しじみ売りのやつが不思議そうに話していやがった」

正兵衛が蔑むような口調で吐き捨てた。

多くを聞かずとも、ことの真相を予想できたのだろう。

「お前さんの部下ってんなら、いい薬を与えてくれたって言わなきゃなんねえだろうが、あいにくとそんなに人間できちゃいねえよ」

りょうは言葉もなく、正兵衛の背に向かって小さく頭を下げた。

それ以上の関わり合いを拒絶するように、正兵衛は背中で語っている。

もしかしたら、正兵衛自身も気づいていたのかもしれない。店子の甚作や卯吉のふたりも、自分が竜宮城に行って金銀財宝を得た噂を聞きつけて、どこかでそれを狙っていた。ただ、普段通りの生活をしていて、正兵衛の前で、ふたりはそんな様子をおくびにも出さなかった。

しかし、今回の代参の一件で、若者たちの醜さが表面に表れてしまったということなのだろう。

りょうは抱えていた風呂敷の結び目を、ぎゅっと握りしめた。

「あの、正兵衛さんが食べたという、竜宮城のご馳走なのですが……」

「もう、いい」

りょうが途中まで言いかけたところで、正兵衛は片手を上げて遮った。こちらにやった視線は、睨みつけるでも蔑むでもなく、気だるそうな雰囲気を漂わせていた。まるで期待することに、飽いてしまったと言わんばかりのものだった。

その時、水面の浮きが揺らいだかと思うと、突然横へと走り出した。

あっと声を上げたのは、そばにいた榊であった。

りょうもつられて一歩だけ前に踏み出す。が、正兵衛はいたって冷静に、そっと竿を上げた。その竿先が、海に突っ込むように大きくしなっている。

「正兵衛さん」

りょうが声をかけても、当人はなんでもないことのように竿を左右に振って、魚の力を殺している。竿はいまにも折れそうだが、粘り強く耐えていた。

やがて、抵抗するのを諦めたかのように、魚が大きな口を開けて水面に顔を出した。

りょうは無意識のまま、正兵衛のそばにあった玉網を拾い上げた。

「決して動かしません。正兵衛さんの側で見守らせていただきますから……」

それだけ言うと、着物の裾も気に留めず、腕を精一杯伸ばして水面間際に玉網を差し出した。あとは正兵衛が、魚を導いてくれる。

「……わかってるじゃねえか」

ふんっと鼻を鳴らすと、正兵衛は慎重に竿を動かして、釣れた魚を玉網のほうへと導いた。りょうはじっと耐えて、網の中に魚が入るのを待った。

釣り上げたのは、三尺はあろうかという巨大な鱸であった。

正兵衛は無言のままだったが、さすがに肩で息をしている。地面に上げた鱸は、激しく飛び跳ね、りょうの乱れた裾のあたりに飛沫が滲んだ。

「正兵衛さん。私たち、えんぎ屋が預かった祈りです。責任を持って果たさせてもらいます」

そう言うと、りょうは榊に目配せをして、甚作と卯吉を捜すように走らせた。

「この鱸が、正兵衛さんが召し上がられた、竜宮城のご馳走ですよね」

りょうが頬に笑みを浮かべると、正兵衛は眉をひそめて疑うような表情を作った。

「お前さん、何を言ってやがる。俺が八丈島で食ったのは……」

「いいから、私を信じて。さ、この間みたく、魚のはらわたを出してくださいな」

せきたてるようにそう言った。正兵衛はうろんな眼差しを向け、小刀を取り出し魚の肛門に刃先を突っ込むと、手際良く鱸を捌き始める。川に投げ捨てたはらわたは、水中にゆっくりと沈んでいった。

りょうは両袖をたすきで絞り上げると、血が滴る鱸の身を取り上げ、躊躇することなく正兵衛の長屋へと向かった。

「おいおい、あまりにも乱暴じゃねえか」

「すみません。でも、お台所、ちょっとお借りしますね」

長屋では土間に座り込むようにして、まな板の上で鱸の身を捌いていった。りょう自身で包丁を握ることは滅多にないが、この日のために雲珠女から魚の捌き方を教わっていて良かったと思った。

小壺はいつの間にか正兵衛が手にしていて、無言でりょうの手際を見ている。

うろこと頭を落とし、背骨にそって包丁の刃先を入れた。骨の硬さに難儀しながら、なんとか三枚におろした身から皮を剝ぎ取り、薄く削ぐようにして刺身を作る。

「ここからが、竜宮城の入り口です……」

りょうは笑みを浮かべると、正兵衛を促して壺の風呂敷包みを解かせた。

壺の蓋を開けると、黒々とした液体が半ばほど入っている。

正兵衛は壺に鼻を寄せて、匂いを嗅いだ。

「こりゃ醬油かい？」

「さしずめ、玉手箱といったものでしょうか」

りょうはふふっと笑いながら、壺に鱸の刺身を放り込んでいく。半身ほどの刺身が壺へ収まると、蓋を閉めた。

「あとは、おふたりを待つだけです」

「ふたりって、おめえ……」

正兵衛が口元をひくつかせたところで、長屋の戸が開いた。

榊の小柄な背に隠れるようにして、甚作と卯吉がそばにいた。

「甚作、卯吉……。てめえら」

正兵衛は音を立てて立ち上がった。いまにも飛びかからんばかりの形相だが、口調は押し殺したように不気味なものである。睨みつけられたふたりは、いまにも逃げ出しそうな顔をしている。

榊は両手を突き出して、正兵衛を制した。

「待ってください。おふたりからも、先に言いたいことがあるそうです」

榊は白い顔を赤らめて叫ぶようにそう言うと、ふたりの背を押すようにして、正兵衛と正対させた。

「正兵衛さん、この度は、本当に……。その……」

甚作は詫びの言葉を伝えようとしているが、青痣のあるこめかみのあたりを片手でさすりながら俯いてしまった。同じく卯吉のほうも、気まずそうに口を引き結んで俯き、黙っている。

どちらも、涙目になって肩を震わせていた。

「す、す、すまんかったよう。俺たちが馬鹿だったんだ」

振り絞った甚作の言葉にも、正兵衛は容赦無く罵声を浴びせかける。

「馬鹿は知ってらあ。大馬鹿野郎の、ど阿呆、おたんこなすの唐変木だ」

「頼んます。この通りだ。後生だから、この長屋から出てけなんて言わねえでくれ」

先に土間に手をついたのは、卯吉のほうだった。慌てて甚作も地面に手をついた。

「お願いします。お宝なんかはじめからなかった。これからは、この長屋のみんな、いいや、ここらの船頭仲間全員で正兵衛さんを大事にするから……。俺たち、この正兵衛長屋から追い出されたら、本当に行くところが無くなっちまう」

「甚作、卯吉……」

地面に手をついて頭を下げられて、正兵衛のほうも振り上げた拳の下ろしどころがわからなくなってしまったようだった。

本音を言ってしまえば、りょうとてこのふたりとどのように接して良いのかわからない。ただ、どちらも根っからの悪人には見えぬのだ。

ふたりは加賀美に追い払われてから、江戸へと戻ってきたはよいものの、放り出してしまった船頭職の船宿にも顔を出さなかったようだ。いや、出せなかったと言うべきなのかもしれないが、結局この辺りの持ち主もわからぬような古舟の上で、野宿のようにして過ごしていたというのである。

正兵衛が眉を寄せ、狼狽えたようにこちらへ視線を向けた。

りょうはふっと笑みを浮かべ、小さく頷いただけである。

——悪い癖だ。

主税にもたしなめられた。ただそれでもりょうには、祈りを抱えている誰かに、寄り添ってやりたいという気持ちがうずくのだ。

「俺のことなんざ……」

正兵衛がぽつりとそうつぶやきかけたところで、りょうは手をポンと叩いてみせた。榊に目配せすると、こちらも意を得たと言わんばかりに、近くの酒屋で調達してきたであろう、大きな徳利を重そうにして式台に上げた。

「さあさ、湿っぽい話はここまでにしませんか。無事にうちの代参も済ませてきたことですし、正兵衛さんが竜宮城で召し上がったというご馳走を、皆で味わってみましょう」

「俺は竜宮城には行ってねえ。そう言ったはずだ、おりょう。ただ……」

「八丈島で生き延びた際に、召し上がったご馳走ですよね。正兵衛さん」

りょうは正兵衛のほうは見ずに、遠慮もすることなく座敷へ上がった。

小壺に入っていた鱸の切り身を、古びた箸で丁寧に皿に盛っていく。榊も手早く箸と酒杯を並べて、三人を促した。

「一度、召し上がっていただけませんか？　正兵衛さんの本当の祈りです」

皿に盛った鱸の刺身は、短い間だが小壺のたれを吸って茶色っぽく変色していた。

これこそが正兵衛が言っていた、白くも黒くもなく、赤くも青くもない竜宮城のご馳走である。

「私からもお願いします。うちの、えんぎ家の女主人が、自ら包丁をとって料理したご馳走ですもの。美味しくないはずありません」

得意げにそう言った榊に急かされるように、正兵衛は渋々という感じで箸を取った。鼻を近づけて刺身の匂いを嗅いで口へと放り込む。奥歯で噛み締め、ゆっくりと味わったかと思うと、急に目を見開いた。

「驚いた。こりゃあ……」

よく噛んで飲み込むと、正兵衛は魂が抜かれたような表情でそう漏らした。

続けてもうひと切れ、口へ放り込んで、こちらも噛み締めて味わっている。

「甚作さんも、卯吉さんもどうぞ」

りょうが促すと、ふたりは互いに見つめ合って当惑したような表情を浮かべていたが、やがて先を争うように箸を取り上げて、ほとんど同時に刺身を口にした。

ふたりも正兵衛のように、嚙み締めて味わった後急に目を見開いた。

「こ、こりゃあ不思議な味だ」

「シビ（マグロ）の醬油漬けみてえな味だが……」

顔を腫らしたふたりは、再び互いに見つめ合って、そして皿に箸を伸ばす。

りょうは榊に目配せして、大きな徳利を自分の膝元に引き寄せた。

「この刺身と、お酒で手打ちということにしていただけますね。正兵衛さん」

正兵衛は刺身を宙に浮かせたまま、ほんのわずかに思案していたが、すぐに首を縦に振った。

甚作と卯吉は、肩を震わせて声にもならぬ声を上げて喜んでいる。

「まったく、ふたりともちゃっかりしやがって。それにしてもこの味は、俺が若い頃に、八丈島で食ったものと同じもんだ。いったいどうやって」

探し当てたんだ、と正兵衛はむにゃむにゃ口を動かしながら、そう問いかけてきた。

「白でも黒でも赤でも青でもない刺身と、正兵衛さんから聞いたとき私もなんとなく変わったものなのかなと考えました。特に、八丈島のほうでは、魚を醬油漬けにして食べる習慣があると聞きまして」

りょうは得意の振り売りをしながら、日本橋の魚屋から醬油漬けの話を聞いたのである。ただ、御府内の料理屋でも、醬油漬けにするのは大抵シビと決まっており、繊細な白身魚にはあまり用いない調理方法なのだという。

それに醬油漬けといっても、漬けだれは醬油の他に酒やとうがらしも加えてあるものだった。

「刺身の醬油漬けは、俺もいくらか試した。けど、どうしてもこんな味にならなかった……。お前さんは、いったいこの味をどうやって」

怪訝な表情で、正兵衛はまたも皿に箸を伸ばした。存分に味わい、そして酒で魚を飲み下す。怪訝な表情が、見る間に恍惚としたものへと変わっていった。

「それは、正兵衛さんが竜宮城に行ったからですよ」

「おい、冗談はなしだ」

「すみません。でも、その味の秘密は、加賀国からの贈り物です」

加賀国、と口にした途端、正兵衛の表情が強張った。

甚作と卯吉はその様子に気づかぬまま、きょとんと首を傾げる。

「加賀国、っていったいどういうことだい?」

「慶長の昔、関ヶ原で東照大権現(家康)様に敗れ、八丈島に島流しになった宇喜多中納言(秀家)様というお大名がおりました。その方の奥方様は、前田家からお輿入れになっていたのですが、宇喜多様が島流しにあった後、数年に一度、御公儀に赦しを得て、差し入れの贈り物を届けたと聞いております。その中に、加賀国で造られた醤油もあったのでしょう」

りょうは膝の前に手を置いて、つらつらと説明し始めた。

この醤油だれを探し当てたのは、主税の助言のおかげであった。そうでなければ八丈島と加賀国の接点も見つからず、結果としてこの白身魚の刺身の醤油漬けに気づくことはなかったのだ。

「加賀の醤油は、江戸のものよりも甘いのです。こちらの醤油で漬けたものより、塩辛さが抑えられ、口当たりがまろやかになります。それに、伊豆諸島の孤島では、醤油はごく貴重なものでしょう。ひとりひとりが刺身につけるような贅沢はできず、刺身の味付けに醤油漬けという方法が用いられたのではないでしょうか」

りょうが説明しているにも構わず、甚作と卯吉は口を動かし、酒杯の酒を飲み干した。

「なるほどねえ。そんなんだから、こんな驚くような味になったたってわけか」

「おい、甚作。あんまり食い過ぎんな。おりょうさんも、榊さんもまだひと口も食っちゃいねえぞ」

「いえ、私たちはいいのです。味見をした時に、たくさん食べましたから。ねえ、御寮人」

うん、とりょうは榊に頷き返した。

主税の助言を得てから、この味を探し当てるため、決して安価ではない加賀国の醬油を買い求めることになったし、試しに作った刺身とて日々の店のやりくりを圧迫した。今回も、店の皆に苦労をかけてしまったと、りょうは少し後悔しているのであった。

甚作と卯吉は、先ほどのしおらしさをさっぱり忘れたように、大いに刺身を食って酒を飲んでいるが、とうの正兵衛は杯を口元につけたままぼんやりと考え事をしている。

「――正兵衛さん、ここは竜宮城でも鬼ヶ島でもありませんよ」

りょうがそう声をかけると、正兵衛ははっとなって顔をこちらに向けた。その拍子に、酒杯の酒がこぼれて、毛羽立った畳を濡らした。

「お前さんも榊も、乙姫様じゃねえってんだな」

「ええ、違います」

りょうはかぶりを振った。正兵衛は自嘲するような笑みを浮かべ、着物の袖でこぼれた酒を無造作に拭い、畳の一点を凝視している。

一瞬だけ、時が止まったような気がした。

「ありゃあ、俺の歳が二十半ば、ちょいと得意になっていた頃だったよ……」

感情が抜けてしまったような乾いた声で、正兵衛は唐突にそう切り出した。

「その頃、俺は、紀州のほうから米を運ぶ弁財船に乗っていたんだ。あの時も、新宮を出て、熊野を過ぎ、伊良湖《いらご》水道に入るかってところで、いきなり海が荒れ始めやがった。本当に、いきなりだった。風が叩きつけるみてえに帆柱にぶつかってきやがって、舵も何もあったもんじゃねえ……。気がついた時は、上下に体が揺さぶられながら、雨風を全身に浴びていた。いや、ありゃ波しぶきだったのかも知れねえ」

口元が引きつり、口角がひくついている。

りょうも榊も、無論、甚作と卯吉も口をつぐんで耳を傾けていた。

「運よく、ってのはちげえよな。その嵐で船主だった佐吉さんって、船で一番偉い人が波に持ってかれた。それからはとにかく三日、陸も見えねえ海の上で漂流した。三日三晩、米はあったから俺たちはなんとか生きられたが、地獄はその先だった」

正兵衛は酒杯を口へ運んだが、傾けたそれは空のままだった。

榊が慌てて、その酒杯へ酒を注ぐ。正兵衛は自分自身をとり戻すような感じで一気に酒をあおった。

「波に流されてたどり着いたのは、八丈島からずいぶんと南に下った無人島だった。生き残った仲間は、そんときは八人いた。水もあったし、米もたくさんあった。けどな……」

「まさか鬼ヶ島、ってのかい、正兵衛さん？」

「へん。はなから鬼だったってんなら、どれだけ幸せだったかもしれねえ。俺はなまの人間が、ゆっくりと鬼になっていくのを間近で見た。俺たちが漂着してふた月ほど経った頃、船主の次席だった表（航海長）のやつが残っていた米の配分に差をつけやがったんだ。自分は普段通りで、片表とか俺ら若衆たちはその半分、炊《かし》きってな一番下っ端のやつは、さらに半分」

「そんな、むちゃくちゃじゃねえか」

「ああ、そうだな。卯吉よ、お前さんらはまだ弁財船に乗ったことはないだろうが、操作ひとつで命を失っちまうような船の上で、誰にも文句言わせずに従えるには身分の上下がどうしても必要なんだ。けど、俺たちは食いもんを減らされて、しまいにゃげっそりとやつれてくる。表のそいつは屁でもねえ顔をして、若衆や炊きを殴りつける。いよいよ、もう駄目かもしれねえってなったとき、気がついたら表のそいつは、石で頭を潰されて死んじまっていた……」

「ひえっ、正兵衛さん。あんたまさか……」

目を細めて語る正兵衛の言葉を聞いて、甚作が素っ頓狂な声を上げた。

「俺じゃねえ。一番殴られていた、炊きの兵六って十四、五の小僧だった。めちゃくちゃ殴られて、とっさに投げた石が当たっちまって、表のやつは死んだんだ。けど石を投げた小僧っ子の兵六も、そっからしばらくして血を吐いて死んじまった」

「それが、正兵衛さんの言う……」

いや、と正兵衛は力なく首を振った。瞳の奥が、鈍く光彩を放つ。

りょうは不意に、背筋に冷たいものを感じた。

「本当の地獄はそっからだ。表の男が死んでしばらくしてから、俺たちみたく、島に一艘の船が流れ着いたんだ。ひと目でこいつらも漂流したんだと分かった。帆柱も舵も折れて、そりゃあ見るも無惨なもんだった。けどな、その船に、鬼が乗っていやがったんだ」

「鬼？」

りょうは思わず唾を飲み込んだ。

「さむれえだよ。加賀前田家の、八丈島に向かっていた偉いやつだったらしいがな。そいつと一緒に、若い女が乗っていたんだ。あとで聞いたが、さっきおりょうが言っていた宇喜多なんちゃら様の霊を慰めるために、前田家の若い女が数年に一度八丈島へお参りに来るらしい。その前田様の船が、嵐にあって遭難したってんだ。その女の年頃か……。そうだな榊、お前さんと、同じくれえだった」

顎をしゃくって呼ばれたのを、榊は頷くでもなくじっと聞いていた。

「前田家の馬廻りだかなんだかしらねえが、そいつは刀を抜いて、身分をかさに俺たちを脅し上げた。へっ、さむれえってのは常日頃からふんぞりかえってやがるが、いざとなりゃ性根も据わらねえあほんだらだ。俺たちゃ米は取られる、こき使われる。おまけに主筋のはずのその女も手込めにする、そりゃ鬼以外の何物でもねえだろうさ」

ふふっと笑い声をこぼした正兵衛の、その呆れるような声音に、ようやく皆はひと心地つけた気がした。しかし、老人の語りは続く。

「俺と、生き残った船の仲間たちは、島から抜け出す方法を話し合うようになった。米はあっても、遅かれ早かれ食い切っちまう。それに他に誰もいねえ無人島で、侍の言うことを聞いているのもバカバカしくなってな。その前田家の難破船と、俺たちが乗っていた弁財船の屑をかき集めて、帆柱には流木を使って、島から抜け出そうってことになった。帆に風を受けて、とにかく北へ向かう。気がかりは、その侍と、手込めにされた女だった……」

「それから、いったいどうやって島を抜けたのですか？」

そう尋ねたのは榊だった。普段は冷静さを失うことはないが、いまばかりは、榊は身を乗り出すようにして正兵衛の話に聞き入っていた。

甚作と卯吉は、頬を赤らめてほろ酔い加減である。

「まあ焦るな。俺たち船乗りは、船が壊れても修理できるよう、多少の大工道具は積んでいた。とにかく侍が寝ちまった夜に、島から出て沖へ出ちまえばもうやつは手出しができねえ。そんで、女を連れてくかどうかって話になった。まあ五分五分だな。可哀想だから連れていくべきだってやつもいれば、侍が毎晩女を離すことをしなかったから、連れ出すのは難しいってやつもいた。そんで、結局置いていこうって話になったんだが……」

正兵衛が酒を飲み干すと、再び榊が徳利を傾けて注ぎ足した。正兵衛はニヤリと笑ったが、榊は愛想笑いひとつ浮かべない。

「あれは南風の吹く夜だった。月は出ていたが構わなかった。侍が寝ちまったら気にすることもねえって、誰もがタカを括ってた。そんで、仲間だけで夜中にこっそり起き出して、半ば壊れたままの、前田家の船に走った。弁財船の材木はあらかじめ運べるようにしていたからな、およそ一刻くらいだったが、なんとか食料と一緒に船に積み込んで、そのままみんなで押し出そうとしていた。そんとき、侍と寝ていたはずの女が、船のある浜へと駆けてきたんだ。どうして起き出したのかはわからねえが、女の勘ってのは恐ろしいもんだと思ったよ。何より恐ろしかったのは、女が駆けてくるそのすぐ後ろから、刀を手にした侍まで走ってきたんだ」

正兵衛は箸で刺身をつまもうとしたが、一瞬の間を置いてそのまま箸を置いた。食欲が失せてしまったのかもしれない。

外では風が出始めているのか、長屋の戸をカタカタと揺らしている。

「俺たちも情が移っちまったのかもしれねえ。こっちへ駆けてくる女の姿を見たら、よ、いてもたってもいられなくなっちまった。どうにかしてあの女をたすけてやらにゃあって、材木やら大具道具やらを手に、その侍を迎え撃った。ただあの野郎、性根は腐っていたが、剣の腕はかなりのものだった。女が船にたどり着く間に、打ちかかったひとりが一刀で斬られ、そのあとひとり、ふたりと次々に斬られちまった……。俺が見たのはそこまでだ。俺は船を押した。女と一緒になって、波飛沫を受けながら精一杯船を押したんだ」

　正兵衛の口調は、自嘲するようなものに変わっていた。

りょうには、なんとなくその先がわかるような気がした。正兵衛は竜宮城になど行ってはいない。地獄とも思えるような鬼ヶ島で命を拾った。つまりはそういうわけなのだ。

「海面が胸の高さくらいまで来た時、先に女を船に上げた。もうその頃には、船は潮に乗って勝手に進もうとしていたんだ。後ろでは、叫び声が聞こえていた。俺も戻らにゃならねえ。何度もそう思った。けど、このままじゃ女も船も沖へ行っちまう。うまく船を戻して、みんなを拾ってから北へ向かう。俺はそう自分に言い聞かせた。後ろを振り返らねえで、逃げるように女が伸ばした手に摑まって、そのまま船に上がった。そっから見た光景は、一生忘れやしねえ。地獄そのものだ。月明かりの下で、鬼が片っ端から俺の仲間を斬っていやがった。浜へ戻ろうにも、潮に乗って風を受けて進む船を、戻すすべなんかどこにもなかった……」

　ふう、と正兵衛は息を吐き出した。

　気の昂りを抑えるように、指先で刺身をひと切れつまみ上げ、そのまま口へ運ぶと、言葉で言い表せぬものを嚙み締め、酒で流し込むように飲み込んだ。

　外では、風が強くなっているのか、ときおりうねるような風音が聞こえてくる。

「そっからは、ひたすら海の上を漂った。風だけは出ていたからよ。女とふたり、流木で帆柱を立てて破れた帆を繋ぎ合わせ、壊れそうな船をなんとか修理した。北へってのはなんとなくわかってた。三日後に八丈島近くまで来ていた大きな船に見つけてもらった。そのまま綱で船を引っ張ってもらってな……。島で飯を出されて、初めて生き返った思いがしたんだ」

「それがこの刺身ということ、なのですね？」

「そうだ、おりょう。八丈島へ運んでもらって、女の口から前田家の使いであることや、船が難破して無人島に流れ着いたことを話してもらった。俺は何もしてねえよ。けど、部下だった男に手込めにされたってのは、たぶん話してねえだろうな。そっから褒美だってんで、前田様のお偉い様から、金一封をもらったんだ」

金一封、という言葉を耳にして、甚作と卯吉が顔色を変えた。互いに気まずそうに顔を見合わせ、正兵衛の次の言葉を待った。

しかし、とうの正兵衛はなんでもないことのように手をひらひらさせている。

「ははっ、んなこと言っても大したもんじゃねえ。切餅がふたつ、俺はそれで江戸へ戻り、平田船を一艘買って小さな船宿を始めた。その船も丙寅の大火で焼けちまったがな……」

往年を思う正兵衛の口調は、すでに平素のそれに戻っている。

甚作はがっくりと肩を落とし、卯吉は半ばやけになったように目の前の酒を飲み干した。

りょうはそんなふたりの様子をよそに、力なく笑う正兵衛を見ていた。

結局依頼人である正兵衛の祈りは叶えることができたのか、ふとそう考えてみたが、その表情を見ていてりょうは自分を誤魔化すように酒を口にした。

正兵衛は、ゆっくりとした動作で、空の酒杯を畳の上に置いた。


「もう少し、左……。そう、そのあたり」

「へえ」

五平が伸び上がって、店の帳場の神棚に一体の観音像を据えた。像は手のひらに載るほどの小さなもので、よほど古いものなのかひどく傷んでいる。

「神棚に、観音様ってのもちょいとおかしなもんですな」

「ま、細かいことは気にしない」

具合の良いところに収まると、りょうは満足そうに頷き、そっと手を合わせた。

観音様はほっそりとした体つきに似合わず、福々しい顔立ちをしており、顎のあたりに片手を上げ、柔らかい眼差しでこちらを見下ろしている。

五平もりょうの横で、首を垂らすようにして手を合わせた。

りょうと榊が長屋を訪ねたおよそひと月の後、正兵衛は長屋の者たちに見守られるようにして亡くなった。

皆で鱸の醤油漬けを食べ、酒を飲んだのを境に、正兵衛の身体は弱っていき、寝込んでから五日ほどであっけなく死んでしまったそうだ。

医者が言うには以前から患っていた脚気がここに来て勢い付き、老人の身体を蝕んでいたというのである。年齢的にも病に打ち勝つことはできず、長屋の者たちの祈りも虚しく、正兵衛は三途の川へと旅立ったのだった。

ちょうどたすき掛けをした榊が、手に雑巾と手桶をもって帳場の前を通りかかった。

「あら、例の観音様ですか？」

「そう。さ、榊も手を合わせて」

「それはいいのですけれど……。せっかく甚作さん、卯吉さんが代参をお願いした時に、請けてあげればよかったのに……」

榊は手桶を畳に置くと、不貞腐れた様子をちらりと見せながら、両手を鳴らすようにして手を合わせる。

正兵衛の命がいよいよと思われた頃、甚作と卯吉が肩を並べて再びえんぎ屋を訪れたことがあった。ふたりは正兵衛の病が回復するよう、どうにか代参を依頼できないかと頭を下げてきたのである。

しかし、

「あの祈りは請けられない。だって、甚作さんも卯吉さんも、私たちに頼る必要がないってくらい、長屋近くのお社に本当に熱心にお参りしていたそうじゃない。当人の祈りを届けるのが私たちの裏稼業だけれど、届け先もわからない祈りは、預かれないでしょう」

それに、ふたりの祈りを請けたところで、あの病は完治しなかっただろう。

ふたりは長屋の者たちの総意だと言って、古銭や粒銀をかき集めて、ありったけの金をりょうに差し出した。金額にすれば三両にも満たないものであったが、以前の代参に加え、彼らにとっては途方もない金額であったことに間違いはない。

甚作も卯吉も、涙をこらえるようにしてりょうに頼み込んだ。

しかし、りょうは首を縦に振らなかった。あれ以上、えんぎ屋にできることは何ひとつなかったからである。

だが正兵衛自身にとってこれほどのことはない。生死の間で、仲間を救うことができなかった正兵衛が、最後の最後でようやく慕われるような店子たちに囲まれて息を引き取ったのだ。あくまで漠然とした予想でしかないが、正兵衛はそれなりに満足できる最期を迎えられたのではないだろうか。

りょうは、これまで幸福かそうでないかが、人が生きることのひとつの価値基準になるとずっと思っていた。しかし、人が生きるとはもっと複雑で、かと思えば、案外わかりやすいものかもしれない。

——さて。

と、皆を解散させると、りょうは机に向かって帳簿を広げた。

相変わらず、店の売り上げと呼べるものは些細なもので、正兵衛長屋の一同から受けた代参の金額でさえ、そのほとんどを正兵衛への香典として渡してしまったのである。

パチリと算盤を弾いて頭を抱えた。主税からは釘を刺されていたのに、結局裏稼業の代参で受け取ったものよりも、こちらから投じた費えのほうが多かった。

「戻りました、お嬢」

はっとなって顔を上げると、不思議そうな顔をした主税が、こちらの帳簿を覗き込むようにしている。りょうは慌てて帳簿を閉じた。

「お帰りなさい。早かったわね」

主税は朝から得意先を回り、牛王宝印を御府内の顧客へ納めてきたのである。顧客といっても、そのほとんどが岡場所の楼主相手であり、えんぎ屋の店まで買いに来る仁兵衛とさほどの違いはない。主税は束になった牛王宝印を葛籠に入れて得意先を回り、求められるままに売ってきたという。

主税は口も達者であるゆえに、店では一番の稼ぎ頭である。

「相変わらず、商売が上手いのね」

「俺がじゃねえ、です。皆の要領が悪いんだ」

何の衒《てら》いもなくそう言うと、重そうな巾着を机に置いた。今日の分の売り上げなのだろう。

主税は顎を上げて、神棚に飾られた観音像を見た。

「あの観音様」

「そう。今朝、甚作さんと卯吉さんが届けてくれたもの……」

ふうん、と鼻を鳴らすと、主税は神棚に近づいて無造作に像を取り上げた。しげしげと頭頂から足の先まで、値踏みするような目で見ている。

「ほう。誰の手のものかはわかりませんが、なかなかのものですな。特にこの、冠とか指先の細工なんか、手の込んだ作りだ」

「そうでしょう。ほら、気が済んだら、神棚にちゃんと戻してあげてね」

「はあ……」

この観音像は正兵衛の遺品として、甚作と卯吉が届けてくれたものであった。店の誰にも言ってはいないが、おそらく加賀前田家に伝わるものではないかとりょうは睨んでいる。

店の帳場で向かい合ったふたりは、驚くべきことを口にした。

今際《いまわ》の際に正兵衛は、かすれる声でふたりへ話したというのだが、なんと正兵衛は本当に金銀財宝を手にしていたというのである。

正兵衛いわく、無人島を脱出するためにつかった船の中には、小判がぎっしり詰まった千両箱が残されていたそうな。そして、八丈島で前田家からもらった金一封とは別に、それをこっそり江戸まで運んできたのだと言ったというのである。

（そのとき世話になった、下田の漁師と、三島の博打うちの親分を思い出して、正兵衛さんは祈ったんじゃねえでしょうか……）

　今朝の気まずそうな卯吉の声が、りょうの脳裏に蘇った。

　しかし、正兵衛はその時に得た金銀も諍いのもとになることを恐れ、逆に人々の諍いを解消するために使った。

　そして、いまえんぎ屋の神棚に飾られているこの観音像こそ、金銀財宝と一緒になって、前田家の船倉に納められていたもののひとつであり、正兵衛はこれだけを手元に残しておいた。

「売れば、多少は金に換えられるかもしれませんな」

　そう言った主税を、りょうは怖い顔を作って睨みつけた。

「売るもんですか。甚作さんも卯吉さんも、そうしようと思えばお金に換えられたはずなのに、うちの店にってこの観音様を届けてくれたのだから……」

　甚作と卯吉は、この観音像を持っていては、また愚かな考えを起こしてしまうかもしれないと、思いを断ち切るようにして届けてくれたのだ。そしてふたりは、明日からはしっかりと仕事に精を出すのだと、りょうに約束したのである。

　主税はしかめ面を作ってりょうの言葉を聞いている。この男が、ただ単に射利を求めてそう言っているのではないと思い返した。

主税は窮した様子で文机の前にかがみ込むと、つまらなそうに帳面をめくり始めた。何気ないくぐもった笑い声は、りょうの胸に冷たく突き刺さる。

だが、振り向いてこちらを見た主税の次の言葉は、りょうが考えていたのと全く別のものだった。

「射利を求めようとする者、他人様のものを奪おうとする者、いろいろ考えさせられたようですな」

「あなたはどうなのよ。主税？」

「さあ。どちらかと言うと、射利を求めようとはしております」

「えんぎ屋のために、でしょう？」

こちらからそう水を向けると、主税はとぼけたような声で、さあと言った。

相変わらず、役者のような整った顔立ちである。自分がえんぎ屋に迎えられた幼い頃、まだ少年だったこの男に、淡い恋心をいだいたことも、いまでは思い出のひとつでしかない。

「あとは、お嬢のような方もいますから」

「私？」

「そうです。射利も損もうっちゃって、誰でもいいから寄り添ってやろうってお方ですよ」

「私が？」

りょうは思わず首を傾げた。

「そう。でなきゃ、あんなに塩辛い刺身の醬油漬けを、何度も何度も食べ比べるなんてこと、普通はしませんよ……」

塩辛い、という言葉を意識的に強調されたような気がした。

主税の助言を得て、おぼろげな味覚で醬油と酒、とうがらしを混ぜ合わせて作ったたれで何度も醬油漬けの試しをやった。当然といえばそうなのだが、主税にもその様子は見られていた。

「まだ、味覚はもどらねえんですかい」

不意にぞんざいな言葉で訊かれ、りょうは言葉を失った。

「知っていたの？」

「そりゃ、知らんぷりしてろってほうが難しいや」

ふふっと口元で笑ったようだったが、実は悲しんでいる。なんとなくそう見えた。

──嬢ちゃん。

自分が店に来てしばらくしてから、さほど歳の変わらぬ少年にそう呼ばれていたことを、りょうは思い出した。

第四話
大悪党
火縄の半五郎

江戸を騒がせた盗賊の一味『火縄の半五郎』を相手に、大規模な捕物が展開されたのは、寒風吹き荒ぶ十一月も終わりの頃だった。

まもなく年も改まる、文字通り師走を前にしての大捕物は、頭目の『火縄の半五郎』が賭場に現れるという情報を奉行所が手に入れ、捕方を十重二十重に待機させて、その場にいたほとんどの者を捕らえたと読売（瓦版）には書いてあるらしい。

りょうは綿入れの襟元をかきよせると、市女笠を少し傾けて、読売の売り声に耳を傾けた。おとりさま（酉の市）の香具師らのかけ声に負けず劣らず、こちらも威勢よく、よく通る声を張り上げている。

「さあさ、御府内を騒然とさせた火縄の半五郎もついに年貢の納めどき。大悪党の首に縄をかけたのは、かの北町奉行与力の斎藤和弥様。そのお役目に恥じぬお働きによって、ようやく御府内にも平穏が訪れるってわけだ」

ドンドン、と読売屋は小太鼓を叩いて調子を取った。

往来の人々が争うように読売を買い求めていくのを見て、隣にいた雲珠女も市女笠の奥から羨ましそうな視線を向けている。

「うちも商売替えをしたほうがよろしいんですかね」

「そうねえ」

たかが一枚の紙片が飛ぶように売れていくのを見て、りょうも込み上げてくる羨望の思いを抑えきれない。

しかし、いまでこそ我先にと買い求められる読売だが、あと二、三日もすれば盗賊の捕物劇も誰もが知るところとなり、見向きもされなくなるはずだ。

「ほらほら、私たちも早く、売れるだけ売ってしまわないと」

りょうは雲珠女を急かし、声を張り上げるように促した。

ふたりは浅草で開かれたおとりさまで熊手を売っている。毎年のことなのだが、他の見世では両手で抱えるような大きなものを揃えている中、えんぎ屋では手のひらくらいの大きさのものや、せいぜい片手で楽に持てるくらいの小さなものを並べているのである。

裕福そうな豪商などは、見向きもしないような品揃えだが、小さいものは小さいなりに、正月を迎えるのも困難そうな貧しい庶民がそれなりに買い求めてくれるのだ。

「ひとつ、下さいな」

十歳くらいの女の子が、しばらく逡巡した上で、小銭を握りしめた手をこちらに突き出した。

「あら、いらっしゃい。お嬢ちゃん、ひとり？」

「うん。おっとさんとおっかさんに、熊手を買ってこいって……」

少女は脛をむき出しにした擦り切れた着物で、この寒空の下でも足元は裸足であった。もう何日も風呂に入っていないのか、髪は蓬髪に近いもので、近づくとすえた臭いがした。

　小銭を確認した雲珠女が、店で一番小さな熊手を差し出そうとしたのを押し留め、りょうはそれよりふた回りほど大きなものを少女へ渡した。

「こんなに大きなもの、いいの？」

「いいのよ。お嬢ちゃんにも、福が来ますようにって、私からも祈ってあげる」

　りょうが口元で笑うと、はじめは戸惑っていた様子の少女も、歯を見せて弾けるような笑顔を作った。

　駆け去っていくその後ろ姿に、思わず手を合わせずにはいられなかった。

　ひと目見て、なんとなく過去の自分と重なるものがあったからだ。

「またあんなことをして。加賀美や主税に怒られても知りませんからね」

　呆れるような口調の雲珠女だが、たしなめられているわけではない。りょう自身、店の者たちには申し訳ないという思いがあり、後悔に近いものも感じてはいる。きっと雲珠女も、こちらの心情を察してくれているのだろう。

「お願い。ふたりには言わないで」

　おどけた様子で、雲珠女に手を合わせて頭を下げた。雲珠女は仕方ない、と言わんばかりの表情で、口をへの字に曲げただけである。

「あの半五郎が捕まったって聞いて、御府内のお大尽様たちはほっと胸を撫で下ろしているに違いねえ」

「ああ、何しろ店の者を皆殺しにしたり、女子供をなぶりものにしたりと、やりたい放題だったらしいじゃねえか」

市中引き回しに打首獄門は免れねえさ、と道ゆくふたりの町人が話していた。

それを聞いた雲珠女などは、わざとらしく肩をすぼめ、

「打首獄門なんて、剣呑な話ですね。おお、怖い……」

「そうね」

りょうも返事をしながら、昔見た晒し首を思い返してみた。

数年前に見たそれは、鈴ヶ森の刑場に晒されていて、斬られてから間もなかったからなのか、崩れているという印象はなかった。鼻の穴から蠅が出てきて、その羽音だけが妙に生々しく思い出せる。

不意に冷たい風が吹き、りょうは思わず背筋が震えた。日が落ちれば、もっと寒くなる。無意識に手を合わせ、そして息を吹き込んでいた。

その日、ふたりは揃えた熊手の大半を売り終えることができ、夕刻にはえんぎ屋の店へ帰ることができた。

毎年のおとりさまと比べれば、売り上げはまずまずであった。

それから二十日ほど経った。珍しく主税が翻しを見つけてきたというので、店の皆を集め、膝を寄せ話し合った。

「翻し、とも思えますが。これは、いったいどっちでしょうな」

加賀美が顎に手を当てて、考え込むような仕草をした。

当主災難　無事過可願候　　　妻　りん

「災難、ですか……」

りょうは畳の上の紙片を取り上げた。

その意匠から察するに、常陸あたりの熊野権現で出している牛王宝印だろう。表の八咫烏が墨で潰されて、裏に願いが書かれているのであれば、えんぎ屋が裏稼業として請けるべき翻しに他ならない。

ただ、当主の災難とはいったいどのようなものなのだと、りょうは疑問に思った。

紙片にはこれといった手がかりは他に何もない。

「健気だと思いますけどねえ。御妻女が、旦那さんの無事を祈るなんて」

雲珠女が隣で覗き込みながらそう言った。

しかし、榊などは首を傾げている。

「いえ、そうとも限らないでしょう。だって、御妻女が旦那さんを助けて欲しいと思うなら、主人とか、旦那とか、夫とか書くべきじゃない？　それなのにこの翻しは、当主としか書かれていないんだもの……」

言われてみれば、とりょうは牛王宝印を持ち上げ、筆の運びを見た。

老成しているふうでも、幼い手のものでもない。確かに女のそれだろうが、あるいは自分と同じくらいの年齢かもしれない。か細い筆の運びには、匂ってくるようなたおやかさがあった。

「それで、千住手前の橋のたもとのお社に、これがあったのね？」

「へえ」

見つけてきた張本人である主税は、帳場の隅で興味なげに煙草を吸っている。そのお社ならりょうも知っている。確か、何某《なにがし》という侍がわけあって腹を切り、その魂を鎮めるために建てられたものだったはずだ。

「りん、という方については？」

「さて、近在の百姓のかみさんとか、そんなところでしょう」

どうでもいいではないか、とでも言いたげに、主税は煙管の雁首をぶつけて煙草の灰を落とした。自身で見つけた翻しでも、それが依頼に繋がるか、つまりは金になるかどうかでしか、主税にとっては興味がないようだ。

「いずれにしても、こんな朧げな依頼じゃ、どうなるかわかりませんぜ。お嬢は、どうされるおつもりですか？」

「そうね。この翻しだけで代参を請けるとは言えない。まずは依頼の内容を、聞ければとは思うけれど……」

りょうがそう言って、紙片を畳に置くと、雲珠女が手に取った。五平が後ろから首を伸ばして、それを覗いている。

主税は煙草を詰め直そうとして、不意にその手を止めた。端整な顔の眉間のあたりに、小さく皺がよっている。

「なんとなくですが、その依頼、きな臭いとは思いませんか」

「どういう意味だ、主税?」

そばから加賀美が問いかける。

「うまく言えませんが。単純な祈りであれば、もうちっと書き方はあるんじゃねえかなって」

「でも、そうは書かれていない、というわけね……」

りょうは主税の言葉を引き取るようにそうこぼした。

雲珠女から五平、そして榊の手に渡った紙片は、行きどころをなくしたように畳の上に戻されている。

『妻　りん』という名だけが、なぜか力なく浮かんでいるように思える。

「きな臭い……かな」

りょうは紙片を手に取って、わざとらしく鼻を近づけて匂いを嗅いでみた。古ぼけた紙に墨の匂い、あとは土臭さしかない。

翌日、五平が返書となる札を、翻しのあったお社へ貼り付けた。

「まあ、今日あたり、いらっしゃるかもしれませんね」

雲珠女が店ではたきをかけながら、そうこぼしている。

りょうは店の売り物を数えながら、ぼんやりしている自分に気がついた。手を動かして作業をしているのだが、どうやら頭のほうが置いてけぼりになっている。

「御寮人、お客人が見えられたのですが……」

表に出ていた加賀美が、思い詰めたふうな表情で報告に来た。

口には出さずとも、それが代参の依頼人であると語っている。

しかし、

「どうかした？」

「いえ、御寮人……。やはり、本当にお会いになりますか？」

「どういう意味？」

「私も、主税が言ったように、なんだかきな臭く思うのです。その、なんと言葉にしてよいのかわからぬのですが、訪ねてきた方々の、気配のそれが……」

ちらりと上目遣いで見たその双眸が、一瞬怪しい光を放った。加賀美は武士の身分を捨てて、このえんぎ屋で働いているのである。こんな表情をすることは滅多にない。

りょうもただごとではないのだと、おもむろに立ち上がった。

「とにかく、その方々に会ってみます」

りょうが告げると、加賀美は小さく頭を下げた。

しばらくして、部屋まで通されたのは、ひと組の男女であった。

ひと目見て、りょうは体が強張るのを覚えた。袖頭巾をとった女のほうは、一見すると線の細い華奢な雰囲気を醸しているが、形の良い小づくりの顔立ちに、憂いのある眼差しを心なしか畳のほうへ落としている。

口元が引き締まっているのを見ると、案外勝気な性格なのかもしれない。

男のほうは、加賀美くらいの背の高さがあり、広い肩幅に分厚い胸板を持ち、みるからに屈強そうな体に、仕立てのいい紬を窮屈そうにまとっていた。目尻から頬にかけて、うっすらと刀傷のようなものがある。

臣下の礼をとっているのか、男は女の後ろに小さくなるようにして続いているが、目があったその双眸の奥が濁ったように光っていて、りょうは不気味さを肌で感じた。

「それで……」

と、畳に座ったふたりにりょうが切り出そうとすると、加賀美が男と対峙するように、こちらの後方へ控えた。

りょうは一瞬言葉に詰まったが、

「おりん様、とお呼びすればよろしいのかしら。お社に貼られていた牛王宝印の翻し、拝見いたしました。私は、この店のあるじの、りょうと申します」

その声がどこまで届いているのか、女は虚ろに漂わせていた視線をゆっくりと上げてこちらを見た。

「りん、と申します。こちらは、当主の部下のひとりの善右衛門……」

そう紹介された善右衛門という男が軽く頭を下げる。

後方に控える加賀美が動いたのか、わずかに衣擦れの音がした。

「なんでも御当主という方の災難だとか。もし差し支えなければ、お話ししてはいただけませんか？」

「恥ずかしながら我が夫は、さる罪を得て獄に繋がれております……」

獄という言葉を聞いて、りょうは一瞬息をするのを忘れた。

りんと名乗った女は、ほっそりとした顎を上げ、訥々と話し始めた。

「この店に、代参を依頼すれば必ず願いが叶えられると伺いました。どうか、当主の罪を減じ、そして獄から放たれるよう祈ることはできませんか？」

「それは……」

「そちらに代参をお願いするのに、大金がかかるのだとも伺っております。些少ですが、こちらをぜひ」

りんが善右衛門のほうへ目くばせすると、こちらは意を得たとばかりに、懐から重そうな巾着を取り出した。

巾着の中からは切餅が四つ、善右衛門は太い指で畳の上に並べた。

「こちらに百両ございます。不躾ではございますが、こちらは手付金でして、もし私の祈りを叶えていただけるのであれば、もう二百両上乗せさせていただきます。しめて三百両。どうぞこちらで、我が当主を救ってはいただけませんでしょうか」

「三百両……」

りょうは思わず声を漏らしてしまったが、加賀美がしわぶきを上げたので、はたと我に返った。しかし、

――それだけあれば、今年の分の店の費えなんて。

十分すぎるほどまかなえる金額なのである。りょうは目の前の百両に思わず手が伸びそうになるのを、押し留めるようにして堪えた。

善右衛門という男は、試すような視線でりょうと加賀美を見ている。

「しかし、依頼の具体的な内容を聞かぬ限り、お請けすることはできません。ご承知の通りうちの店にできることは、依頼に来るお客様の祈りや願いをお預かりして、遠くのどこかへ代参に伺うだけです」

りょうがそう告げると、りんは自身を納得させるように、ひとつふたつと首を縦に振った。

「日光に、東照大権現様をお祀りした大きなお社がありますよね。そこへ、我が当主の減刑を祈りたい、そんなものでは駄目でしょうか」

言葉を選ぶようにして、りんは言った。

そのとき、部屋の襖が開いて、盆を手にした雲珠女が入ってきた。ふたりの客に丁寧に茶を出し、菓子を添えた。菓子は最近御府内でも評判の松風せんべいである。

「どうぞ」

ほかに大した言葉も見つからず、りょうはふたりへ茶菓子を勧めたが、りんは視線を落としただけで、黙したまま再び顔を上げてこちらを見た。

りょうは大した話題も探せずに、思いついたまま口にした。

「おふたりは、東照大権現様に何かお伝えしたいことが？」

とっさに出たこちらの言葉に、りんは投げやりとも思える、自嘲するような笑みを浮かべた。

「言ってやりたいことは、ごまんとありますけどねえ。こっちだって神様、仏様に祈って済む話なら、いくらだって祈ってやるつもりです。けれど、もうそれも時がありません」

「時がない、とは？」

りょうがりんの言葉に、重ねるようにして尋ねると、相手は後方にいる善右衛門のほうを気にするような仕草をした。こちらは表情ひとつ変えず、端然としたまま両手を膝の上に置いている。

「ちょいと失敬」

りんは急に口調を変えると、帯に挟んでいた煙草入れから煙管を取り出した。慣れた手つきで刻み煙草を押し込め、そばにある火鉢から火を取った。うまそうに煙草を呑んで、ぷかりと煙を吐き出すと、

「うちの亭主のこと。おたくも聞いたことがあるでしょう、『火縄の半五郎』ってのは……」

そうこぼし、挑戦するような眼差しをこちらに向けた。

「なんでも、年が明けたら首を切られるって噂さ」

――火縄の半五郎？

りょうは思わずその名を、脳裏で繰り返した。

以前より御府内を騒がせた畜生働きも厭わぬ盗賊団の頭目で、最近奉行所のお役人に捕らえられたはずである。りんの口からその名が出たことで、そばに控える善右衛門という男も顔色をわずかに変えた。

「それまでに、祈りのひとつでも届けばいいとあたしは思ってたけど、祈ったところで本当に減刑なんか叶うのかしら」

伝法だが虚ろな言葉を、りんは煙とともに吐き出した。

りんが再び煙管を口にした時、後方に控えていた加賀美が、りょうを守るように身を乗り出した。

「今回ばかりはおやめ下さい、御寮人」

「加賀美……」

「こやつらは、あの『火縄の半五郎』の一味ですぞ。よりにもよって、盗みを働き、人を殺めることも厭わぬこの者たちに、我らが義理立てする必要なぞございません」

「でも……」

加賀美の肩越しに、りんと視線が交わった。煙管の吸い口を歯で咥え、白い歯をむき出しにして、挑戦するような表情をこちらに向けている。

試されているわけではない。ただ、思い悩む人々の祈りがそこにあるのではないかとりょうは感じるのだ。

――女の子は、きれいにしていないといけないものさ。

不意に、先代のりんのそんな言葉が脳裏に浮かんだ。

勝気な様子のりんは、とても美しい顔立ちをしている。そして、決して男には負けない、そんな気負いが滲み出ているような佇まいであった。

「さっさと帰れ。貴様らのような者たちに、うちの敷居をまたがせてしまったことでさえ、このえんぎ屋の穢れだ」

加賀美は、片膝を立て、声を荒らげてふたりにそう言い捨てた。

その時不意に、りんがうすら笑いを浮かべた。

「あたしたちが、穢れだってのかい」

「ああ、そうだ。盗みも殺しも厭わぬ貴様たちは、うちにとって不名誉な穢れでしかない」

「はんっ。言ってくれるじゃないか」

りんは吐き捨てるようにそう言った。

そばにいた善右衛門が音を立てて片膝を立てる。体格の良い加賀美と善右衛門のふたりが暴れれば、店の中はひとたまりもないだろう。

「加賀美、控えなさい」

「しかし……」

りょうは加賀美の分厚い肩に手を置いて、引き下がるように力を込めた。

再びりんの視線と目が合った。

双眸の奥底に潜む妖しい光。その正体は、本当に盗賊団の頭目を助け出したいという祈りなのだろうか。

人は誰しも、本人ですら気がつかぬ思いを、心の底に押し込めている。これまでの依頼人は皆そうだった。果たしてこのりんも、そのひとりなのではないのか。

りんは口角をわずかに歪めたかと思うと、

「あんたらは、自分たちが神様仏様のそばに仕えて、さしずめ穢れのひとつもねえって思い込んでいるんだろう。けどねえ、この世に穢れもなく、忌み嫌われることもなく、まっさらに生きている奴らなんて生まれたての赤ん坊くらいしかいねえのさ。そんなあんたらが、ひと様の祈りを穢れだなんだって区別するつもりなのかい」

煙管を咥えた口から、伝法な言葉が吐き出される。

りょうはりんの視線から目をそらさない。そらしてはいけないような気がした。

穢れのない者などいない。その言葉は真実ではないのか。かくいうりょう自身、心の奥底に穢れを持ち幼い日々を過ごしたのだ。それでもえんぎ屋の先代は、自分を迎え入れてくれた。

祈りを持つ人々は、神仏の前で穢れを持つことを許されない。

しかしどうだ。本当に、心の底から助けを求めている人々こそ、穢れの中で苦しみ、もがいているのではないのか。

「穢れなんかじゃない」

りょうは衝動的に、自身を肯定するようにそう吐き出した。

刹那、りんの瞳の奥の妖しい光が、ゆらめいたような気がした。

「おりんさん、あなたの祈りを、私はお請けしたい……」

「御寮人っ」

そばで加賀美が声を荒らげた。が、りょうは構うことなく、

「ただし条件があります。うちの店の者が、あなたの祈りをお預かりして日光までお届けします。そして無事に代参を終えて、おりんさんに報告するその時、あなた方はその御当主の半五郎一家を解散させ、二度と盗みも、殺しもしないと誓ってください」

息も継がずにそう言い切ると、りんは次第に目を剝いて、頰を上気させた。そばに控える善右衛門は、口元だけでニヤリと笑っている。

その不気味な笑みを見て、りょうはわずかに悪寒を覚えた。

「御寮人、考え直してください。私だけでなく、店の者たちだって、こんなやつらのための代参など、絶対に承知しません」

「お願い、加賀美。今回だけ、ね」

「冗談じゃありません。たとえこの仕事が、うちの裏稼業だとしても、此奴らとの繫がりで、奉行所から睨まれてしまうことだってあるかもしれぬのです」

「ただ、祈るだけ。おふたりと会うのは、次は代参を終えた時……」

それでも、と加賀美は声にもならぬ声を上げようとしたが、りょうの切迫した様子を感じ取ったのか、次第に当惑した表情で黙ってしまった。

「あと二百両、必ずお支払いしますさあ。ここで約束を翻しちまったら、うちら火縄の半五郎一家の名折れですから」

「誓ってください。代参を終えてのち、一家を解散させるのだと」

りょうが声を荒らげると、りんの双眸は、さらに鋭い光を放った。顔を背け、ちらりと善右衛門のほうを向いた。こちらはうすら笑いを浮かべただけで、首を縦にも横にも振ることはなかった。

りんはこちらに向き直ると、一度だけ視線を畳に落とし、

「約束してやりますよ。半五郎の首が晒されようがどうなろうが、もう一家を支えていくことは容易じゃあない」

りんのその言葉が意外だったのか、善右衛門は驚いたような表情を浮かべた。

「あんたたちに、ちゃあんと祈ってもらいますよ」

意に介すこともなく、りんは言葉を続ける。

「私たちは、あなたの祈りに、寄り添って祈るだけです」

りょうが言い返すと、りんはゆっくりと首を縦に振った。

同時に、部屋の火鉢の炭が、パチリと音を立てて爆ぜた。

善右衛門が、じっとこちらを見つめている。りょうはわざと、その視線を無視した。

「結構な話だと思いますよ。手付金で百両、日光までの代参で二百両なんて剛気な話だ」

今回の代参に、手放しで賛成してくれたのは主税だけであった。

りょうは店の者たちを集め、受け取った百両を前に代参のあらましを話した。主税はともかく、加賀美や雲珠女、榊に五平も今回の話を聞いて、うかぬ顔をしている。

「主税、お前も先日、きな臭いと言っていたではないか」

「確かに言いましたよ。しかし、あれは依頼人の素性がきな臭いと思っただけで、正体がわかって、報酬も高額なのであれば問題ないじゃないですか」

加賀美が問い詰めるように主税に詰め寄ると、こちらは糠に釘を打つような言葉でかわす。普段、依頼人の本心を探るような真似をすることを快く思っていない主税にとって、報酬額の大きな今回の依頼は悪いはずもない。

「正体がわかったからこそ問題なのだ。雲珠女や榊、五平はどう思うのだ」

「私もちょっと心配に思いますよ。確かにうちの店の裏稼業だから、依頼人の気持ちに寄り添いたいって、御寮人のおっしゃりたいことはわかります。けれど加賀美さんが言うように、それで奉行所のお役人たちから変な勘繰りを受けたら、えんぎ屋そのものが潰されてしまうことだってあるのではありませんか?」

榊が、恐る恐るというふうに口にした。

五平は皆の輪の後ろのほうで、頷いたり首をひねったりしている。

そこから加賀美と主税、榊が幾度か言葉を重ねた。

「でも、どちらにせよ御寮人はこの依頼をお請けしたんでしょう?」

最後に意見を出したのは雲珠女であった。

「ならば、私たちはその裁可に従うべきでしょう。このえんぎ屋の主人は、御寮人のおりょうさんなのですから」

「それは……」

雲珠女のその言葉に、加賀美は言葉を失った。

榊と五平が窺うようにこちらを向き、主税は試すような視線を向けている。

「皆それぞれ考えはあると思うけれど、今回は私の裁可に従ってくれない？」

りょうが姿勢を正し、毅然とした態度でそう言うと、加賀美は顔を伏せるようにして小さく頷いた。

雲珠女は微笑し、主税はまた別の意味で微笑を浮かべている。

翌日、旅姿の五平を、店の皆で見送ることとなった。

りんの祈りをしたためた願文は、りょうも一読したが当主を災難から守るようにということが通り一遍に書かれているだけで、火縄の半五郎一家については微塵も言及されていない。

言葉だけが祈りのすべてではないと、りょうも店の者たちも承知している。

「あの……」

背に燧石を打とうとしたところで、五平が振り向いた。冬の旅ということもあり、首には襟巻きを巻いている。足元は股引き、脚絆でかためているが、それでも寒々しさは変わらない。

「どうかした？」

「此度の依頼、俺は難しいことはわからねえけど、御寮人が何かを感じて請けなきゃならねえって思ったんでしょう。そんなら俺もこの代参、心を込めて祈ってきます。

御寮人は、俺たちの御寮人だから、きっとすべていい結果が待っています」

唐突に五平は言ったが、それが自分への励ましの言葉なのだということに気づき、りょうは思わず目を細めた。

「ありがとう。五平も道中気をつけて。どうかその祈り、お願いしますね」

「へい」

五平ははにかんで、歯を見せて笑った。りょうはその背に、燧石を打って火の粉を振り撒いた。

五平を見送ると、店の者たちが帳場に膝を揃えて座った。この会議に、長く店を留守にしていた主税がいることに、りょうはわずかに懐かしさを覚えた。

一座の前には、大きな絵地図が置かれている。

「それではまず、翻しを見つけたお社を……」

普段通り加賀美が先陣を切って話し始める。すでに、今回の祈りを請けるか否かという点については、己を納得させてくれたようだ。

「見つけたのは、千住大橋のこの御堂。そうだったな、主税」

「ええ。どうやら、火縄の半五郎一家の塒《ねぐら》は、千住付近のこのあたりでしょう」

主税は愛用の煙管で、絵地図の千住大橋のあたりにぐるりと円を描いた。

「おりんさんには、代参を終えたら、そのことをまた御堂に貼って欲しいと言われているわ」

「つまりこちらから依頼人と、その手下に会うことは難しいってわけですね、御寮人」

雲珠女の問いかけに、りょうは小さく頷く。

「やっぱり、信用していいのかしら」

「榊、もうそのことについては言いっこなしだよ」

「でも、こちらから依頼人の姿を見ることはできないのでしょう？　それで、御寮人が感じた依頼人、おりんさんというのでしたか、そのお方の本心を探ろうなんて、いったいできるのかしら……」

冷静な榊の言葉に、りょうも雲珠女もそれ以上の言葉を返すことができなかった。

「……それでも、できる限りのことはやりたいの」

りょうは皆を見回して、ぼそりとつぶやくように吐き出した。

「そういうことだ、榊。とりあえず、火縄の半五郎一家について探ろうではないか」

りょうの言葉を後押しするように、加賀美が言った。

店の者たちは早々に千住界隈へ向かうことに決まった。例によって雲珠女は店番だが、加賀美は浅草今戸あたりから、榊は根岸からと割り振りを決め、りょう自身は千住宿での振り売りである。

「主税は……」

と、加賀美が水を向けようとしたが、

「ま、適当に……」

と、主税は手を振ってやんわりと断った。加賀美は一瞬むっとしたようだったが、まあいい、とこぼしてこの話は終わった。

「では」

と、りょうが皆を促すと、支度に取り掛かった。

冬場の振り売りは過酷である。吹き荒ぶ冷たい風を受けて、身が凍るような思いをしながら声を張り上げねばならない。

加賀美も榊も、分厚い綿入れに襟巻きを巻いて着膨れた姿で店を出た。

「お嬢、俺らも出ましょうか」

「うん」

主税に促されるようにして店を出た。外に出た途端、冷たい風にさらされて思わず背筋が震えた。むろん、りょうも綿入れに襟巻き姿である。

天秤棒を肩にかけ、かじかむ手で支えながら風吹く街道を北へと向かう。

道中、主税は無言のままである。どこへ行くつもりか、と聞こうとしてなんとなくその機会を無くしてしまったのだ。

主税は振り売りの天秤棒を担ぐでもなく、薄い綿入れを着流しにして襟巻きも脚絆もつけていない。おそらく遊び人のような姿で、千住界隈の賭場あたりに顔を出すつもりなのだろう。

その主税が突然、

「あの、善右衛門て男……」

「え？」

「あ、いや……、此度の依頼人のそばに控えていた男です。俺は加賀美の兄者のように同座していなかったので、ちらりと見ただけですが、あいつはなんだか不気味な気配を放ってましたな」

「ひと様を殺めたことも、数知れないのでしょうね」

りょうは自分でそう言ってから、あの男は人を殺したことがあるのだと、背筋に冷たいものを感じた。

「お嬢は、恐ろしくはないのですか？」

「あの男のこと？」

「相手は畜生働きも厭わねえ盗賊団です。俺は、店の実入りになるなら何でもいいのですが、お人好しのお嬢には珍しいこともあるものだと」

主税のこめかみの髪がひと筋垂れていて、風が吹くたびにそれがゆらゆらと揺れていた。りょうは一瞬、そのひと筋の髪に見惚れてしまった。

「怖くないわけじゃない。特に、あの善右衛門という男を見ていたら、なんだか……」

「あれでしょう。死んじまったおっとさんを思い出すとか？」

「ふふ、主税はなんでもお見通しなのね」

格別驚くわけでもなく、りょうはぽつりとそうこぼした。この男にはかなわない。

主税のほうも、なんでもないことのように、

「血も涙もねえやつは、大抵あんな顔をしていますから」

少年の頃のような、乾いた声音でそう言った。

――本当に、泣いちゃいねえだろう。

丙寅の大火で両親を失ってえんぎ屋に拾われたとき、主税にそう言葉をかけられたことを思い出した。それから幾分か日が過ぎ、ふとした時に傷だらけの身体を見られ、火事でできたものではないとこの男に見破られて、りょうは店で全てを話した。

父母から、毎日のように殴られ、罵声を浴びせられてきた。

「そんな奴らは、きっとろくな死に方をしねえ。だから安心して下さい」

唐突に、主税が言った。

その言葉にりょうは聞き覚えがあり、思わずその顔を見つめずにはいられなかった。

「どうかしました、お嬢?」

「ううん。ずうっと前に、今と同じ言葉を、あなたに言われたことを思い出しただけ」

「はて、そんなことありましたか？」

主税は心もち首を傾げ、美しく整った眉をひそめた。

りょうはしばらく無言でその様子を見ていた。

ふたりは千住大橋のたもとで、何を言うでもなく別れた。主税は大通りから小路へ入り、りょうは簡単な身支度をして、宿場町の街道をゆっくりと声を張り上げて歩き始める。

冬の空はどこまでも続いていて、りょうの売り声は遠くへ遠くへと響き渡っていく。


夜になり、えんぎ屋の帳場で店の者たちから報告を受けた。

ひと通り話し終えると、皆口をつぐんで黙してしまった。

加賀美は目を閉じて腕を組み、雲珠女と榊は袂をいじったり、唇を噛むような仕草をしている。主税は黙って煙管を取り出して、雁首に刻み煙草を詰めていた。

一座の中心に、先代の頃から使っている火鉢が置かれてある。

りょうは息苦しさを覚え、ふと、

「やはり、ひどいものね」

我ながら消え入るような声が漏れた。皆がこちらを向いた。

今日一日、りょうをはじめ、えんぎ屋の店の者たちは、火縄の半五郎一家のやり口、評判を町方の者たちから聞いたのである。

その手段は凄絶としか言いようがなく、御府内の両替商、呉服問屋などの富商を狙い、少なくとも十人以上で押し入り、店の主人を捕らえて金を吐き出させ、そして押し入られた富商では必ず誰かしらが殺されていた。中には金を渋ったという理由だけで、人質として捕らわれた十にも満たぬ童が殺された店もあったらしい。

「御寮人、この依頼をこのままにしていてよろしいのですか」

「どういう意味、加賀美？」

「五平が戻る、戻らぬということはひとまず置いておいて、まずは奉行所に届けるべきではありませんか。ただでさえ、うちは百両という手付金を受け取ってしまっています。奴らに脅されて、無理矢理金を握らされたとかなんとか言えば、奉行所も悪いようにはしないと思うのです」

加賀美が言うと、榊が小さく頷き、雲珠女は俯いたままである。

その時、火鉢の中で、小さく炭が爆ぜた。

「でも、依頼人から請けた祈りの代参は、うちの店の裏稼業なの」

「今更そんなこと言ったところで始まりますまい。店がどうなってもよろしいのですか」

加賀美は切迫したように声を荒らげた。りょうが加賀美の視線から逃れるように顔を背けると、主税が煙管を虚空にくゆらし、ぷかりと煙を吐き出すのが見えた。

「私は、おりんさんの、本当の祈りを知りたいの」

「たかが、盗賊団の情婦ではありませんか。そんなやつに、同情する必要がどこにあります」

「私だって、たかが飾り職人の娘だった。雲珠女は薬問屋の奉公人、榊は旅芸人の娘で、五平は親の顔も知らない孤児。それに主税も盗賊の息子だったわ。でも、先代はどんな人々の祈りでも、等しく寄り添ってくれた」

息も継がずにそう言い切ると、瞬時に言い表せぬ後悔が込み上げてきた。

「私は、そんなつもりで言ったわけではありません」

加賀美の表情に、悲しさが浮かんでいた。店の者たちの中で、加賀美は唯一武士の出自であった。心のどこかで、己が店に馴染めていないという感覚を抱いていてもおかしくはない。

「ごめんなさい、私もそんなつもりはないの」

「いえ……」

加賀美が申し訳なさそうに首を垂れた。

その時、主税が勢いよく煙管を煙草盆にぶつけた。乾いた音だけが、室内に響き渡る。

「しめっぽい話はそこまでにしましょうや。うちは、お嬢が依頼を請けるって言っちまった。その代金は三百両。代参には五平が向かって、依頼人の祈りを届けるだけ。そうでしょう？　皆、お嬢の裁可に一度は納得したんだ」

主税が低い声でそう言うと、りょうはちらりと加賀美の顔色を窺うようにして、小さく頷いた。

「なら、それ以上はもう言いっこなしにしましょう。依頼人が何をしてきたかではなく、何を祈っているか、何を願っているのかのほうが、いまのうちの店には大事だって、お嬢は言っているわけですし」

嫌味っぽさを滲ませて、主税はそうこぼした。

りょうは言葉もない。確かに加賀美の主張も理解できるし、主税の嫌味だって胸に響いている。しかし、あの時店に来たりんの表情を思い浮かべると、心の奥底に、やはりりん自身でも気づいていない本当の祈りがあるのではないかと考えてしまうのだった。

——私は、虚しいほど無力。

店の者たちの主張に耳を傾けることなく、ただ自分の望みを貫き通そうとする。そんなこと、本当に許されるのだろうか。

りょうは膝の上に置いた拳を、強く握りしめた。

主税はいまだに意地の悪そうな顔をこちらへ向けている。

「三百両の、いい依頼ですぜ。相手の真意はどうあれ、こちらから依頼人に会うこともできねえんだ。俺は、放っておけばいいとは思いますけれど、それでもお嬢はまだ、依頼人の祈りを探るつもりですか……」

「ごめんなさい。でも、やらせてほしい。皆にこれ以上迷惑をかけないようにするから……」

りょうは小さく唇を噛み、店の者たちに向かって頭を下げた。

——馬鹿だなあ。

我ながら情けなくて仕方がない。何もできないくせに、安っぽい正義感で依頼人に寄り添おうとして、それも根拠のない一方的な自己満足を抱くだけなのだ。

できることは、ただ頭を下げて店の者たちに頼み込むだけの自分は、なんとちっぽけで、そして愚かなのだろうか。

「顔を上げてください。私は、御寮人のお気持ち、わかります」

雲珠女の声を受けて、りょうはそっと頭を上げた。雲珠女は泣きそうな表情で、口を引き結んでいる。

「ここにいる誰もが、御寮人や先代に寄り添われて、新しい人生を歩み始めたはずでしょう。火縄の半五郎一家の所業がどうあれ、一度はその依頼人であるおりんさんって女性に寄り添うことは、昔の私たちに向き合うことと一緒じゃないの？」

雲珠女が訴えるように声を上げると、榊ははっとしたような顔をして、加賀美は目を閉じて俯いてしまった。主税は苦い顔をして、齧るようにして煙管の吸い口を咥えている。

した。

「ありがとう、雲珠女」

それからは、加賀美の仕切りでなんとなくお開きとなってしまった。

皆が腰を上げかけたとき、榊が明日からどうするのかという話をぽつりとこぼした。

「明日も、市中で売り歩くことに変わりはない。そうでしょう、御寮人」

雲珠女が機先を制するように皆に呼びかけると、ひとりひとりが自身を納得させるように頷き合った。

りょうは申し訳ない気持ちを誤魔化すように、火箸で火鉢の中をそっとかき混ぜた。真っ赤に熾《おこ》った炭が、今度は爆ぜることなくボロボロと壊れた。

神田川から小舟を雇い、りょうは加賀美と波に揺られていた。

大川まで出ると、左手に浅草御蔵、右手に両国回向院の甍を見ながら、遡るようにして浅草のほうへと向かった。

今日のりょうは天秤棒などの振り売りの姿ではなく、格子の柄の紬の綿入れをまとい、風除けに袖頭巾を被っている。加賀美も目立たぬ鉄紺色の紬に、襟巻きを巻いただけの姿で、はたから見れば武州田舎の大百姓の夫婦に見えなくもない。

横から風を受けて舟がわずかに揺れた。風より大きな船が通ったときの引き波のほうが大きく揺れるのだと、りょうは以前小舟に乗ったときに知った。

横風を受けても、船頭の男は平然と櫓を使っている。

大川（吾妻）橋をくぐるときに、欄干から顔を出した子どもらに手を振り、さらに遡って浅草を過ぎたあたりでふたりは小舟を降りた。

これが夜半であれば、吉原へ向かう酔客で、道はごった返しているはずだ。

船頭の男は、下卑た笑みを向けて船賃を受け取る。自分たちふたりは、女房を吉原へ売るような、貧しい夫婦に見えているのかもしれない。

加賀美はぞんざいに舌打ちをして歩き始めた。

「怖い顔よ。加賀美」

「いいのです。あいつ、どう勘繰ったのか知りませんが……」

「私は平気よ。あの人は、何も言っていないから」

りょうは袖頭巾の裾を寄せ、笑いを嚙み殺した。

あれから数日、えんぎ屋の店の者たちは千住周辺を歩き回って、火縄の半五郎一家の情報を集め続けた。相変わらず、耳を塞ぎたくなるような酷い噂ばかりであったが、拾い集めていくうちに半五郎一家の素性も少しずつ見え始めてきたのである。

噂によると、半五郎自身は昔、若い頃に陸奥あたりから流れてきて、浅草の口入屋に身を置いたのだという。他人に仕事を斡旋し、時に売買を頼まれる中で身を肥やし、どうしようもない乱暴者や、跳ねっ返りの女などをまとめて自身の屋敷に住まわせたのだという。

やがて身内から盗み、殺しをする者が現れ、奉行所の目をくらますために江戸近在を点々とするうち、半五郎自身も殺しを厭わぬ盗賊に落ちぶれていったのだった。

――いったいどんな気持ちだったのか。

りょうは加賀美の後ろを歩きながら考える。人々に仕事を斡旋し、そして売買をしてきた半五郎という者は、どのような思いで人々と接してきたというのだろう。

左手に吉原の大門が見え、りょうはちらりとそちらに視線をやった。

ひとの背丈の二倍はありそうな大きな門のそばでは、門番らしき三十くらいの男がしゃがみ込み、膝を抱えてうたた寝をしている。

はっとなって目を凝らすと、門のそばの柵の向こうで、ひとりの若い女が力なくこちらに視線を向けていた。

りょうの気のせいかもしれぬが、一瞬だけ視線が合った気がした。

「御寮人……?」

加賀美に急かされるようにして、りょうは何でもないのだと首を振ると、その大きな背を追うように小走りになった。

わずかに胸の鼓動が速くなったのは、あの大門の向こうにいたのが、とっさにもうひとりの自分に思えたからだ。

(ちっとも変わらない。こんな自分と……)

りょうとて、丙寅の大火で両親を失って先代に拾われた。いや、あのまま両親が生きていたのだとしたら、それこそ女衒《ぜげん》にでも売り払われて吉原に流れ着いていたのではないかという恐怖すらあるのだ。

——器量は悪くねえ。売っぱらっちまえば、いくばくかの金になる。

幼い頃、父が母とそう話していたのを聞いたことがあった。

あの時の父の目は、先日店に来た善右衛門という男のそれと、恐ろしいほどに似通っていた。軽薄で残忍、そしてこちらを見下すような、ねっとりとした蜜のような視線だった。

りょうは悪寒を覚え、思わず襟元をかき寄せた。

歩くうちに周囲の人家はまばらとなり、段々と肥やしの臭う田畑が増えてきた。

ふたりは目の前に葛西菜の畑が広がる花問屋の冠木門をくぐって訪いを入れると、人の良さそうな腰の曲がった老爺が現れた。

「おや、加賀美さん、めずらしい。菊の花の買い付けはこの間済んだはずでしょう？」

「近くまで寄りましたもので。それに今日は、店の主人も共に参りました」

老人は皺に埋もれてしまったような眼を見開き、じっとりょうの顔を見つめた。

りょうは微笑みを絶やさず、小さく頭を下げた。

「りょう、と申します。加賀美をはじめ、店の者たちが大変お世話になっております」

「ああ、あんたがおりょうさんか、噂はあんたの店の方からかねがね……」

老人はむにゃむにゃと億劫そうに口を動かすと、上がりなさいと仕草でそう伝えてきた。

印象だけで言えば、亡くなった本湊町の正兵衛より少し若いくらいか。

室内に上がると庭の見える部屋に通された。石が無造作に転がっているようにも思えるが、植え込みなどに鋏が入れられているところを見ると、きちんと配置がされたものなのだろう。りょうは何も考えずに石の並びを眺めていた。

しばらく待たされ、老人は湯呑みをふたつ抱えて戻ってきた。

「近頃、ぐっと寒くなった。井戸の水も氷が張りやがって、叩き割るのもひと苦労だんべ」

湯気のたつ湯呑みを置くと、部屋の隅の火鉢を引き寄せて、りょうの脇に押しやった。湯呑みの中身はただの白湯で、りょうは頭を下げ、息を吹きかけながら湯を口にした。熱が喉を通って、五臓に染み渡っていく。

「それで、今日はご主人自らどうなさったのかね」

老人の問いかけに、加賀美が膝を進めて声を潜めた。

「ひと月ほど前、御府内で大捕物がありましたな。捕らえられたのは、火縄の半五郎という、名だたる盗賊の頭目……」

「ああ」

知っている、というふうに老爺は頷いた。

「小耳に挟みましたが、その半五郎、ご老人と知らぬ仲ではないとか」

加賀美がさらに声を沈めてそう尋ねると、老人は眉をひそめて身を乗り出すような仕草をした。

「まさか、長年付き合ってきたお前さんは、奉行所の密偵だったなんてことはねえな？」

「ご安心下さい。うちの店、えんぎ屋は年中行事や縁起物を扱っているだけの、しがない商いをしております。ただ、店を訪ねてきたある方が、その火縄の半五郎一家に関わり合いがあるとかで」

「ふうん、だからおりょうさん、店のご主人のあんたが、こんな肥え臭い家まで出張ってきたってわけか。ま、どっちにしても、前に奉行所のお役人にも話したことだ。俺は同郷のよしみで、若い頃のあいつに職を斡旋してやった、そんだけだ」

「浅草の、口入屋だったとか……」

「なんだ。おまえさんらも知ってるんじゃねえか。そう、俺はそこの店の親父に、奥州花巻宿から来た若造を紹介してやっただけだ。あの頃、よく働く若えやつがいねえかって、その親父から相談されていてな」

老人はだんだんと饒舌になっていく。だが面白い話でもないためか、老人は無表情のまま火箸で炭をいじっている。

「あの頃は、あいつがまさか御府内を騒がせるような、ひでえ盗賊に落ちぶれるなんて思いもよらなかった。確かに気の強そうな性格だったが、頭のよく回る気が利いたやつだったんだ。俺も、若え頃に花巻宿から出てきた口だが、あの頃は奥州一帯が飢饉続きで食うもんなんかありゃしねえ。だから江戸まで出てきて、この世の中にしがみつくようにして必死で働いたわけなんだが……。まあ、そんなことはどうでもいいわな」

「拾われた身で、やがては半五郎自身も、世から見放された人々のそばに寄り添い、そして仲間を集めて盗賊に身を堕としていったと……？」

「さあねえ、そんなことまでは知らねえよ、おりょうさん。ただ、口入屋の世話になってからは、面倒見がいいやつだって店の親父は言っていたけどなあ」

その口入屋の主人は、半五郎が店から消えて五年ほどしてから病で亡くなっていた。そっちの店は榊が探ったが、評判はいま老人が話しているのと同じようなものだったらしい。

「人間、生きてりゃどうなるかなんてわからねえよ。花巻の知り合いのツテを頼って、俺のところへ顔を出した時のあいつなんて、人殺しどころかひと様に手を上げるのさえ無縁みてえなやつだったんだ」

往時を懐かしむような表情で、老人はちょっとだけ笑った。

「そうですか……」

りょうは湯呑みの中身を惜しむように口にした。

「悪い方ではなかったのですね」

「俺が世話した頃は、だ。けど世間に揉まれるうちに、てめえの意思とは関係なく、よくも悪くも人は変わっちまうもんさ。火縄の半五郎なんて、情けねえあだ名なんか名乗りやがって。いまは、見る影もねえ」

火縄の半五郎のやり口は、刀を抜いて脅し上げた相手に、あだ名よろしく火縄を身体に押し当てて、金のありかを吐き出させるというものだった。押し入られた富商の旦那たちは、首筋に刃を当てられて、腕や頬に火縄を押し当てられても、うめくことさえ許されずにただ金のありかだけを吐かされるという噂であった。

一家に襲われた富商の屋敷には、身体中に火縄の火傷を負った死体が、多数残されるのだという。

「物騒な話はこれくらいにしてほしいねえ。ただでさえ半五郎のやつがとっ捕まって、馬鹿な手下たちが取り返してやろうとしてるとかいう噂もあるくらいだ」

「え……」

まさか、とは思うが相手は殺しも厭わぬ盗賊団なのである。

「奉行所のお役人は、きっとそんなことお許しになりませんよ」

「さて、そいつはどうかな。役人なんて、いざってときこそ役に立たねえ」

老人は乱杭歯をむき出しにして、からからと笑った。

老人の家を辞すると、千住大橋へ向かった。このあとも、いまの老人の家のように、千住あたりの店の得意先の人々から話を聞くことにしていて、冷たい向かい風を受けながらふたりは歩いた。温まった身体が、再び冷気にさらされて、りょうはたまらず手をこすり合わせた。

街道筋が見えてきたところで、おかしな気配を感じた。

「御寮人……」

「え?」

「私のそばから離れませぬよう」

加賀美がささやくような声音で言った。

道に沿うようにそびえ立つ欅《けやき》が、風に吹かれて騒がしく枝を揺らしている。

刹那、強い気配を感じてりょうは振り返った。

「もう、その辺にしちゃどうだい」

目の前に現れたりんは、目を細めて、冷たくそう告げた。

加賀美は素早く懐に手を突っ込んだが、その腕を、りんの隣に立った善右衛門に押さえられた。

「あんたら、最近うちのことを嗅ぎ回っているみたいだねえ」

「おりんさん……」

りょうは相手を睨みつけた。

加賀美と善右衛門は、互いに口をつぐんだまま、どちらも相手の出方を窺っているようだ。

「あんたたちの身のためさ。あんたらの仕事は、あたしらの祈りを、届けてくれればそれでいいんだ」

りんは手を伸ばし、指先でりょうの頬に触れると、そのまま人差し指でちょっとだけこちらの顎を持ち上げた。

ひどく冷たい指だと、りょうはなんとなくそう思った。

「あんたらの仕事が終わりゃ、こっちは二百両やるって言ってんだ。何も難しいことじゃねえだろう……」

りんの目尻にはうっすらと皺が刻まれている。

この女はもうひとりの自分。ふとそんな思いが、りょうの胸の内に込み上げてきた。

ちらりと善右衛門のほうに視線をやると、こちらは小さく歯を見せて笑っているだけである。きっとこの男も、笑いながら人を殴るのだろう。

丙寅の大火で失った父も、そんな者のひとりであった。

りょうは、りんの視線を真正面から受けた。

「私は、あなたに寄り添いたいだけ……」

「はん、一体何を言い出すんだい。火縄の半五郎一家の願いは、当主半五郎が無事に小伝馬町から帰ってくることとさ。それとも何かい、女のあんたが、このあたしと

「婚いたいってことかい」

「違います。私が知りたいのは、おりんさんの本当の胸の内。あなたの御亭主の半五郎さんは、根はきっと優しい人なのよね。だからあなたは……」

りょうがそう言うと、りんは急に態度を変え、いきなりこちらの喉首に摑みかかった。そのまま、締め付けるように力が込められる。

不意に息が詰まり、喉が潰されるような痛みが走る。

「御寮人っ」

加賀美が叫ぶと、りんは手を放した。

りょうは咳き込みながらうずくまると、やっとの思いで呼吸をすることができた。

冷たい空気が、五体に染み渡っていく。

「殺しゃしないさ。けどね、もうこれ以上うちらのことを嗅ぎ回るのはよしたほうがいい……」

侮蔑するようなりんの言葉を、りょうは頭上で聞いた。

飛びかかろうとした加賀美も、逆に善右衛門の拳を腹に受け、一瞬だけ顔を歪ませてうずくまった。

りょうは首をさすりながら、ゆっくりと立ち上がった。

りんと善右衛門はすでに、目の前から立ち去っていた。残されたものは、埃っぽい畦道《あぜみち》に伸びた一本の欅の大樹だけである。

「くっ……」

　そう漏らした加賀美の声には、悔しさが滲み出ていた。

「本当にごめんなさい、私のわがままのせいで、あなたにまでこんな思いを」

「いえ、御寮人。あの拳、いつか倍にして返してやります。それより……」

　と、加賀美はりょうの様子を窺った。

「私は平気。おりんさんは、本当に私を殺す気はなかったようだし」

　実際、息ができぬ苦しさはあったが、殺されるのではないかという恐怖は微塵も感じなかったのである。

　——それに。

　りょうは自分の首のあたりを撫でてみた。

　喉首を摑まれたあの時、りんの手はかすかに震えていた。非力ゆえにそうだったのかと思い返してみれば、りょうは違うと思うのだ。

　半五郎の根は優しいと、りょうがそう告げたときに、りんの双眸が燃え上がるような残忍さを帯びた気がした。

　欅はまだ枝を揺らしている。ざわざわと騒がしく鳴る枝葉の上には、暗く重い冬の雲が広がっていた。

　炎を前に、体が思うように動かせなかった。

手足は動かぬわけではない。現に、いまは群衆に押されるようにして、右も左もわからない道を転ばぬよう、踏み潰されぬように逃げ惑う。

頬と額は熱を出したように熱くなり、周囲の喧騒に揉まれて、汗ばんだ着物はだらしなく着崩れていく。が、周囲の大人たちだって、似たような姿で右も左もわからぬ道を、ただ哀れに前に進んでいくしか他になかった。

「風上のあたりはもう焼け野原だって噂じゃねえか」

「芝から日本橋あたりはもう駄目らしい。ほんとは両国橋とか大川橋を渡って大川向こうへ行きてえところだが、この様子じゃあ橋だっていつ崩れ落ちるかわかりゃしねえ……」

風呂敷包みを担いだ大人ふたりが、そんなやりとりをしているのを、幼いりょうは足を動かしながら聞いていた。伸び上がって前を見ることも、振り返ることもできず、俯きながら背中を押されて足を動かすことしかできなかった。

この数十日、ろくに雨も降らなかった江戸の町は、猛火の前に無力である。

りょうは胸のあたりに手を当てて、懐中に入れている小さな紙の感触を確かめた。恐ろしいことを書いてしまったのだという、どうしようもない不安と、恐怖に近いものに苛まれていた。

あのきれいな女の人からもらった一枚の紙片。

(――どうしようもなくなったとき、我慢できなくなったときは、この鳥の柄を三羽、墨で塗り潰すかバツ印をつけて……）

恐ろしくて、お社に貼り付けることができずにいた祈りであった。

ただ自分は書いてしまったのだ。いまさら取り消すこともできずに、りょうは後悔の念を懐に抱くようにして、ただ前へと足を動かすしかなかった。

振り返ることは、もうどうやってもできそうにない。


はっとなって目が覚めた。あの時の、幼い頃の夢であった。

――寒い。

そう思って、りょうは掛け布団を鼻のあたりまで持ち上げた。

幼い頃の出来事を、また夢に見てしまった。ちくちくと胸が痛むのを、りょうは布団のはじで押さえつけるようにして、再び眠ろうと思った。

外はまだ夜のとばりが明けていない。

しばらくまどろみながら、朝になるのを待った。

冬の朝は、どうしてこんなにものんびりとしているのだろうと、りょうははっきりしない頭で考えていた。

そして、丙寅の大火から逃げ惑っていたあの時、小さな胸に抱いていた牛王宝印は、その後、先代に拾われた時に預かると言われて取り上げられてしまったのだった。いまは、店の帳場の神棚にお供えしていることを思い出した。

不意にその紙片を、破り捨ててしまいたい衝動に駆られた。

朝の訪れを告げるように、部屋の中は灯りを必要としないほどぼんやりと明るくなってきた。りょうは思い切って布団を撥ね上げ、綿のどてらを肩に羽織ると、足音を忍ばせてひやりとする階段を降りていった。

暗がりの中で踏み台を壁に寄せ、神棚に手を伸ばした。探るように指先を動かすと、引っ掛かるものを感じた。感覚だけでも、それがボロボロに擦り切れ、折り畳まれた紙片であるのだとわかった。

——おっとさんも、おっかさんも。

丙寅の大火。

あの日、りょうは朝から早々に殴られて、逃げるように家を出て、近所をうろついているうちに、江戸中が喧騒に巻き込まれたのであった。

自分はあの頃と何にも変わっていない。体こそ大きくなったが、薄汚れたものはこの二十年足らずの月日の中で浄化されたわけではなかった。

そっと抜き出すように、指先で紙片をつまんだ。その時、

「お嬢?」

主税の声に、あっとりょうは思わず体の平衡を失った。

危うく台から滑り落ちそうになった体を、主税が支えた。

「こんなに早く、どうしたの?」

「お嬢こそ……」

と、主税はそこまで言って、何かに気づいたように支えていた手を離した。りょうの尻のあたりに手が触れていたのを、こちらもいまになって気づいたのである。

主税の手が離れると、急に不安定な心持ちになってしまった。

「失礼しました」

「いいえ。気にしないで……」

「お嬢、その紙は？」

りょうは尻に触れられたことよりも、この紙片を主税に見られてしまったことが、急に恥ずかしくなってしまった。

慌てて神棚の奥に、その紙片を押し込んだ。

「いえ、なんでもない」

「そうですか。いや、そんなことよりも……」

りょうは主税に支えられるようにして台から降りた。

その時、物音ひとつ立てずに、加賀美も起き出してきた。

「おう、主税もか」

「ええ、この剣呑な気配……」

加賀美と主税が、店の戸のあたりに視線を向けた。

もしや火縄の半五郎一家が、このえんぎ屋へ押し込みを働くつもりなのかと、りょうは思わず背筋が凍った。

不意に、戸が外から叩かれた。

「もうし、お頼み申す」

静寂の中、そんな男の声が戸の向こうから聞こえてきた。

とっさに加賀美が、りょうを帳場の端へと隠れるように促した。主税は戸へ向かい、心張り棒に手をかける。

再び、とんとんと戸が叩かれ、主税がそれに答えるように、

「こんな朝早く、どうなされた」

「申し訳ない。この店は、諸国の牛王宝印を置いていると聞きましてな。急な話だが、在府の我が藩の御老公が故国のそれをどうしてもと所望しておって」

主税はこちらを窺うように、ちらりと視線をやったが、加賀美もりょうも一度互いに顔を見合わせ、同時に頷いた。

心張り棒が外され戸が開くと、薄闇の中でもそうとわかる人の良さそうな、初老の男がのっそりと店に体を入れてきた。大藩の下士がお忍びで訪れたのか、紬の羽織に同色の袷を着流しにし、腰には大小を差している。

「いやいや、早朝に申し訳ない……」

りょうはほっとして、素直に帳場から姿を現そうと立ち上がりかけた。が、それを加賀美が無言で押さえるようにした。何事かと思い屏風の陰から主税のほうを見

れば、こちらは心張り棒を片手にぶら下げたまま、男の前を塞ぐように立った。

「お侍様。悪いが、藩名とその御老公様のお名前を伺えますか?」

「突然何をおっしゃる……。まあいいでしょう。我が主君は、下総古河《こが》八万石、土《ど》井大炊頭《いおおいのかみ》様であり、そのお父上、つまり御老公とは土井利厚《としあつ》様のことを申しておる」

男はちょっとだけ言い淀むと、視線をそらしてそう言った。

「ほう、土井利厚様?」

「いかにも、御老公は神仏へのご信心厚く、聞けば御府内で密かに噂になっている熊野の牛王宝印を所望しておりまして……」

「なるほど、おたくの御老公様が信心深いってのは、私も聞いたことがございます。しかし、信心深さから、何もご自身が仏様にならなくとも……」

「な……何を申す」

狼狽した男の物言いは、明らかに武家のそれであった。

主税は相手に詰め寄ると、

「確か、古河藩の御隠居さんなら、二、三年前に死んじまってるはずだ。何もうちの牛王宝印を使って祈りを捧げねえでも、仏様閻魔《えんま》様にでも、直接言えばいい話ですぜ」

「ぶ、無礼な……」

男が腰の刀に手をやるのと同時に、その背後からぞろぞろと戸を潜る者たちの姿があった。

りょうは思わず息が詰まった。いずれも六尺棒を手にしているのを見れば、奉行所の捕方に違いない。十人程の者たちが、狭い土間にずらりと並んだ。

「こちらが大人しくしていればつけ上がりよって。神妙にせい、この店が火縄の半五郎一家の連絡役を担っていることは、当方でも承知している。我は北町奉行所同心……」

「火縄の半五郎……。ああ、ひと月前にお役人にとっ捕まった人殺しですか」

ふつう役人たちに囲まれたら、大抵の者たちは恐れ入るものだろうが、主税は動じることなく飄々とそう答えた。こんな時でも、その口調にどこか侮蔑の色が浮かんでいる。が、その様子も相手の火に油をそそぐような形になった。

「とにかく、奉行所への出頭を命じる。店の主人を出さぬか」

「お断りすればどうなります」

「力ずくでも連れていくまでじゃ」

息を荒らげた老同心は、後ろ腰に差していた十手を抜いて主税に突きつけた。

りょうは唾を飲み込むと、覚悟を決めた。

「お待ちください。この店の主人の、りょうと申します」

「ふん。主人のほうは物分かりがいいようだ」

同心は忌々しそうに主税を一瞥すると、りょうとその背後にいる加賀美を交互に見た。

「縄にかけろとは言われてはおらぬ。大人しく奉行所に出頭せよ。話を聞くだけじゃ」

りょうは小さく頷いた。わずかに安心したが、それでも不安は胸の底から湧き上がってくる。

「御寮人、おひとりでは心許ないでしょう。私も、お供します」

「俺もです」

加賀美と主税が同時に申し出た。

一度、奥に下がり身支度をしているときに、起き出した雲珠女と榊がうろたえた様子でりょうの着替えを手伝った。気の早い雲珠女などは、すでに目のまわりを腫らして泣いているようだ。

「大丈夫。だから、ね」

りょうはふたりに微笑んだ。

げんに、捕縛されるのであれば、有無を言わさず縄をかけられているはずである。神妙な態度で役人の言うことにしたがっていれば、きっと悪いようにはしない。

足袋のこはぜを留めたとき、小さなその金具が妙に冷たく感じられた。

「お待たせいたしました」

同心たちは各々湯呑みを手にして、同心は上り框に腰をかけていた。

ふてぶてしい表情で茶をすすっていたが、ふんと鼻息を荒らげて羽織の埃を払うようにして立ち上がった。

町は払暁に包まれていて、神田川のあたりに靄《もや》がかかっている。

神田から北町奉行所までは、歩いてさほどのものではない。振り売りで幾度となく行き来した道だが、今日はやけに足が重く感じられる。

りょうも加賀美も主税も、無言で同心のあとに続いた。同心の裾が往来の塵を払うように、歩くたびにはためくのを見つめていた。

北町奉行所の長屋門は閉じられており、りょうは潜戸から中へ入ったが、ふたりは外で待つように同心から言われた。奉行所の中は、早朝ということもあるためか、ひどくがらんとしていて、薄寒い思いがさらに突き上げてくるようだった。

通されたのは、十二畳敷の部屋である。さすが奉行所というべきか、青々とした畳の匂いが心地よく、わずかにりょうの気持ちを和ませた。部屋の隅には文机が置かれていて、筆や硯などが整然と並べられている。

しばらく待つと、襖がゆったりと開き、衣擦れの音をさせながらひとりの若い男が入ってきた。髷を艶やかに結い上げたその武士は、りょうの顔を見てわずかに驚いたような顔をした。

「北町奉行与力、斎藤和弥という」

「神田旅籠町えんぎ屋主人、りょうと申します」

「思ったより、若いのだな」

りょうが頭を下げたその先で、着座した斎藤は言った。一瞬、なんと答えてよいのかわからなくなった。

「年は、二十七ですが……」

「そうか。俺とそう変わらぬのか」

顔を上げて斎藤の顔を見たが、ゆでた卵を剝いたようなつるりとした顔立ちである。ただ鷹揚な振る舞いから察すると、三十くらいなのかもしれない。

すると、もうひとりが部屋に入ってきて、書役の者だと斎藤は言った。

りょうは次の言葉を探した。

しかし、こちらの言葉を待たずに、斎藤和弥は切り出した。

「先だって当方で捕縛した火縄の半五郎。知らぬとは言わせぬ」

「存じております。畜生働きも厭わぬ凶賊であると、市中ではもっぱらの評判ですから」

「うむ。火縄を灯りに富商に押し入り、それを押し当てて店の当主から金のありかを聞き出し、用が済めば手あたり次第に殺してしまうという救いようのない男だ……」

救いようのない、という言葉を聞いてりょうは不意に体が熱くなった。

この世に、救いようのない者などいるはずがない。奉行所の役人とて救うべくして救えなかった者たちが、餓鬼道に堕ちてしまったのではないのか。

「ほう。目の色が変わったな……」

「え？」

「お主、あの男の情婦とも思えぬ。それが、なぜそのような目をするのだ」

斎藤の試すような言葉に、りょうは目頭をそっと押さえた。

奉行所の役人の詰問とは思えぬが、下手なことは言わぬほうがいい。部屋の隅では、書役の男が顔も上げずに筆を走らせている。

「確かにお名前は存じておりますが、その半五郎というお方には、お会いしたことはございませぬ」

「ならば、その手下とはどうじゃ。火縄の半五郎の片腕とも呼ばれる、善右衛門という男に会っているな」

りょうはあえて無表情を作った。斎藤の口元が、一瞬ゆるむ。

「おりょうと言ったな。お主、正直者のようだ」

「うちの店では、諸国の様々な縁起物を扱っております。確かに手下の方がいらっしゃって、その半五郎さんの無事を祈りたいという話は伺いましたが」

「それで？」

「とは、いったいどういう意味でしょう？」

斎藤は言葉を出し渋るような口調で、顎のあたりに手をやった。

「手下の者たちは、何事か申していなかったか。例えば、捕らえられた半五郎の奪還など……」

「そんな……」

「調べはついている。先日、火縄の半五郎の番頭役、善右衛門がお主の店を訪れ、よからぬ計画を打ち明けた。そして、半五郎奪還のために、上州、下野のならず者を江戸に集め、江戸中に火を放つのだと……」

「それと、うちの店にどのような関係があるのですか？」

「隠し立てはするなよ。お主の店の者が、使いとして上州なり下野なりに向かっただろう。いったい、銭をいかほど積まれてその話に乗った？」

りょうは思わず全身から血の気が引いていくのを感じていた。

えんぎ屋が依頼を請けたりんの祈り、五平を向かわせた代参の本当の意味は、奉行所の目をくらますことにあったのだ。

きっと火縄の半五郎の手下、善右衛門らは御府内のどこかにひそみ、その日が来るのを待ち侘びているに違いない。

「どうじゃ。お主の店から、旅姿の男が北へ向かったという証人もおる」

「それは、確かに私の店の者です。しかし……」

りょうは言葉を選んだ。嘘をついても、きっと見破られる。かと言って、本当のことを言ってしまえば、店はいったいどうなってしまうだろう。

自身を叱咤するようにして、努めて平静を保った。

「下野の、縁起物を買い付けに行かせただけです。うちの店は、旅に出ることは珍しくありません」

「ふんっ」

疑惑の眼差しを隠そうともせず、斎藤はまあいい、と吐き捨てるように言った。いつの間にか、腰から扇を抜いてパチパチと開閉している。

「よからぬ者たちがいるゆえ、半五郎の打首の期日は早まる。師走も末の四日じゃ、あの男の命は小塚原《こづかっぱら》の刑場の露と消えおるわ」

「……けっこうなことでございます」

りょうはただ恐れ入るようにして頭を下げた。

十二月の二十四日ならば、五平が代参から戻るか戻らぬか際どい頃合いだ。

「まことに嘘はないようだな」

「知らぬとは申しませんが、赤の他人でございます。それに、御府内を騒がせた凶族であれば、市中の方々も安心なされるでしょう」

ふむ、と斎藤は鼻を鳴らして扇を閉じた。

「くわだてがあるとも思えぬゆえ、お主をこうして任意で呼んだ。しばらくはこちらも、陰からお主の店を窺うこともあろうかと思うが勘弁してほしい。ただし、万が一、手下どもから接触があればすぐに伝えよ」

「心得ましてございます」

りょうは再び頭を下げた。が、畳の目を見つめていたら、ふとりんのことが思い浮かんだ。

「その、半五郎という方に、御内儀はいらっしゃいますか？」

「いる。といっても名は知らぬが。なかなかの器量良しであると、小伝馬町の牢屋敷では半五郎当人が吹聴しているそうな」

斎藤は意外そうな顔をして、こちらの表情を窺いながら、りょうの言葉の真意を探ろうとしている。

「なんでも、その女が十三、四の頃に攫《さら》ったという噂じゃ。襲った富商のうち、器量の良かった女を側女にし、そのまま妻として扱っているとか」

「それは、まことですか……」

「知らぬ。そんなことを、半五郎が話しているというだけだ」

斎藤は急に興味を失ったのか、袴の裾を払うようにして立ち上がった。

書役の男も心得たと言わんばかりに、筆や硯を片付けている。

「帰ってよい。だがよいか、彼奴《きやつ》らから接触があれば、些細なことでも奉行所に伝えよ」

「はい」

りょうは霞がかった胸の内を抱えながら、ゆっくりと立ちあがった。

奉行所の潜戸を出ると、加賀美と主税が表で待っていた。

「御寮人、いかがでしたか」

「私は大丈夫。さ、帰りましょうか」

りょうは加賀美と主税に言った。ふたりは互いに顔を見合わせたが、黙ってりょうに従い歩き始めた。

市中はすでに目覚めていて、三人は喧騒の中をすり抜けるようにして歩く。すれ違う人々の中に、奉行所の目明しや火縄の半五郎の手下がいるのかと疑い始めると、心持ち嫌な気分になった。

「お役人は、善右衛門さんがうちに来たのを知っていたわ。そして五平が北へ向かったのを、どうやら睨まれたみたい」

千代田城のお濠を左に見ながら、りょうは斎藤という与力から言われたことをふたりに話した。

半五郎の片腕と呼ばれている善右衛門。そして半五郎の奪還を企てる手下たちと、それに荷担したことを疑われているえんぎ屋。さらに、半五郎の斬首が早まったこと。りょうは奉行所で言われたことを、自分で反芻するように話した。

「ふむ」

加賀美は歩きながら腕を組んだが、主税は興味なげにお濠端の柳の葉を引きちぎった。指先でそれを弄びながら、口をへの字に歪めている。

「ま、早い話が、うちが火縄の半五郎一家に担がれて、五平が上州や下野の博打うちなんかを集める使者になったと？」

「そう睨まれているだけで、私が話したら誤解は解けたわ。お役人は、うちの店の商いを止めさせようとはしてないみたいだし」

ふうん、と主税は首を傾げた。指先の柳の葉を放ると、それは風に乗って漂い、やがてお濠の水に浮かんだ。

「泳がされているのでしょう。こちらが半五郎の手下と接触することも考えられるゆえ、そこで手下どもを一網打尽にするつもりでは？」

「私も、そう思います。御寮人」

「そうね」

りょうは足を止め、主税が放った柳の葉をじっと見つめた。水に浮かんだそれは、沈むこともなく、風と波にその身を任せただ揺られているだけだ。

自分は、とりょうは途方もないことを考えてしまうのである。きっと風にも波にも逆らおうとして、手足をバタつかせたあげくその身が沈んでしまう。

ならば、半五郎の妻、りんはどうだったのか。波風に身を任せ、沈むことなく浮世を生きてきたというのだろうか。

りんが、少女の頃に攫われてきたのだという話をしようとして、りょうは一瞬だけ言葉に詰まった。十三、四の少女が、無理矢理禽獣のような男の妻にさせられ、どのような気持ちでこれまで生きてきたのかと、想像するだけで不快なものが込み上げてくる。

千代田のお城の真上には、鈍色の空が広がっていた。

「五平に、使いを出しますか？」

加賀美の言葉に、りょうはちょっとだけ考えた。五平は自身の知らぬ間に、盗賊団の偽装に仕立て上げられてしまったのだ。すでに代参を終えて帰路についている頃だろうが、早く本人に知らせるに越したことはない。

しかし、

「なあに、あの男のことです。放っておいても障りがあるとは思えません」

「主税、お前な……」

「まあ聞いてください、加賀美の兄者。五平に知らせるにしても、おそらく俺か兄者のどちらかが旅をせねばなりますまい。いま時分で考えりゃ、おそらく二、三日ぐらいで、古河あたりで逢えるかもしれねえ。けど、それだって運が良ければの話です。互いにすれ違って、結局逢えず終いってことも考えられます。それなら……」

「万が一のことを考えて、店にふたりを残しておく、ということね」

主税の言葉を、りょうが引き取った。

「そうです。五平は、鼻が利きますから、もし何事か起きたとしても、自身に降りかかる火の粉くらいはたやすく振り払うでしょう」

「ううむ。しかし……」

加賀美は再び腕を組んで考え始めた。

主税はりょうのほうを向いて、

「半五郎の一家も、本当にこのまま黙っているとは限りません。打首の日時が早まったんなら尚更です。その時、店に思わぬ火の粉が降りかかることだって」

りょうは、与力斎藤和弥から聞いた、手下による半五郎の奪還について考えてみた。

半五郎一家の総勢がどれほどかは想像もつかぬが、奉行所や牢屋敷を襲うとは考えにくい。きっと、市中引き回しの後、小塚原の刑場で首を打たれるその日だろう。

「二十四日。その日に、打首になる……」

「何もなければいいでしょうが」

主税は断定できぬというふうに、眉間に皺をよせた。

りんと善右衛門は半五郎の奪還を企てるのか。りょうはふたりの顔を思い浮かべた。

少女の頃から、酷い思いをして今日まで生きてきた。りんはそんな様子も見せず、りょうの店に来た。そして、あの日も静かに姿を現したのだ。

もし、いままた姿を現してくれれば、りんの本当の祈りを訊いてみたい。

りょうは襟元をかき寄せた。

寒々しい風が、裾をはためかせている。


りょうは明烏の鳴き声で目が覚めた。

暗がりの中で目を開けると、部屋の輪郭だけがぼんやりと浮かび上がっている。

烏の鳴き声はヒキガエルのようでいて、きっと二、三羽はいるだろう。

――三羽の烏。

牛王宝印の三羽の烏を、墨で消すことが翻しの条件である。

熊野で三羽の烏が死んだ時、依頼人の祈りは叶うというのが、熊野比丘尼を称していた先代のうたい文句であった。

(でも、殺してしまうのは、やはりちょっとかわいそう)

りょうは定まらぬ思考の中、他愛のないことを考えながら、もうひと眠りしようかと、布団の裾を持ち上げた。

その時、窓のあたりで何か硬いものがぶつかる音が鳴った。

――？

気のせいかと目を閉じてみるも、静寂の中で、再びコツリ、コツリと雨戸が鳴った。気のせいではない。寝ぼけているわけでもない。

りょうは思い切って身を起こし、軽く襟と裾を整えて階下へ降りて行った。戸の心張り棒を外して表に出ると、往来は朝靄に包まれている。

はたと気づけば、先ほどまで鳴いていたはずの鳥がいない。

不意に往来の角から何者かの視線を感じた。りょうがそちらを向くと、線の細い姿がひとり、こちらを見ていた。

「おりんさん……」

りょうはそうつぶやくと、ゆっくりとそちらへ近づいた。

りんは縞の紬の着物で、寒さをものともせずに立っている。

「やっぱり出てきたね。あんた、奉行所に呼ばれたそうじゃないか」

「はい」

朝靄の中でも、そこだけ晴れているのではと思えるほど、りんは美しい顔立ちをしていた。

「役人たちは、あたしたちのことをなんか言っていたかい？」

「うちの店の者が、野州か上州に向かったのは、ならず者を集めて半五郎さんを取り返すためだと」

「ふふ、善右衛門の策は、うまくいったようだ。あとは？」

「半五郎さんの、打首の日時が早まるとか……」

「そう」

亭主が殺される日という意味なのだが、りんは表情を変えなかった。

張り詰めたような冷たい空気にさらされているためか、頬のあたりは赤みがかっている。りょうは美しいその双眸をじっと見つめ、

「奪い返す。そんなバカなことはしませんよね？」

「さあね。どうだと思う？」

「奉行所のお役人たちは気づいています。もし、半五郎さんの手下の方々が奪い返そうと動いても、きっと」

「あたしの思いなんか関係ないさ。あいつの手下たちが、勝手に暴れまわろうとしているだけ……」

りんはこちらの話をはぐらかすように言った。心なしか、ため息をついたように見えた。

「善右衛門さん？」

「ふん。まあそんなとこさ……」

つまらなそうにりんはこぼしたが、りょうはその周囲に善右衛門がいないことに気がついた。

これまで二度だけしか会っていないが、善右衛門はりんの影のごとく、ぴたりとそばに付いていたのだ。

りょうは霜を踏みつけるように、一歩だけりんのほうへ近づいた。

「あなたはそれでいいの？」

「……え？」

「私は誤解していました。半五郎さんが、もとは優しい人だったかも、なんて」

「いったい何の話だ」

「あなたの旦那さん、半五郎さんが根はきっと優しい人だと、私は言いました。けれど、あなたにとっては……」

りょうがそこまで言った時、りんはいきなりこちらの襟に手をかけた。双眸の奥底は燃え上がり、もうひとつの手は、胸元の懐剣の袋を握りしめている。

ぐいと引き寄せられて、りょうは思わず息が詰まりそうになった。しかし、恐怖を感じるよりも、使命感に近いものが腹の底から込み上げてくる。

「私に、あなたの祈りを聞かせてほしい」

「おしゃべりな口だね。何なら、二度と口がきけねえようにもできるんだ」

「おりんさん。あなたの本当の祈りを私に聞かせて。神様、仏様が聞いてくれなかった祈りでも、他の誰かに届かなかった祈りでも、私はあなたの言葉が聞きたい……」

憤怒を浮かべた双眸の炎は、さらに勢いよく燃え上がった。

「あんた、本気で殺してやろうか」

「本当に、半五郎さんを取り返したいというのが、あなたの願いなの？」

半五郎、とりんは一度だけ、こぼすようにつぶやいた。

口元に引きつったような笑みが浮かび上がり、やがて喉を見せて笑い始めた。かと思えば、途端に、燃え上がっていたその双眸から、濡れたように涙が滲み出る。

「ああ、そうだ。いま思い出すだけでも忌々しい。あんなくだらない男に、あたしの一生はめちゃくちゃにされちまったんだ。あの日、十三だったあたしは黒くて大きな影に攫われて、そしてのしかかられた。痛くて、苦しくて、悲しくて、あの忌々しい日から、その黒い影はあたしの亭主になりやがった」

こちらの襟を摑んだ手が小刻みに震えている。

りょうは無意識に、その震える手に両手を重ねた。細くて美しい手だと思っていたが、角ばっていて肌はがさついている。美しさのすぐ近くに、酷いほどの苦労が見てとれた。

「あんなどうしようもないやつ、死んじまったほうがいいんだ。あたしのためだけじゃない。あいつは喜んで人を殺す。女でも子供でも容赦なく。だから、あいつがまた牢屋敷から出てきたら、あたしみたいな不幸な女がたくさん」

そこまで言うと、こちらの襟を摑んでいた力がゆっくりと弱っていった。

りんの眼から大粒の涙が溢れ、頰をつたって顎に滴った。

「でも、あたしはどうすりゃいいんだ。善右衛門をはじめ、手下どもはもう、半五郎を取り戻すために動き始めている。それを止めようなんて、言った途端あたしは斬り刻まれるさ」

自嘲するように、りんは低く笑った。

「あんた、あたしの本当の祈りって言ったね。なら、答えはひとつさ、一日でも早く、こんな生活から抜け出して、足を洗って、いちから出直したい……」

「それがあなたの祈りですね？」

「できるわけがないじゃないか」

「祈ってください。あなたの祈り、私が受け止める」

りょうは、重ねたりんの手に、ちょっとだけ力を込めた。

冷たい手だったが、こちらの熱を伝えるように、握り続けた。

「今度は私たちが、あなたを攫ってあげるわ……」

りょうが微笑むと、りんの頰に一筋の涙がつたう。

再びどこからか、明烏の鳴き声が聞こえてきた。


五平が代参から戻ってきたのは、それから二日後のことだった。

師走の二十三日。明日には火縄の半五郎の首が落ちる、その前日であった。

「ちょっと、遅すぎましたかね……」

「いいえ、それよりも、身の危険はなかったの？」

「ええ、きな臭いものはところどころ感じましたけれど、なるほど、俺がいない間にそんなことになっていたのですね」

五平は足を拭いながら、けろりとそう言った。

りょうはひとまずほっとした。

半五郎の手下たちは、えんぎ屋から使者が発つことで、奉行所の目をくらませようとしていたのかもしれないが、それ以上手を出すことはなかったということだ。

この数日、店の通りを職人風の見慣れぬ男が二、三人行き来したのを確認している。奉行所の息がかかった目明しだろうと目星はつくが、その者たちも監視をするだけが目的なのか、ちらちらと店の者の動静を窺うばかりで手を出してくることはなかった。

一度、振り売りに出た榊がちょっかいを出されたが、普段威勢のいい男衆や酔っ払いが絡んでくるのと大差はなかったようだ。

「みんな、いい?」

五平は旅姿のままだが、りょうは店の衆を帳場に集めた。

すでに事情を察した加賀美や雲珠女は神妙な顔をしていて、榊は困ったような顔をしている。主税はというと、こちらから顔を背けて煙管を指先でいじっている。

その背中越しに、

「残りの二百両を、ふいにしちまうつもりですか……」

主税が言った。

りょうは首を横に振って、

「お金の話じゃない。祈りを、真心を見せてくれた人がいた。その人に寄り添ってあげたい。だから……」

「それが、一銭でもうちの儲けになりますかね」

主税は煙管を煙草入れにしまうと、首だけを回して、鋭い眼差しをこちらに向けてきた。

「ただでさえ、奉行所に睨まれてるんです。その、半五郎の女の過去がかわいそうなんだってんなら、それこそ奉行所へ保護を頼めばいい話です」

「そんなことをしては、おりんさんは奉行所のいいようにされてしまうわ」

りょうが珍しく語気を荒らげると、主税はおやという顔をして口をつぐんだ。

奉行所は半五郎の手下たちを一網打尽にしようと策を練っている。いかなる過去があろうとも、凶賊の妻を解放するほど奉行所も甘くはないだろう。

「今回ばかりは、お人好しにもほどがありますよ。その、おりんさんが御寮人を、あざむいているとかいないとかではなくて……」

雲珠女が申し訳なさそうに口を開いた。泣きそうな顔をしているのを見ていると、りょうは胸が詰まった。

「私が幼い頃、父と母に折檻を受けていたことは、皆知っているわね」

自分の声が微かにふるえていた。

りょうは膝に置いた拳を握りしめると、顔を上げて皆を見た。

「誰も、救ってくれなかった。神様も、仏様も。でも先代がくれた牛王宝印に祈りを書いた。そしたら私は救われた。でも違う。他でもない、先代が私のことを見捨てることなく、救い出してくれたの。だから……」

「別な誰かを救いたい、と？」

加賀美が思慮深い顔をこちらに向けた。

りょうは一度だけ頷き、言葉を継いだ。

「この浮世の泥の中で、耐えてもがき苦しんでいるのは、おりんさんひとりだけじゃない。もちろんそんなこと知っている。でも、せめて私たちだけでも、手を差し伸べることができたら、泥から顔を出してあげることくらいはできると思うの」

急に、榊がぼろぼろと涙をこぼして泣き始めた。

その様子を見て、そばにいた五平が驚いている。

「御寮人……。私は、御寮人に賛成です。だって、私も、誰にも見向きもされなかった者のひとりだったから」

「ありがとう、榊」

榊は、旅芸人の娘だった。いや、本当の親かどうかすら定かではなく、育ての親から、奴婢のような扱いを受けていたのを先代が救い出したという過去があった。

「俺も」

普段は歯を見せて笑う五平も、今は真面目な顔で小さく言った。雲珠女もすがるような顔で頷くと、加賀美も首を縦に振った。

「確かに私も、幾度も救われました。先代に、そして御寮人に」

加賀美は畳に手をついて、深々と頭を下げた。

ふん、と主税は鼻を鳴らした。

りょうがじっと主税の顔を見つめていると、向こうのほうから顔を背けた。

「わかりましたよ。鳥が三羽死ぬ、それだけの話ってことにしましょう」

主税が小さくつぶやく。煙草入れから再び煙管を取り出すと、慣れた手つきで煙草を詰め始めた。


雨が止んだ。

朝からの大雨でようやく鎮火した江戸の町は、すでに三月だというのにとても寒々しい感じがした。町のいたるところで焦げた臭いは消えることなく、肉が焼ける臭いがしたときは、りょうはとっさに手で鼻を押さえて通り過ぎた。

あちこちで人々のすすり泣く声が聞こえ、そして子を求める親の声と、親を捜す子の声が入り混じって、りょうも声を上げるべきかちょっとだけ悩み、口を大きく開けたが喉から声が出なかった。

不意に顔を向けると、濡れそぼった幼な子と母親が抱き合って震えていた。

親が子をあやしているふうに思えたが、親のほうも子を抱きしめて安心しているのだとわかって、りょうは胸の内にぽっかりと穴が空いた気分になった。

羨ましいのか、胸の内で自分に問いかけた。

父や母と、あんなふうに抱き合いたいか。考えると同時に、りょうは歩き始めていた。長屋のある浅草と、見当違いのところを歩いていると思ったが、自分を誤魔化すようにして江戸の町をさまよった。

「お嬢ちゃん、どうした」

声をかけられたのは、大きな通りの火除地だった。

「かわいそうに、おっとさんとおっかさんはどこだ？　はぐれちまったか？」

印半纏を羽織った、三十くらいの火消しだった。いままで十分に立ち働いていたのか、顔は煤だらけで、膝小僧はもちろん、身体中擦りむいていた。

りょうは首を横に振った。なぜ自分がそんな動作をしたのかわからなかったが、自分には親などいないという気持ちが、身体を動かしたのかもしれない。

「そうか。残念だったな……」

「あたしは、かわいそうですか」

りょうが逆にそう問いかけると、火消しの男は気の毒そうな顔をした。

「あんたも、かわいそうだ。この火事で焼け出されたやつらは、みんなかわいそうさ」

ポンと頭に手を置かれ、火消しは人垣のあるほうへりょうをいざなった。

「さあ、これでも食って、元気だしなよ」

りょうを人の輪に入れて、盆にのった握り飯を差し出した。りょうはできるだけきれいな握り飯を手にとると、頭を下げてその場から逃げ出すように再び歩き始めた。

日が落ちたというのに、幸い周囲はほの明るく、どこへ向かうともなく、疲れ切った足を前に出し続ける。味のない握り飯をかじりながら、頭の中も朦朧とし始めた。

不意に、虚しさと悲しさが混じり合って、止めどなく涙が溢れた。声は出ずに、誰が声をかけるでもない。ただただ涙が滂沱となってこぼれ落ちる。

自分の犯してしまった愚かな過ち。自分のせいでこんなにも多くの人が焼け出されてしまった。自分が祈ってしまったせいで、数え切れないほどの人々が悲しみに包まれた。

自分だけが死ねば良かった。

それだけを祈れば良かった。誰にも迷惑をかけることもなく、誰に気づかれることもなくこの世から消えてしまえば、こんな恐ろしいことにはならなかった。

りょうはその場に崩れるようにして膝をついた。ここがどこなのかもわからない。しゃくりあげ、込み上がる涙が止まらなかった。

――りょう？

不意に、名を呼ばれた気がした。

誰なのか。りょうは顔を上げて周囲を見回した。聞き覚えのある声だったが、誰なのか思い出せない。

自分を呼ぶ者など誰もいないはずだ。右も左もわからないこんな場所で、自分を見知っている者などいるはずもない。

その時、再び声が聞こえた。

りょうは何気なく顎を上げて、空を見上げた。

幾千、幾万の星が、煌々と夜空に輝いている。りょうはその景色に、思わず見惚れてしまった。

不意に手を伸ばした。届くはずもないそれらの星は指の股から見ても、光を放ち続けていた。

すぐ近くにいるではないか。父母がおらずとも、こんなに多くの星が見ている。そばにいなくとも、自分に寄り添ってくれている。見守ってくれている。

そう思ってしまえば、溢れ出ていた涙が止まった。

――りょう。

再び名を呼ばれた。いや、違う。自分で自分の名を、問いかけただけなのだ。死ぬことはできなかったが、星が見てくれている限り、もう少し生きてみたいとりょうは思った。

自分も、あんなふうに輝けるのか。遠くの誰かに、寄り添うことなどできるのだろうか……。

その時、美しい腕が伸びてきて、自分の身体が持ち上がった。

ぬくもりの中で、糸が切れたように意識が遠のいた。


鐘の音で、目が覚めた。

りょうは暗がりの中、目元に手をやると涙の跡があった。

身を起こすと、布団を畳み、格子の柄の紬に帯を締めて、階下へ降りた。帳場の中はしんとしている。

井戸に張った氷を叩き割り、痺れるような冷たい水で顔を洗った。

「おはようございます」

帳場に戻ると、加賀美が振り売りの装束で支度を始めていた。それから雲珠女と主税、榊と五平の順に姿を現した。

部屋の中央には、御府内の絵地図がある。

「手筈は、昨夜話した通りです」

加賀美が皆を見回して口火を切った。

五平などは眠たそうな目を擦りながら話を聞いている。

「明け六つには火縄の半五郎の市中引き回しが始まります。まずは日本橋まで出て、赤坂御門、四谷御門、そして筋違《すじかい》御門の順で、千代田のお城をぐるりと回ります。

そのまま両国の火除地に寄り、小塚原の刑場へと向かうそうです。手下たちがその行列を襲うのは、上野のお山を左に見てこの辺り……」

加賀美は地図の場所を指しながら説明した。

武家屋敷を過ぎて、千住のほうへしばらく行ったあたりである。もう少し行けば田畑が広がるようなところだが、善右衛門は町家が連なる場所で奪還を図るのだという。

「その手下どもが襲うってのは、間違いないんですかい」

主税が念を押すように、りょうのほうを向いた。りょうは小さく頷き、一枚の紙片を皆に見せた。

「おりんさんが打ち明けてくれたわ。ここで彼らが奉行所の行列を襲っている間、私たちが彼女を攫う」

りょうは昨夕、往来の人々が多くなった頃に、千住大橋のたもとでりんと善右衛門に会った。かたちとしては、ふたりに代参の報告をする体裁を整えながら、善右衛門が加賀美に残金の二百両を渡した一瞬の隙をついて、紙片を交換したのだ。

りんの書いた紙片には、たおやかな筆跡で半五郎奪還の手筈が克明に書かれていた。そしてこちらからは、半五郎の奪還とともに、と簡潔に伝えた。

自分たちの動きが、本当に半五郎の手下と奉行所のどちらにも気づかれていないのかどうか、こればかりは祈るしかない。

主税はいまだ不服そうな顔をしているが、りょうは加賀美に話を進めるよう促した。

概略は、雲珠女と榊が振り売りの装束で奉行所の行列の少し後をつける。想定外の動きがあれば、いずれかが入谷の鬼子母神で見世を広げる加賀美と五平に知らせる。

行列が上野を過ぎたころ、りょうと主税がりんの位置を確認し、合流した加賀美や五平と、混乱に乗じてりんを攫う。それからは、入谷近くの御堂でりんの装束を旅姿に替え、半五郎奪還の是非を見届けるのは雲珠女と主税に任せて、中山道へ向かう。

まずは熊谷宿まで行けば、というのが加賀美の立てた策であった。

加賀美の説明が終わると、皆が順々に店を出ていった。

まず雲珠女と榊が小伝馬町に向かい、加賀美と五平が続いて店を出る。

りょうは四人を見送ると、まだ少し温い湯呑み茶碗を手に取り、少しだけ口をつけた。温かさは感じられるが、味はやはりぼやけている。

あの時のりんの涙が、自分のものとそう違わないのだと、りょうはぼんやりと考えていた。

あの日、自分はふた親と同時に、味覚を無くしてしまった。

仕方のないことだ。味覚など、父母から逃れるために失ったものだ。

どれもこれも、仕方のないこと。りょうは自身に言い聞かせた。

主税は草鞋の結び目のあたりに唾をつけて具合を確かめていたが、支度が整うとりょうを促して立ち上がった。

外へ出ると、あたりが白み始め、東の空が赤く焼けていた。

ふたりは底冷えのする寒さの中、店を出て往来を北へ向かう。

奉行所の目明しは、他の四人の跡をつけているのか。りょうの脳裏に一瞬だけ、奉行所の与力、斎藤和弥と名乗った若い侍の顔が思い浮かんだ。

きっと自分たちも、尾行されている。

それでも、りんを救いたい。彼女の祈りに、寄り添わねばならないのだと、りょうは自分を叱咤した。

往来には人々が行き交っていて、上野の広小路までくると、雑踏の中で人の体をすり抜けるようにして前へ進んだ。上野のお山が見えてきたところで、小手をかざして日の高さを測った。すると少しばかりして、鐘の重い音が聞こえてきた。

「ちょうど、巳の刻（午前十時頃）の鐘ですな」

雲珠女と榊は、うまくやっているか。加賀美と五平は、配置に就いただろうかと、不安ばかりが込み上がってくる。りょうの気持ちとは裏腹に、主税はなんでもないような顔をしていた。

入谷のあたりまで来ると、道端にムシロを敷いて座り込んでいる者がちらほらと出始めた。

「どうやら、引き回し目的の見物人でしょう。ま、都合がいい」

主税は侮蔑するような口調でそう言うと、背負っていたゴザを道端に敷き始めた。言葉にせずとも、自分たちも見物人に紛れるのだ。

主税のそばには、りんが逃れるための荷が置かれていて、中身は旅に必要な最小限のものを揃えた。紙子や替えの草鞋と、ささやかな金子である。

それに、ムシロに包まれた荷がひとつ。これは主税の愛刀である備前長船《おさふね》作の小太刀で、銘は康光という先代から与えられたものだ。

いざとなれば、主税がこれを抜いて、斬り合うことも考えられる。

冷たい風が吹くと、思わず背筋が震えた。

あれやこれやと考えが脳裏に浮かび、りょうはその度に不安に陥った。

本当にうまくいくだろうか。りんは、半五郎の手下たちから逃れることができるか。いや、むしろ半五郎の奪還が成功して、逃れたその後に、地獄までりんを追いかけて来ることも考えられるではないか。

「お嬢も、飲みますか？」

不意に声をかけられて、はっとなって顔を上げた。主税は瓢簞《ひょうたん》に詰めた酒に口をつけている。

「身体が温《ぬく》くなります」

「……ありがとう」

受け取った自分の手が、微かに震えていることに気がついた。

情けない。ただじっと待っていることなど、これまでにいくらもあったではない
か。

そのとき、こちらの様子を見ていた主税が口元だけで笑った。

「……まさか、あの時泣いていた小娘が、こんな決断をするなんて」

言葉遣いは伝法で、呆れられているのだと思ったが、とうの主税の顔には、にや
けたような笑みが浮かんでいる。

（本当に、泣いちゃいねえだろう）

意地悪でそう言ったのではない。きっと、あの時は自分を励まそうとしていたこ
の男なりの優しさなのではないかと、りょうは不意に思い当たった。

「主税は、何かに祈ったことは？」

「はて、ね。ガキの頃は考えたこともありましたが、いまはせいぜい……」

視線が合うと、主税は誤魔化すように俯いた。

はにかんだ表情に、少年の頃の面影が残っていて、りょうは嬉しくなった。

「主税。あなたにも、苦労をかけます」

「なんの、もっともっと、自分の思うままにしていいのだと思います。もちろん店の実入りになることとならですが。……それに、お嬢は、先代が認めた御寮人なのだ

から」

「あら、嫌味？」

「さて、そう聞こえますかい」

主税は、今度は鼻だけで笑った。

瓢箪に口をつけようとすると、立ち上る酒の匂いに思わずむせ返ってしまった。しかし少しずつ飲み始めると、酒が身体に染み渡っていき、確かに熱くなっていく。その分頭の中はひとつひとつ整理されていき、幾分か気持ちも楽になった。ただ皆には、命の危険を感じたら即刻逃げてよいと言い添えるべきであったと、りょうは今にして思って後悔した。

「ねえ、主税……」

重ねて言葉を交わそうと思ったが、主税の視線が張り付いたように動かなくなった。その視線の先を追うと、着流しの町人に化けた善右衛門とりんの姿がある。むこうもこちらに気づいただろうが、何気ない様子で辻の陰に消えた。

往来の人々はさらに増え始め、見物人も通りに溢れんばかりに増えていた。りょうの胸の鼓動は、急に速くなった。

「お嬢、来ましたぜ」

主税が立ち上がり、小手をかざして通りの先を見て言った。

りょうも伸び上がるようにして先を見た。

陣笠を被った侍を先頭に、数十人の捕方が周囲を固め、その中央には馬に乗せられたひとりの男の姿があった。

「火縄の、半五郎……」

りょうは思わずその名を口にした。

行列は粛々と進む。が、周囲の見物人は、男に向かって罵声を浴びせ、童たちは面白がって、ぞろぞろと行列の脇をうろちょろしている。

男はその腕に食い込むほどに荒縄で身体を縛られ、遠目にもやつれているように思えた。

「行きましょう……」

主税がムシロの包みを摑んだ。りょうも荷物を肩に担いで立ち上がった。

周囲からは、ただならぬ雰囲気が漂い始めた。

辻行燈や天水桶の陰に、ひとりふたりと男が潜んでいる。それと言われなければわからぬが、どの者もひと癖ありそうな顔つきで先の行列を睨みつけ、それが近づくにつれ気配も少しずつ濃くなってきた。

りょうと主税はりんと善右衛門が消えた辻の、角が見える場所へ移動した。

見物人だけでなく街道をゆく旅姿の者や振り売りなども、足を止めて行列を注視している。喧騒はさらに騒がしさを増し、りょうは主税にぴたりとくっつき、人混みの波をかき分けるように進む。

すれ違った者の中に、加賀美と五平がいた。どちらもりょうを見ることなく、行列のほうへ視線を向けている。

善右衛門とりんが、近在の商人夫婦といったなりで、路傍に立っていた。

「……主税」

「合点」

りょうは主税に身体を寄せた。

行列が近づいてくる。見物人の罵声が、さらに大きくなった。

――人殺し、畜生、地獄へ堕ちろ。

聞くに耐えぬ罵声を受けていても、火縄の半五郎は平然としていた。頬はやつれ、月代はぼうぼうに伸びていたが、うすら笑いを浮かべ鋭い目つきで見物人たちを見回している。まるで、誰かを捜しているように。

警護の侍も、六尺棒を手にする捕方もどこか疲れ切っているように見えた。それも早朝から小伝馬町を出発し、御府内を延々歩き通しなのだと考えれば無理もないのだが、頼りない様子を思えばここで賊に襲われればひとたまりもない。

そのとき、路傍にいた善右衛門が、おもむろに片手を上げた。

「野郎どもっ」

天が張り裂けるような善右衛門の怒号で、見物人の中から幾人もの男たちが行列へ走り寄った。それも、ひとりふたりといった数ではない。十人、二十人はいるだろうか、男たちは刀や棒を手に、勢いをつけて飛びかかる。

わっと声を上げて、見物人たちが散った。

行列の先頭にいた侍が刀を抜いた。警護の捕方たちも六尺棒を構えているが、数の違いで追い散らされるのは時間の問題に思えた。

りょうはそんな様子を横目で見ながら、りんのそばへ駆けた。そばには主税がいて、気がつけば加賀美と五平も少し離れたところにいた。

善右衛門は逃げ惑う見物人たちの波に逆らうように、行列が混乱に巻き込まれるのを、笑みを浮かべて眺めている。その隣で、りんは周囲を見回しながら、波に紛れるように善右衛門から数歩ずつ距離を空けていた。

行列のあたりから、刀を打ち合う金属音が鳴り響く。続いて断末魔の叫び声が聞こえた。

りょうは腕を伸ばし、りんの身体を引き寄せた。

「おりんさん。もう、大丈夫」

そっと囁くように言うと、すがるような視線がりょうを貫いた。

顔を上げると、善右衛門に後方から近づいた加賀美が、力任せにその首筋に手刀を叩き込む。善右衛門の身体は一度跳ね上がって地面に崩れ落ちた。

りんはりょうの袖を摑みながら、小刻みに震えていた。ここにいては危険なのだ。

りょうはりんの袖をちょっとだけ引いて、離れるように促そうとした。

その視線の先には、混乱の中で高笑いしている半五郎の姿がある。

不意に、半五郎がこちらを向いた。何か信じられぬものを見たような表情で目を剝いている。

その時だった。りょうの袖を摑んでいたりんが、いきなりそれを振り払った。

「じ、じ……地獄へ堕ちろ。このろくでなしっ」

りんは甲高い叫び声を上げた。その途端、一瞬周囲の喧騒が静かになった。斬り合っていた半五郎の手下も、奉行所の侍や捕方たちも、逃げ惑っていた群衆も、皆言葉を失ってりんを見ている。

「あんたのせいで、あたしの一生は、どうしようもなくなっちまったんだ。あんたのせいで、あたしは……」

りんの言葉が、虚しく風にさらわれていく。

りょうは思わず、そばにいた主税と視線を合わせた。幸い善右衛門は気絶したままで、目を覚ます様子はない。

「てめえら、何ぼやぼやしてやがるっ」

縄目を受けた半五郎のその言葉に、手下たちは再び斬り合いを始めた。思い出したかのように、一度静寂に包まれた往来に喧騒が広がっていく。

「おりんさん、行きましょう」

涙をこぼすりんを励ましながら、りょうは強引に背を押すようにして走らせた。

「あの方への恨み節は、あとでたくさん聞いて差し上げます。だから……」

「ええ、ええ……」

りんは袂でぞんざいに涙をぬぐうと、洟をすすりながら足を動かした。

このまま見物人たちに紛れ、逃げ切れると思ったとたん、擦り切れた着物の男がふたり、脛をむき出しのまま立ち塞がった。

「姐さん、いったいどこへ行かれるおつもりですか？」

こめかみに青筋を立てたひとりの男が、有無を言わさずりんに摑みかかってきた。が、その伸びてきた腕を、加賀美が造作なく摑んで投げ飛ばした。

「てめえっ」

もうひとりの男が加賀美に飛びかかろうとしたが、そちらは主税が素早く刀の柄を打ち込む。男はもんどりをうって地面で転げ回った。

「行きましょう、御寮人」

加賀美に急かされ、再び走り始めた。

だがそこで、いきなり後方の喧騒が大きくなった。

追い散らされている捕方たちの、その向こうでは半五郎が馬から下ろされていた。半五郎が解き放たれれば、りんを捜すために間違いなく追っ手が放たれる。早く御府内から逃げ切らねばと、りょうは思いばかりが急いていった。

入谷の鬼子母神で右へ折れると、そのまま起伏の多い道をひた駆けた。

途中、古びて傷んだ御堂に駆け込むと、雲珠女と榊が待っていた。

「おりんさん、早くその着物を……」

表に加賀美と主税、五平を残し、女たちで取り囲むようにしてりんの着物を脱がし、それをそのまま榊がまとった。

「待ってよ。あんたがそれを着ちまったら」

「心配しないでください。榊は、絶対に逃げ切れますから」

りょうが太鼓判を捺すように言うと、榊が美しい顔に笑みを浮かべた。

襦袢一枚のりんに、雲珠女が有無を言わさず榊の着物を着せた。

「あんたも女でしょう。早く、覚悟をきめちまいな」

そう言いながら、お仕着せの手甲と脚絆を手早く縛り付ける。りんはあっという間に、伊勢参りにでも向かうような旅姿に変えられてしまった。

必要なものはおおかた振り分けに入れ、手形は袂につっこんだ。

「これは？」

どうやって手に入れたのかと、信じられぬと言いたげな眼差しでりんは顔を上げた。

手形には、『神田旅籠町　履物商理兵衛方　手代見習　りん女』と書かれている。

言うまでもなく偽造したものだが、裏稼業を商うえんぎ屋では、こっそり手形を作ることも手慣れたものだった。

「見直したよ。あんた、かわいい顔してこんな悪どいことも平気でやるんだね」

「もちろん、私たちの大切な依頼人のためですから……」

りょうは口角を上げて笑みを作り、帯を締めてやった。

先に御堂を出たのは、榊である。五平がついて、こちらは四谷御門を抜けて内藤新宿から甲州街道を行き、頃合いを見て引き返す手筈になっている。

しばらくして、りょうもりんと連れ立って御堂を出た。ふたりには加賀美がつき、雲珠女と主税が残って半五郎のその後を見届ける。

三人は目立たぬよう、努めて走らぬようにした。しばらく休むことなく歩き続け、板橋宿に着いた頃には、すでに陽も落ちかけていた。

「行けるところまで行きましょうか……」

加賀美がふたりにそう告げた。日が暮れたとしても、武州を抜けるまでの中山道はさほどでもなく、荒川を渡ることさえできれば、蕨あたりまでなら苦もなく行けるはずだ。

陽が落ちて星空が出始めると、荒川沿いに出た。舟を探したが、あいにく茫々と草が伸びているだけで渡し舟はない。

「夜が明ければ、船頭も見つかるでしょうが……」

加賀美は闇の中、舌打ちをしてそう言った。

三人はとりあえず、川沿いに西へ向かった。星明かりが十分に出ていて、提灯をぶら下げる必要もない。

川辺には容赦無く冷たい風が吹き付けている。

加賀美が持参していた握り飯を出した。ひとりひとつ、すでに固く、冷たくなってしまったものを、歯でかじるようにして腹に入れた。りょうはむろん味を感じられない。

——あの時と同じ。

りょうはひとり微笑んだ。丙寅の大火で父母を失ったときも、今日のような星空が広がっていた。そしてりょうは声を聞いたのだ。

そばにいなくとも、誰かに寄り添うことはできる。支えることができる。

自身が輝くことで、他の誰かが輝く。そんな存在になりたいと思っていた。

だが、たまたまなのだ。自分はたまたま先代に拾ってもらい、そしてえんぎ屋を継いだ。業火に包まれていたかもしれないし、親に殴り殺されていたかもしれない。女衒に売りとばされ、春をひさいでいたかもしれない。

そんな自分が、いっぱしに他人を救おうと思った。自分と、さして境遇の変わらぬりんに寄り添いたい。それは、たまたま生きている命でできる、ささやかなものでしかないのだ。

そのとき、加賀美が足を止めた。

「御寮人……」

人の気配を感じたのか、加賀美はふたりに身を低くするように促した。

しばらくして、ほのかな灯りがこちらへ寄ってきた。

りょうは目を凝らした。背格好からして、三人の男。明らかに誰かを捜している様子である。

りょうは加賀美とりんを交互に見た。どちらも固唾を呑んで三人の影を見守っていた。川に阻まれていて、このままでは逃げ場はない。が、葦《あし》に隠れているので、よほど注意しなければ向こうからはこちらは見えぬだろう。

「きっと、板橋宿あたりのあいつの手下どもさ」

りんが、声を沈めてそう言った。

三人は龕灯《がんどう》で辺りを照らしている。

りょうは思わず身をよじると、足元の小枝を踏みつけてしまった。小枝の割れる乾いた音が、川のせせらぎに交じって夜空に響き渡った。

「おい、そこに誰かいるのか?」

声をかけられ、全身から冷や汗が吹き出した。

三人が近寄ってくる気配がある。

「おふたりは、ここで隠れていてください……」

加賀美が小さく言った。

龕灯の灯り。ひとつ、ふたつと交わって近づいてくる。りょうは口を押さえ、呼吸するのも忘れようとしていた。

足音がすぐそこまで近づいた。その刹那、加賀美は葦から飛び出した。

「いたぞっ」

ひとりがだみ声で叫ぶ。が、鈍く叩きつけるような音がして、すぐにその声が苦悶のものに変わった。

加賀美は獣のように別のふたりに近づくと、素早く拳を打ち込み、そして手刀を叩きつけて倒した。

「さあ、行きましょう」

りょうとりんをかえりみて、加賀美が告げたそのとき、いきなりその足元で笛の音が響き渡った。いつの間に口にしていたのか、男のひとりが呼子を吹いていた。

「こいつ」

加賀美は倒れていた男を蹴り飛ばし、呼子は闇夜に飛んでいった。鳴らした男はすでに気を失っている。

いまの呼子に気づかれたのか、先ほどまでは静かだった川辺の周囲のそこここで、提灯や龕灯が灯され始めた。

互いに声を出し合って、こちらへと近づいてくる。

「おふたりは、このまま川沿いに上流へ」

「駄目よ。加賀美、あなた……」

「時がありません。さあ、お早く」

加賀美は倒れている男から、刀を奪い取った。この男が何を考えているのか、りょうには手にとるようにわかった。

「行けるはずないじゃない」

「いずれにせよ、このままでは三人が三人とも押し包まれてしまいます。それより、私もひとりのほうが動きやすい」

刀を抜いた加賀美の顔に、川面の光が照り返しわずかに白く光った。

「あたしが、捕まればいい話さ。もとから、あんたらには関係のない話じゃないか」

「おりんさん、うちの御寮人があなたの祈りを請けた。だから、それは私の祈りでもあるのだ」

加賀美はそう言って、珍しく歯を見せて笑った。

「しばらく行けば、夜も明けます。川を渡ればきっとなんとかなる」

「加賀美っ」

りょうは飛び出そうとする加賀美を、一度だけ押し留めた。

「死なないで」

「死にはしません。いや、加賀藩士美山庄左衛門は一度死にましたな。それでも御寮人、昔あなたに救ってもらった命です」

言うやいなや、加賀美は草かげから飛び出して、近づいてくる灯りへと突進していった。

星空の下、鈍い音が響き渡った。

「そこにいるぞっ」

火縄の半五郎の手下たちは、各々声を上げているが、頼りない龕灯の灯りでは、草むらから出てくる加賀美を易々と捉えられないようだった。

りょうは心残りを覚えたが、りんの腕を引くようにして川べりを走った。斬り合いの気配が徐々に遠ざかっていく。

しばらく行くと、突然りんが地に膝をついた。

「いったい、何の意味があるんだい。あたしを逃したところで、あんたらに何にも益がないじゃないか」

「そんなことありません。あなたが心の底から祈った思い。いまも、この星空の下できっと誰かが、苦しみから逃れたいと祈っています。みんなの祈りを、数多の願いを叶えることも、救うことだってできない。けれど、あなたの祈りのたったひとつくらい、叶えられたって……」

息が切れて、言葉も途切れてしまう。

葦の葉に擦れて、脛のあたりには小さな傷がいくつもできている。

それでも、りんを逃してやらねばならぬという思いだけが、いまのりょうを支えていた。

「一銭にもならない。そんなこと、どうして……」

りんは半べそをかきながら、かすれた声で言った。

「私も、あなたと同じだったから。たくさん、たくさん祈った。それでも神様にも、仏様にも私の声は届かなかった。だから」

りょうは手を伸ばし、りんの目元を拭った。

引き締まった眉に大きな瞳。鼻梁は高く、顎は小さい。星空の下、ほの白く光るりんの顔は、驚くほど美しかった。

「馬鹿ね」

「そうね。私もそう思う。部下にも呆れられて、それでも私についてきてくれる」

りょうは小さく笑った。あんなに反対していたのにも拘わらず、りょうのわがままだけで加賀美は命をかけてくれたのだ。

他の者たちも、どうなっているかわからない。

しかし、りんを火縄の半五郎の手から逃すことが、いまは皆の祈りなのだった。

りょうはりんを立たせると、再び走り始めた。すでに足は萎え、動かすことも気だるく感じている。それでも、走らねばならない。

そのときだった。

馬のいななきが遠くで聞こえ、やがてそれがこちらに近づいてくるものだとわかった。

「おりんさん、早くっ」

りょうは急かしたものの、自分の足もふらつき始めていた。

馬蹄の轟《とどろ》きは、やがて数を増やし、そして影であったその姿も、馬乗り提灯の灯りとともに、徐々に見え始めていた。馬上の男たちは、こちらの姿を認めると、少しずつ速度を落とし、ふたりの前で馬を下りた。

五人の男たちのうち、ひとりは善右衛門。もうひとりは、あの火縄の半五郎である。誰もが腰に刀を帯びていた。

「一体どういうことか、話してもらうぜ。おりん」

半五郎は口元だけで小さく笑った。

「あんたこそ、逃げられると思ってるのかい。じきに奉行所のお役人たちが」

「へっ、幕府の腰抜け侍に俺が二度も捕まるか」

半五郎はそう吐き捨てると、ゆっくりとこちらに近づいてきた。

「てめえには、何不自由ない暮らしをさせたはずだ。食い物も、着物も上等なものを与えてやった」

「そりゃ全部、誰かしらから奪った物だ。誰かを殺し、悲しませてまで奪った物で、あたしが幸せだとでも思っていたのかい」

「確かに奪ったもんだ。お前だって、奪ってきたものだった。けど奪ったもんだからこそ、最高の女だった」

半五郎は乱杭歯を見せて、外卑た笑みを浮かべた。

「お前はこれからも俺の女さ。誰のものになろうと、どこへ行こうと、奪い返して見せる」

「糞《くそ》くらえさ。また、あんたなんかの女になるくらいなら、死んだほうがましだよ」

りんが前に出ようとしたのを、りょうは前に出て制した。

触れた肩が上下して震えている。りょうはあらん限りの勇気を振り絞った。

「取り消しなさい。理想と現実のはざまで思い悩み、苛まれ、苦しんでいる方を侮辱することは、私が許しません」

「女、てめえ自分の立場わかってんのか」

半五郎は刀を抜くと、真っ直ぐに突き出した。切先がこちらの胸元から襟元に動き、わずかに圧倒される。

りょうは息を呑んだ。恐怖でその場に崩れ落ちそうになる自分を、必死で叱咤した。先代ならば、きっと立ち向かう。必死の思いで半五郎を睨みつける。

「お前ら、この女は好きにしていい。散々もてあそんだ後は、殺しちまっても構わねえ」

「あなたたちの、好きにはさせない」

手下たちがゆっくりと近づいてくるのを、りょうは腕を広げて遮った。

ここで守れずして、二度とえんぎ屋の主人を名乗ることはできない。自分の身より、たったひとつの祈りを守らねばならぬ。

「あなたたちなんかに、指一本触れさせない。おりんさんは、うちの店の依頼人だから……」

「へん、気の強い女は嫌いじゃねえ。来いよ、この俺が……」

そう言って、腕を伸ばしてきた男が、その場で白目を剝いて昏倒した。

男が倒れたすぐ後ろには、主税が小太刀を片手に立っていた。その双眸には、これまでりょうが見たこともないような、激しい光を宿している。

「主税っ」

主税は応えず、素早く踏み込み、もうひとり、そばにいた男を薙ぎ倒した。

りょうはとっさに退がった。身をかがめ、背後にいるりんの楯になった。

気がつけば、夜が白み始めている。

「てめえ、いったいどこのどいつだ」

「……えんぎ屋さ」

逆上する半五郎に、主税は小さく答えた。

五人いたうち、ふたり倒して一対三である。前へ出ようとした半五郎を制するように、そばにいた善右衛門が刀を抜いた。

「若造」

呼吸も許らず、いきなり善右衛門が刀を打ち下ろした。一閃、二閃と縦横に動く太刀筋を、主税はすれすれのところで避ける。

袈裟掛けに来た斬撃を、刀の鍔元で受けた。火花が散る。主税は反動を利用して横へ跳んだ。間合いを外し、片手で小太刀を構えた。

「遣えるな……」

技量を測るように善右衛門はこぼし、剣尖を頭上に持ち上げた。

りょうの素人目でも、乱雑な太刀筋ではないと思えた。呼吸を計っているのを見れば、この善右衛門も以前は武士だったのではないだろうかと思えた。

対して、主税の剣術は手妻（手品）のようだ。

「善右衛門、何してやがる。さっさと片付けちまえ」

「へい」

善右衛門は油断なく主税との間合いを計り、ふたりは円を描くようにゆっくりと回り始めた。善右衛門は重心を高く、対して主税は膝が地につきそうなほど重心を低くしている。

刹那、身体が交錯し、互いの位置が入れ替わった。

りょうには見えなかったが、いまの斬撃で主税は片手で脇腹を押さえ、善右衛門は右腕の付け根を押さえている。

再び、善右衛門が刀を持ち上げた。

次の斬撃で、勝負が決まる。りょうが喉の渇きを覚えたその時、背後にいたりんが飛び出していった。

「やれ、やっちまえ。そんな若造のひとりやふたりに何を……」

半五郎のだみ声が、そこで止まった。

りんが身体ごとぶつかるように、半五郎に体当たりをしていた。その手元には、五寸ほどの匕首が握られている。

「おりん、てめえ……」

半五郎は苦悶の表情を浮かべ、背に刺さった匕首を自ら引き抜いた。顔を出したばかりの朝日を浴びながら、半五郎の身体から血が噴き出し、その足元を濡らしていく。

「親分っ」

善右衛門の叫び声。その隙を狙った主税が、大きく踏み込み、善右衛門の脇をすり抜けた。丸太が折れるような音がし、すぐに善右衛門の大きな体が音を立てて倒れた。

「ぜ、善右衛門……、お…りん……」

その様子を見ていた半五郎も、血を失いすぎたのか、その場で膝をついた。

残った半五郎の手下のひとりは、その様子を見て悲鳴を上げ、走って逃げていってしまった。

りょうも力が抜け、思わずその場にへたりこんでしまった。

「遅くなっちまいました、お嬢」

「いいえ、ありがとう。それより、傷の手当を」

「なんの、かすり傷です」

主税は照れ臭そうに言うと、刀を着物の裾で無造作に拭って鞘に納めた。りょうが差し出した手拭いを腹に当て、帯をきつく締め直す。

「加賀美は？」

「逢いました。いや、さすが兄者です。腕やあばらの骨が二、三本折れているみたいですが、二、三十人もいたのを大半叩きのめしちまった。いまは、下流のほうで休ませています」

「そう」

主税の手当を終えると、りょうは顎を上げた。りんは立ち尽くしたまま、言葉さえ失っている様子だ。

「おりんさん」

りょうが声をかけると、りんは力ない表情でこちらを向いた。

「あたしは……、あたしは……」

「大丈夫。大丈夫だから……」

りょうは血まみれのりんの手を、手拭いで丁寧に拭った。幸いと言うべきか、血で濡れているのは手首から先だけで、着物には全くついていない。

「このまま止血して、皆を奉行所に引き渡します。さすがに、手下たちも奪い返そうとしないでしょう。だから、もう安心して」

りょうがそう諭すと、りんは自身を納得させるように幾度も頷いた。

東の空には、すでに朝日が顔を出していて、りょうは眩しさにくらんで小手をかざした。あれほど煌めいていた星々も、いまは青白い空に吸い込まれたように薄く見えるだけだ。

「さあ」

主税に促され、再び歩き始めた。

すぐに小さな船屋が見え、起き出した船頭らしき老爺の姿もあった。

りょうは懐から巾着を出すと、粒銀を船頭に渡し、残りをそっくりそのままりんへ渡した。

「こんな、もらうことなんてできない」

「いいから取っておいて下さい。あなたの祈り、しかとえんぎ屋が請けました。だから、最後まで祈っていて。おりんさん、あなた自身の幸せを」

「でも……」

ためらうりんの手に、りょうは強引に巾着を握らせた。大した額は入っていないが、三両はあるだろう。中山道中を旅するのに、いくらあっても困らぬはずだ。

りんは渋るようにして舟に乗った。寡黙な船頭は怪訝な顔をして、櫓を操り始める。舟が、ゆっくりと漕ぎ出していく。

りょうは遠ざかっていくりんの姿に、袖から腕がむき出しになるのも構わず手を振って見送った。

すると、りんが舟縁に手をついて大きく叫んだ。

「おりょうさん、礼を言います。あなたに寄り添ってもらって、あたしは、ようやくあたしになることができた。この恩は、絶対に、生涯忘れないから」

「頑張って、生きていて。私も、祈っている。おりんさん、あなたがどこにいても、幸せになれるように」

りんも袖から腕をむき出しにして手を振っていた。やがて、その姿は朝靄の中に消えていった。それでもりょうはしばらく手を振り続けていた。

「行きましょう。御寮人」

主税が何気ない仕草で、手拭いを差し出した。

「涙を拭いて下さい」

言われて初めて、りょうは自分が涙を流していたことに気づき、慌てて目元を拭った。

「あなたはお強い。さすが、俺たちの御寮人だ」

「そんな、結局、私なんて……」

自分に何ができただろう。

りんに寄り添った結果、店の者たちを危険な目に遭わせてしまった。強いのは、りょうではない。主税や、加賀美がいなかったら、いまごろどうなっていたか想像に難くない。

「さ、帰りましょう」

主税に促されて、りょうは頷いた。

顔を上げると、真っ青な大空が広がっていた。


「もう少し、左にない？　そう、そのあたり」

主税が台に乗って、帳場の神棚に手を突っ込んでいるのを、りょうは背後から見つめていた。

「ああ、これか。ありましたよ、御寮人」

指先で一枚の紙片を取り上げた主税は、身軽そうに台を降りた。

ボロボロになった紙片を見ると、りょうの胸のあたりが疼く。鼻から息を吸い、心気を整えると、主税を促して紙を広げさせた。

幼い頃の自分が書いた恐ろしい祈り。いまそれを開けて見たところで、何が変わるわけではない。ただ、しっかりと向き合うべきだと思っていた。

いたるところが擦り切れていて、主税が丁寧に広げても紙片は破れ、粉が吹き出している。

りょうの胸は高鳴っていった。

やっとの思いで広げた紙には、弱々しく細い仮名文字が書かれていた。

ごんげんさまにおいのりもうしあげます
いつかとうさまかあさまとおいしいものがたべられますよう　りょう

りょうは息を呑み込んだ。

言葉が出なかった。込み上げて来る複雑な思いの中で、ただ涙だけが溢れ出て来る。

「御寮人、これがあなたの祈りだったのですね」

主税はこちらの様子を窺うように、そっとその紙を差し出した。

確かに自分が書いたものだ。この十数年間、忘れ去ってしまっていた思いだった。

りょうは何度も、自分の字を読み返した。

父と母が憎く。死んでしまったことが辛く。そして大火の中の混乱で、自分の記憶をかき消してしまったのだ。

父と母に消えてほしい。そんなこと、自分は祈ったことはなかったのだ。

りょうはその紙片の裏を見つめた。牛王宝印。三羽の烏を殺し、そして祈りが叶えられる。ささやかな祈りではないか。ささやかでも、叶えることができなかった祈りだった。

「やっぱり、あんたはお強い……」

主税はそう言って、りょうの頭に手を置いた。

初めてえんぎ屋に来た、あの日のように。

「いや、大変お待たせしちまって」

店の近くにある蕎麦屋の丁稚が、申し訳なさそうに何度も頭を下げた。

表の寒さを物語るように、鼻ばしらが赤く染まっている。

「いいのよ。ちょうど店の掃除を終えたところだから」

「へい」

恐縮している丁稚の小僧に、雲珠女は代金と小遣いを握らせた。

りょうは微笑ましく、その様子を見ている。大晦日の今日ばかりは、一日店の掃除で終えたが、思った以上にくたびれてしまった。

例年ならば初詣に来る参拝客目当てに、どこぞの寺社で見世を出している。しかし今年はりょうの提案で、皆で年越しをすることにした。

「さ、お蕎麦、来ましたよ」

雲珠女が嬉しそうに触れ回ると、裏のほうに回っていた加賀美と榊が戻ってきて、二階からは五平と主税が降りてきた。

膳には蕎麦のほかに、ささやかな酒肴をつけた。昆布締めや黒豆、身かきニシンの煮染めなど、どれも雲珠女が作ったものだ。

普段よりも料理の香りが立ち上っている気がして、りょうの腹も先ほどから小さく鳴っている。

「へえ、こりゃあうまそうだ」

「こら五平、行儀が悪いぞ」

おどける様子の五平のそばで、左腕を吊った姿の加賀美がたしなめた。

あの時、河原で半五郎の手下を迎え撃った加賀美は、なんと二、三十人を相手に大立ち回りを演じて見せたという。

それもすべて刀の刃を返した峰打ちで仕留め、その場にやっと駆けつけた奉行所の捕方も目を剝いたらしい。

半五郎と善右衛門もかろうじて息があるまま、そっくり奉行所へ連れて行かれた。なんでも、先日の失態はうやむやにされたまま、今度ばかりは小伝馬町の牢屋敷の土壇場で首を落とされるのだという。

手下たちに追い散らされて、奉行所の体たらくを目の当たりにした見物客たちも、いまはお上怖さに声を潜めているが、しばらくしたら市中に狂歌でもばらまかれるのではないかとりょうは睨んでいる。

あの時奉行所で大見えを切った与力、斎藤和弥はどのような思いでこの騒動に幕を下ろすのだろう。

しかし、全てりょうにとっても、えんぎ屋にとっても関わりのないことだ。

りんはいま頃、どのあたりにいるだろうか。

きっと旅の空の下、新年を迎えるに違いない。願わくは、昔の男のことなど綺麗さっぱり忘れてしまえばいいと、りょうはそんなことを考えていた。

「今年も皆、ご苦労様でした。さあ、いただきましょう」

各々酒杯を持ち上げて、頭をちょっと下げて酒に口をつけた。

りょうも酒杯を傾けて飲み始めた。

（――？）

不思議な感覚だった。ツンとした香りの中に、柔らかい甘さが感じられる。りょうは舌の上で転がして、しばらくして、喉を鳴らして飲み干した。

衝撃だった。これまでに口にしたどの酒よりも、今日の酒は美味い。

りょうは我に返ると、おもむろに箸をとって、湯気の上がる丼を持ち上げた。香りを嗅ぐだけで、口の中に唾が湧くようだった。

ちょっと口をつけて汁をすすり、その美味さにさらに驚いた。そばをたぐり、勢いよくすすると、口の中が幸福で包まれる。ちょっぴりしょっぱい汁に、蕎麦の豊かな香り。嚙み締めるほどに、美味さが感じられた。

りょうの様子を見た雲珠女は、呆れた口調で、

「どうしました、御寮人。そんなに焦って食べては、体に毒よ」

「……美味しい」

りょうがそうこぼすと、一同がこちらを向いた。

問いかけてきた雲珠女は、まるで時が止まったかのように身体を硬直させている。

「御寮人、いまなんと……？」

「ねえ。みんなも早くこのお蕎麦食べて。どうしようもないくらい美味しいんだから」

震える加賀美の声も気にならぬほど、りょうは蕎麦をすすり続けた。

静寂の中、りょうが蕎麦をたぐる音だけが響いていた。

「みんな、どうかしたの？」

はたと気がつけば、皆がこちらを向いていた。加賀美は肩を震わせ、雲珠女ははらはらと涙をこぼしている。五平はあんぐりと口を開けて、榊は美しく大きな目を剝いていた。

「加賀美、雲珠女？　いったいどうしたの？」

りょうは思わず丼を置き、皆の様子を案じた。その中で、主税だけは口元に笑みを浮かべ、平然と酒杯を傾けている。

「御寮人、そんなに美味しいですか」

「ええ……、雲珠女。美味しいですとも。こんなに美味しいものがこの世にあったなんて、本当に信じられないくらい」

「それはよかった。これも、私が作ったものも食べて下さい。きっと、美味しいですから……」

「わかった、食べるから。だから泣くのはおよし」

りょうは雲珠女が泣きながら差し出した黒豆をひと粒、箸でつまんで口へ放り込んだ。やわらかく煮られた豆は、噛むほどに豊かな甘みが広がっていく。

ふっくらとした昆布締めも、ニシンの味わい深さも、これまでにりょうが経験したことのない、まことに不思議な味だった。

「美味しい。全部、本当に美味しい」

「もっと食べてください。もっと、もっと……」

「雲珠女、私が食べたら、皆の分がなくなってしまうわ」

「いいのです。御寮人が食べてくれれば。なくなったら、また私が作ります。だから、もっと食べてください。美味しいと、もっと言ってください」

涙と鼻水でぐちゃぐちゃになった顔を拭うこともなく、雲珠女は声を上げて料理を勧めてきた。

一体この騒ぎは何事か、と顔を上げた途端、主税と視線があった。

主税は歯を見せて笑うと、

「ようやく叶いました。俺たちの祈りが……」

「え？」

「俺たちの、祈りです。御寮人に、味覚が戻るということ」

「そんな……」

主税の言葉に、りょうは視線を落として丼鉢を見た。茶色い蕎麦の汁は、いまだ湯気を立てていて、立ち上る香りは鼻腔をくすぐるようだ。

美味しいものを、父母と食べたかった。幼い頃の自分は、確かにそう願っていたことを、りょうは思い出した。

ただ、いま自分の目の前には、父母の代わりに頼りになる仲間がいる。かけがえのない、えんぎ屋の店の者たちがいる。

「心願成就……」

りょうはそう小さくつぶやいて微笑んだ。

祈ることは、悲しいことだと思っていた。自分ひとりの満たされぬ想いや、叶わぬ願いに必死で手を伸ばすことだと思っていた。

だが、違ったのだ。祈ることは、誰かを想うこと。誰かに寄り添うこと。そして、誰かに寄り添われること。

豊かなことだ。幸せなことだと、りょうは感じた。

この星空の下で、今日も誰かが苦しみ、もがいている。

そしてきっと、そのそばには、その者を想う誰かがいる。寄り添おうとする誰かがいる。

強くなどない。

賢くなどない。

自分は無力だ。りょうは、自身にそう言い聞かせた。

ただ、祈ることはできる。誰かを想うこと、寄り添うことはできる。

――無意味じゃない。

不意に遠くで鐘を撞く音が聞こえた。

間延びしたその音が消えた時、りょうは丼に口をつけ、残った汁をいっきに飲み干した。

身体中が、言葉にできぬほど温かくなったような気がした。

えんぎ屋おりょうの裏稼業

永山涼太

2022年2月5日　第1刷発行

発行者　千葉 均
発行所　株式会社ポプラ社
〒102-8519　東京都千代田区麹町4-2-6
ホームページ　www.poplar.co.jp
フォーマットデザイン　bookwall
組版・校正　株式会社鷗来堂
印刷・製本　中央精版印刷株式会社

N.D.C.913/351p/15cm　ISBN978-4-591-17255-1

P8101439